KB040438

터널
안의
태양

일러두기

맞춤법은 국립국어원의 원칙을 따랐으나
뉘앙스를 살리기 위한 일부 표현은 그렇지 않을 수 있습니다.

사계절을 품은 네 편의 사랑 이야기

부순영 소설집

터널
안의
태양

ㅇㅅ

날이 좋습니다.

계절에 사랑을 그려 넣었으니
지금부터 새로운 인물이 되어
살아가는 겁니다. 우린.

/

삶이란

누군가를 지그시 바라보고
간직하고 싶은 소리를 들으며
귀한 곳에 나를 세우지 않는다면
기억나는 날이 없을 테니까.

/

/

사랑에 관한 단상
당신이 끼치는 그 영향에 관하여

/

첫 번째 이야기

여름날의 영화표

미안한 사람보다
고마운 사람이 되었으면 해서요.

무슨 바람에서인지 초원은 이대론 안 되겠다 싶은 위기감이 들었다. 그러나 소개팅 자리는 여전히 그녀에게 어려운 과제다. 낯선 자리에서 발현되는 어색함은 물론이고, 자신도 알지 못했던 다정함으로 무장해서는 기억에 남을 만한 대화를 시도해야 한다는 점도 나름 곤혹이었다. 하지만 이러한 부자연스러움을 극복하지 않고서야 자연스러운 연애 사건이 벌어지지 않는다는 건 지난 시간이 증명해 주었으니, 아무래도 받아들여야 할 현실이란 게 존재하는 듯했다.

"비참하기 짝이 없네."

짝이 없어?! 그놈의 짝을 찾기 위해 물색하는 꼴이란. 자신에게 이런 미래가 펼쳐질 줄은 꿈에도 상상치도 못했다. 악착같이 밤을 새워가며 공부한 것도, 죽자 살자 좋은 직업을 골라 꿰찬 것도 도무지 이를 위한 전개는 아니었으니까 말이다.

적극적이지 않고서야 색다른 사건을 만날 수 없다는 조바심은 말 그대로 기우일 수도 있겠으나, 조금씩 나이 들어가며 만날 수 있는 이성이 대폭 줄어든 건 사실이었다. 그러니까 지금의 상황을 좋게 표현하자면,

"달라질 용기의… 추… 출발점?"

옷장 문을 확 열어 놓고 이 옷 저 옷 몸에서 붙였다 떼었다 한다.

"됐어! 이왕 나가는 거 잘 해보자고! 그러니까 조금 달라도 통하는 무언가가 있었으면 좋겠구? 그 뭐랄까… 무의식적으로 행복이 흘러나오는 상태? 그런… 것도 짧게나마 존재했으면 좋겠는데."

모두가 그렇듯 자신이 가진 모습 그대로 보전한 채 그에 걸맞은 상대가 나타나길, 부디 운명이 그리 흘러가 주길 기원하며 스스로를 대변하며 살아가게 되지만, 고개를 빳빳이 들다 보니 슬프게도 초원에게는 아무 일도 벌어지지 않았다. 진정 아무 일도.

지난 이별 후로 자그마치 반년이라는 시간이 지나가 버렸다. 연애에서만큼은 연중무휴의 스코어를 달성하던 그녀의 머리가 복잡해지기 시작한 것도 그쯤이었다. 한두 달? 즐거웠다. 서너 달? 나쁘지 않았다. 그러나 딱 잘라 절반만 남은 한 해를 확인하자 등골이 서늘해지는 게 아닌가. 이게 남들이 말하던 장기 비수기의 시작? 연애에서만큼은 안일함이 드러나는 순간 쏟아지는 흙더미 속으로 사라지는 것이라고, 그녀는 입술을 잘근거렸다.

"나가는 거야! 나가면 되지? 허, 그게 뭐라고."

그리하여 재정비를 결심했다. 특별한 결실이 없다 해도 자극제로서 충분할 거라고 자신한다.

"하던 것만 하며 살 순 없어."

적어도 이성 관계에서는 나이가 들수록 한 걸음 다가갈 줄도 알아야 한다는 주변의 말도 때마침 떠올랐고.

버스에서 내린 초원은 거대한 백화점 건물을 올려다본다.

"차를 가져올 걸 그랬나."

혹시 몰라 두고 왔다. 번화가 체증이 끔찍하기도 했지만 남자도 차를 끌고 나올 테니 이래저래 번거롭지 않을까 하는 계산에서였다.

"입구에 내려주면 좀 좋아?"

초원이 탄 버스는 정확히 목적지 맞은편에 정차하였다. 말이 맞은 편이지 번화가 사이 도로만 해도 8차선이다. 어디로 가로질러 가도 짧지 않은 거리, 그나마 최단 거리가 횡단보도일 수 있는데, 안타깝게도 그 또한 없었다.

땀이 차오르는 얼굴로 푹 파인 지하도 계단을 쳐다본다. 어두침침한 통로. 작년부터 시작한 주변 공사로 사방의 출구가 새로워지는 중인데, 하필이면 그녀 앞의 5번 출구만이 여전히 시커먼 채로 낡아 있었다. 변화를 주저하는 그녀의 모습처럼 말이다.

그래서인지 초원은 애처롭게 뒤처져있는 5번 출구를 외면할 수 없었다. 이름과 얼굴만 아는 그를 만나기 위해 에스컬레이터도 없는 계단을 거침없이 내려가 쭉 가로질러서는 다시 걸어 올라가야 하는 수고로움도 감수해 보기로 한다. 과연 촘촘히 쌓아 올린 노고의 선들이 빛을 발할 수 있을까. 하루의 행운을 점쳐본다. 고개 숙인 초원은 신발을 바라보았다. 앞도 뒤도 뚫려있는 화이트 컬러 여름샌들. 발을 지탱하고 있는 거라곤 발등 위를 부드럽게 감싸는 가죽이 전부다.

"대체 왜 그랬을까?"

순간 정말 미쳐버린 게 아니었나. 누군가에게 먼저 다가선다는 건 나쁜 게 아니겠지만, 시작도 과정도 자연스럽지 않았으니 그게 나쁜 거다.

"저, 저기 죄송한데요.

혹시 저랑 영화 보실래요?"

"······네? 오늘요?"

"아, 다름이 아니라요, 어······

제가 거래처에서 예매권 두 장을 받았거든요?

근데 쓸 수 있는 시간이 딱!

다음 주까지더라고요.

제가 평일에는 시간이 안 될 것 같아서요.

어······ 그러니까 제 말은······."

"아, 저는 괜찮습니다."

"네?"

"괜찮아요."

"그······ 말씀은."

"좋아요! 시간 괜찮습니다!"

"어머나, 정말요? 혹시 몇 시가 좋으실까요?"

그는 친절했다. 아니, 속으론 무슨 생각을 했을지 모르겠지만, 어쨌건 그리 믿고 싶었다. 내쉰 숨이 습기를 머금고 살결로 닿는다.

"미쳤지, 미쳤어! 정말 미쳤다고! 생애 첫 소개팅을 이렇게!"

주말 아침 댓바람부터 대뜸 연락이라니. 평일에 시간 없다는 말도 백 프로 거짓말이다.

"상대의 멱살을 움켜잡고 무지막지하게 굴어버렸네."

여하튼, 구차한 출발이었다.

긴장한 기색이 역력해 보이는 초원, 발바닥에서 뿜어낸 땀으로 샌들 안의 엄지는 힘을 꽉 주어 새하얗게 질린 상태다. 걸음마다 미세하게 쏠려 나가는 발. 드리클로를 빈틈없이 문지르고 왔어야 했나, 하지만 땀이란 무릇 소멸하지 않고 다른 구멍을 찾아 나온다고 했다.

"아냐, 급하고 떨려서 그런 거지. 땀도 곧 가라앉을 거야."

한증막 모래시계를 서너 번 뒤집은 것 같이 발그레하게 뜬 얼굴, 콧잔등이 빈자리 없이 축축하기만 하다.

낯을 가리는 탓에 그동안 연애라고는 늘 곁에 머물던 이들, 그러니까 매우 마음이 편해질 수 있는 관계들로만 이어왔으니, 이렇게 처음 보는 남자를, 그것도 영화부터 보자 먼저 제의하고선 주선자도 없이 털레털레 나선 길은 도무지 본인이 저지른 짓이라고는 믿을 수 없는 상황이었다. 나름의 연애 경력으로 불안을 잠식시키려 했으나 꿀꺽, 연신 침만 삼키게 된다. 이러한 비상식적인 장면은 오로지 사진 한 장 때문이었다. 그 사진 한 장 때문에.

"아니, 사진이라도 보여주면서 소개팅을 주선해야지…… 무슨 제비
뽑기 하는 것도 아니고."

"안 보여주고 싶어서가 아니라 안 찍더라구 얘가."

"왜지?"

"글쎄? 죄다 고양이 사진이고 그러네."

"난 고양이 무서워하는데."

"너 강아지 파야? 몰랐네."

"난 반응이 즉각 오는 걸 좋아해."

"고양이도 즉각 반응해. 약간 앙칼져서 그렇지. 가만 보면 엄청 귀엽
다?"

"가만 보면?"

평소 같았으면 소개팅 얘기만 나와도 발작버튼이 되어 고개부터 저
을 그녀였는데, 그날따라 웬일인지 초원은 그 말을 넙죽 받은 것도 모
자라 사진까지 내놓으라며 온갖 추태를 부렸다. 그런 자신의 모습이
어처구니없었는지 초원은 계속해 빗나가는 안주를 젓가락으로 쑤셔
대며 실없이 픽픽 웃기만 했다.

"사진 하나 찾았다!"

"오! 어디 보자."

초원은 입을 동그랗게 오므리며 집중했고, 누군가 실로 묶어 당기는 것처럼 슬며시 입꼬리가 올라가는 중이었다.

"뭐야, 괜찮은가… 보네?"

옅은 하늘색 셔츠를 입은 사진 속 남자는 깔끔해 보이는 인상으로, 뒤에 펼쳐진 울타리에 두 팔을 벌린 채 기대고 있었다. 그곳의 바람결이 고스란히 느껴질 만큼 곡선의 머리칼이 자연스럽게 휘날리는 것이, 좋은 거 많이 먹고 자란 영국 귀족 견의 털처럼 탐스러웠으며, 바디 사이즈에 맞게 걸친 재킷 안으로 셔츠의 구김이 꽤나 멋스러웠다. 무엇이 그리도 좋았던 걸까. 남자는 카메라를 보며 생기 있는 눈으로 맑게 웃고 있었는데, 티 없는 얼굴 위로 무심하게 얹어진 동그란 안경이 지적인 매력을 더하고 있었다.

"히히……. 나이는?"

"동갑."

"키는?"

"별로 안 커."

"별로 안 커? 얼마란… 거지? 무슨 일을 하시고?"

"일은 그만두고 박사과정 들어갔어."

"수료……가 아니라 과정? 그럼 학생, 이란 거네?"

"그런 셈이지?"

"야."

"어?"

"뭐냐."

"왜."

"나보니 생각난다더니, 죄다 내가 싫어하는 조건들만 가지고 있잖아! 너, 지금 내가 학생을 만나야 하는 처지라고 생각해?"

"아니, 거기까진 생각 안 해봤고."

"왜 안 해. 생각을."

"만나라는 게 아니라 번뜩 떠올랐-다, 이 정도? 그래도 혹시 모르니까 한번 나와 보라 할까?"

"지금?"

"될 거야. 집에만 있는 애라."

"방에서 뭐, 고양이만 종일 데리고 놀고 그러시는 거야?"

"어. 정확해."

"허허, 거 참."

"별로면 그냥 친구 하면 되잖아~"

"아니 그래도 뭐, 시간이 꽤 늦었는데 되실까 모르겠어서 그렇지."

"괜찮아. 물어보고 안 됨 말지."

"……음, 그래?"

초원은 마지 못하는 척 친구를 말리지 않았고, 마침 술집 냉장고에 붙어있는 늘씬하고 요염한 소주 광고 모델로 눈길이 가더니 아, 살 좀 뺄걸, 늘상 하던 소리를 또 내뱉는다. 저절로 옆구리로 올라가는 손. 고개를 숙여 현 상태를 체크해 본다. 그러고 보니 오늘 착장도 영 별로다.

핸드백을 열어 파우치를 꺼내며 야무지게 쥐어본다. 새하얀 파우치는 지퍼가 골드 컬러였다. 가장 마음에 드는 부분이랄까. 화이트가 골드와 매치가 될 때 한껏 우아해진다는 것. 전 남자 친구로부터 받은 명품 화장품 세트와 파우치였다.

"미안하게 됐어. 오빠?"

초원은 싸늘한 얼굴로 총총 화장실로 걸어 들어갔다.

"에이, 참."

톡톡톡, 얼굴을 재건할수록 점점 올라오는 심박수.

"어차피 혼자 있어도 다듬었을 거라고요."

이리저리 얼굴을 돌려가며 별안간 신이 나기 시작한 초원이다.

"이게 바로 금요일이지!"

잊어버린 것 같던 두근거림이 다시 기운을 차리는 게 나쁘지만은 않다.

"그래도 내가 유례없이 반년이란 시간을 가졌다구! 그 정도면 그 자식이 모르는 의리 따위를 내가 지킨 거란 말이지."

남자 친구의 과오로 인한 이별이었다. 초원은 순식간에 얼토당토않던 때로 돌아가 울컥 치밀어 오르기 시작했다.

"6개월이 딱 마지노선이야. 그 이상은 없! 어!"

수정 메이크업 과정이 다소 진지해졌다.

"소개팅이 뭐, 별거야? 그냥 자연스럽게 만나보는 거지."

아직 열리지도 않은 만남에 괜한 힘을 싣고 있다. 그러나, 호기로운 시작과 달리 친구의 통화는 단박에 봐도 순조로워 보이지 않는다. 얼마 없는 몇 마디를 놓치지 않으려 점차 느려지는 발걸음. 결코 길어지지 않을 법한 통화가 늘어지자 초원은 못마땅한 얼굴로 한발 다가가 앉는다.

(야! 당장 끊어!)

초원은 손으로 목 주위를 쉭쉭 그어대며 찡그린 미간으로 입 모양을 만들었다. 때마침 끝난 통화와 함께 친구의 머쓱한 얼굴이 이미 답을 들은 것만 같다.

"내가 늦었다 그랬지."

초원은 나무라는 얼굴이었지만 덩달아 쪼그라드는 기분이었다.

"하지 말라니까, 너무 갑작스럽잖아. 내 얘기는 안 했지?"

"응."

"네 얘기만 한 거지?"

"어."

"나에 관해서는 일절 얘기 꺼낸 거 없……"

"아, 안 했다구! 네 얘기. 여자 있다고만 했지."

"……그래."

"……"

"내가 부른 건 아니니까."

이 기분을 뭐라 표현해야 하나. 내심 이해되는가 싶다가도 아쉬움과 초조함, 그 끝에 이는 묘한 불쾌감이 마구 뒤섞이는 순간이었다. 결론부터 말하자면, 그는 결국 자리에 나오지 않았다. 선약이 있던 것은 아니었으며, 피곤하거나 바쁠 만한 상황은 더더욱 아니었던 것으로 보인다. 집이 거리가 좀 되느냐 물었을 땐 그마저도 하필 아니었다. 계속해서 넘어지는 용인의 허들이 초원을 슬며시 울적하게 만든다.

"산책 중이었다고?"

초원의 눈동자가 이글거리기 시작한다. 흥분해 엉덩이를 떼었다 붙었다 들썩이자 친구는 아무 말 없이 고개만 끄덕인다.

"그럼 그 길로 곧바로 왔으면 됐겠네! 여기로."

"그러니까."

"것도 싫대?"

맥없이 끝난 대화. 아무것도 한 게 없는데 이미 어긋난 것 같았다. 들떠 있던 자리가 일순간에 침울해졌다. 초원은 반쯤 남은 맥주를 시원하게 들이켜고는 탁 소리를 내며 테이블 위로 내리친다.

"아-니, 무슨 나이 든 노인네도 아니고 이제 불금인데 기껏 한다는 게 산책? 그래서 안 나온다고?! 나오면 여자를 만날 수 있다는데? 어? 뭐야! 그러니까 말해 봐. 정확히 지금 나, 까인 거지?"

"네 입장에서야 그런 느낌일 순 있는데 딱히 그런 것도 아니잖아?"

"뭔 말이야 그게."

"애초에 계획에 없던 일이니까 거절할 수도 있다는 거지."

"그래요."

"그리구 얘가 그만큼 여자에 막 환장하고 그렇지가 않~아요. 대뜸 부르는 술자리에 여자가 있다고 헐레벌떡 뛰어오고 응? 그런 캐릭터

원해? 차분해. 진중하고. 보통 애들이랑은 다르다는 거지. 이런 점이."

"하하, 하하하핳! 하하하핳하!!"

침대에 누운 초원은 술자리의 여운이 가시지 않는다. 평소 떠들고 다니던 이상형에는 부합하지 않던 남자.

"그런데 왜!"

확 일어나서는 곰곰이 생각한다. 평소 예상한 적 없는 난감한 상황이 자신의 승부욕을 고취하고 있었고, 지난 날 이상형이었던 것처럼 가슴팍으로 비집고 들어와서는 거침없이 휘몰아쳐 버리는 게 아닌가.

"마귀가 들렸어. 마귀가."

명치를 문질러 보는데 움찔움찔한다.

다음 날 아침. 토요일 주말마저 출근 시간대에 일어난 영락없는 노동자 초원은 눈 뜨자마자 TV를 켜놓고는 송장처럼 누워만 있다.

"혼자만의 시간이 이렇게나 편하다니까."

심심한 건 잠시도 못 참겠지만, 지난 반년 동안 이런 시간의 묘미에 젖어 들었다.

"몇 시지."

핸드폰으로 시계를 보려는데 화면에 활짝 웃고 있는 남자의 사진.

"어머나! 이게 뭐야!"

얼굴 위로 팍 떨어뜨려 버린 핸드폰.

"으악!"

휴대전화가 이렇게 무거울 줄이야. 작은 기계가 억세게도 단단하다. 코뼈 정중앙부터 볼까지 욱신거리는 게 참을 수가 없었다.

"아욱……, 뭔 일 난 거 아냐?"

가까스로 정신을 부여잡고 손거울을 꺼낸다. 한쪽 눈을 감은 채로 코뼈를 잡고 살짝 흔들어 본다.

"아으, 웬일이야 이거이거. 아침부터 조졌네."

허둥대다 다시 마주한 휴대전화 액정. 슬며시 전원 버튼에 손을 가져간 채로 심호흡하자 안면인식으로 곧바로 잠금 화면이 풀려버린다. 또다시 시작된 그와의 눈 맞춤.

"헉!"

-두근, 두근…… 두근.

헤벌쭉 벌어지는 입.

"뭐랄까. 똑똑하게 생겼으면서도? 편해 보여. 그리고 이게 파마…인지 반곱슬인지 꼬부랑거리는 게 너무 귀엽잖아! 안경, 이 동그란 안경이 이미지에 찰떡인…… 게? 흐흡!"

초원은 아픈 부위를 뱅글뱅글 문지르며 고민에 빠졌다.

"언제 만나자고 하지?"

서서히 일어나 앉은 그녀.

"오늘 만나자 해야겠어! 어제의 거절은 내가 거절하니까!"

"우리 효정이한테 연락받으셨죠? 아침부터 너무 죄송해요."

"아니에요. 괜찮습니다."

괜찮다 하기엔 너무 괜찮지 않은 얼굴이었다. 주말이라 종일 잘 것을 계획했던 아준은 답하면서도 꿈인지 생시인지 분간이 가지 않았다. 계속되는 알림음에 짜증 섞인 눈으로 일어나보니, 부재중 전화에 이어 메시지까지 한가득.

효정, 효정, 효정, 효정. 얘가 대체 무슨 일이래, 어제부터. 효정에게 전화를 걸었더니 그 친구 역시도 자다 일어난 목소리로 귀찮은 듯 대충 설명한다. 아무래도 어젯밤 술자리에서부터 자신에 관해 무언가 얘기가 오갔던 게 분명하다. 연이어 도착한 문자. 모르는 번호다. 효정이가 말한 사람이 이 여자구나. 여전히 무거운 눈꺼풀이지만 최대한 공손함을 유지하려 애쓴다.

처음 만난, 아니, 아직 만나지 않은 여자가 살갑게 영화를 보자고 한다. 하지만 여자의 프로필에는 그 어떠한 정보도 없다. 끔뻑끔뻑. 프로필에 아무 내용 없는 여자가 아준은 무언가 찜찜하다. 보통 사진 몇 장 정도는 가지고 있지 않나, 아닌가? 꽃 사진, 풍경 사진까진 아니더라도 개, 고양이 사진, 하다못해 짤이라도 한 컷 정도는 남겼어야지. 여하튼 요즘 보기 드문 기본 화면이다. 성가신 표정으로 목을 긁는 아준. 갈등이다.

"귀찮⋯⋯아."

정지된 눈동자. 눈을 꾹 감았다 떠보는데 주중의 피로가 아직 가시지 않은 무게다. 그러다 잠시 변하는 표정. 기차를 타기 전, 비행기 탑승 전, 무슨 대단한 일이 일어나겠나 싶으면서도 가슴 한쪽 남겨두는 미세한 가능성을 시험해 보고 싶은 마음이란 누구에게나 있는 거니까. 아준은 비스듬히 고개를 꺾은 채 눈썹을 긁적인다.

혹시나 하는 마음이란 게 이렇게나 무서운 거다. 주말 오후까지 잠만 자는 게으르기 짝이 없는 남자도 발딱 일으켜서 세수시킬 만큼. 씻고도 잠의 기운이 가시지 않은 듯 멍하게 서서는 뭘 입고 가지? 자문한다. "제가 어제 효정이랑 늦게까지 술을 마셔가지고요. 오늘 완-전 폐인이거든요. 그러니까 아준 씨도 편하게 입고 나오세요. 네? 알았죠? 편하게요!" 여자는 상냥하게 언질을 줬다. 남자는 입이 찢어지게 하품하며 옷장 안을 살펴본다.

*

떨리는 마음으로 영화관으로 향하는 초원. 일 년 내도록 관심조차 두지 않았던 영화표 두 장이 지금의 상황을 만들었다. 연애 초반에는 가장 편하게 갈 수 있는 곳이 영화관이지만, 어느 정도 만남을 이어가다 보면 후순위로 밀려나는 곳 또한 영화관이었다.

초원에겐 그런 의미였던 공간에 들어서자 느낌이 남다르다. 문득 자신 앞에 펼쳐질 연애 전개도가 궁금하다. 과연 이 인연과의 종착역은 어디까지일까, 순조롭게 흘러가나 싶다가도 한순간에 멈춰 서는 관계. 한 치 앞을 모르겠다. 손에 쥔 예매권 때문인지 그녀는 괜히 심란해진다. 묵혀두다 잊으면 안 되는데, 언젠가 보겠지 싶던 예매권을 두고 웬걸, 생판 모르는 남자와 사용하게 될 줄이야. 거래처로부터 받은 지류 상품권이 이러한 전개로 피어나다니. 별안간 소중해진다. 에스컬레이터에 탄 초원은 반사되는 거울 중간마다 슬쩍 고개를 빼 얼굴을 살핀다.

"어머, 이 얼굴로는 도저히 안 되겠는데? 화장실 가야겠어."

언제 이렇게 습기를 머금었는지 집에서 나올 때와는 전혀 딴판이다. 땀으로 얼룩진 얼굴은 물론이고, 희미한 입술 색은 병약해 보이기까지 한다.

스르륵 움직이는 계단은 그녀를 결전의 장소로 데려다주었다. 어두운 것도 밝은 것도 아닌 오묘한 조명과 은은히 퍼지는 팝콘 향기. 기분이 들뜬다. 지난 반년 동안 상대가 없던 그녀로서는 이 모든 조각이 설렘으로 다가오기 시작한다.

"화장실! 화장실!"

타이트하긴 하지만 늦진 않았다. 초원은 자신감 있는 걸음걸이로 걸어 나가며 살짝 고개를 돌려본다.

"혹시 미리 오고 그런 센스 있는 사람 아니야? 설마~"

메인 홀에 나란히 펼쳐져 있는 등받이 없는 의자들을 스캔한다. 한참 떨어진 곳에 아이들 몇 명, 그리고 한 커플, 또 어느 남자, 그 옆에 한 여자. 그리고 나머지 눈에 들어오는 사람은? 그다지 없다.

"혹시······."

초원은 고개를 갸웃거리며 화장실로 들어간다.

"아이, 진짜. 오늘 사고 칠 줄 알았으면 어제 그렇게 마시는 게 아니었는데. 왜 하필 다 마셨을 때 얘기가 나와 가지고. 에혀."

거울로 갖다 댄 상체로 얼굴 면면을 들여다보며 혀를 끌끌 찬다.

"엄청나게 부었네?!"

초원이 들이킨 게 어디 술뿐이었을까. 불타는 불판 위 삼겹살을 메인 스테이지로 하여 아삭아삭 구워진 콩나물과 적당히 익은 묵은지. 슬라이스 된 감자와 버섯이 맛스럽게 그을려서는 고소하게 바운스 바운스, 그사이 톡톡 터지는 콘 샐러드와 꾸덕한 단호박 찜으로 1세트 마무리! 곧바로 이어진 2세트! 바삭한 옛날 통닭과 다진 고추 칩이 첨가된 닭똥집 튀김. 그것들은 모조리 한숨이 되어 골인 지점을 통과하고 있었다.

"어쩌겠어."

말은 그렇게 해도 얼굴은 굳어 있다.

"만들면 되지! 얼굴······!"

핸드백을 여는데, 멈춘 손길이 갑작스레 다급해진다.

!

그녀의 움직임이 멈추었다.

"오, 마이, 갓······!"

화장품 파우치를 놓고 왔다. 순간 팍 떠오르는 장면. 화장대에 덩그러니 놓여있는 화이트 앤드 골드 파우치.

"대-박."

동공이 풀어지며 느슨하게 기울어지는 몸에 애써 중심을 잡아본다. 초원에게 화장품 파우치란 성인이 되어 외출 시 단 한 번을 두고 다닌 적이 없는 털끝의 모낭 같은 존재였다. 그러니 간단한 말로는 오늘이야말로 유일무이, 전무후무한 하루에 해당한다는 것이었다.

"왜 하필 오늘…… 지금 이 소개팅에 왜-에!"

울분을 참으며 흐느끼는 그녀. 크지도 않은 자그마한 핸드백 속에 마치 또 다른 공간이 있는 것처럼 안을 까뒤집어 본다. 모든 걸 단념한 듯 툭 내려놓은 손이 허망해 보인다. 지그시 감긴 두 눈.

"휴-우. 징조야 징조, 망할 징조."

끝을 모르고 뿜어져 나오는 한숨.

"아냐, 지금 딱! 딱! 딱! 아래 화장품 매장에만 잠시 다녀오면 되는 일인데? 안 될 게 뭐 있겠어? 와이 낫-!"

터벅터벅 화장실 밖으로 걸어 나간다. 용무 없는 척 스리슬쩍 고개를 돌리며 주위를 훑었지만, 굳이 찾을 필요도 없이 영화관은 더욱 비어있었다. 또래로 보이는 남자는 저기 저 구석에 한두 명 정도?

"저 추레한 덩어리들은 아닐 테고."

한쪽 손을 주머니에 넣은 채 벽면 영화 예고 영상에 시선을 고정하고 있는 한 남자.

"아닐 거야. 저 남자는."

그러나 초원의 눈빛 속에는 불안하게도 시원하게 스쳐 지나가지 않는 남자의 옆모습이 남아있다. 사람에게는 때론 피할 수 없는 찰나, 믿고 싶지 않은 광경이란 게 있고, 순간 그녀는 지금의 혼란을 가중시키는 묘한 기운을 피하고 싶었다.

"아니, 훗……, 아무리 그래도 소개팅인데."

그 사진의 영향 때문인지 그녀는 평소 눈여겨보지도 않던 캐주얼 정장에만 꽂혀있다.

"아냐, 됐어. 아니고 자시고 간에 지금 지체할 시간이 없다구. 일단 화장품 코너부터 빨리 다녀오자."

지워져 가는 메이크업 속에 초원은 자신부터 돌봐야 했다. 그렇게 아래로 향하는 에스컬레이터로 발을 댄 순간, 또다시 고개가 돌아간다. 아까부터 몹시 거슬리기 시작한 저기 저 남자. 프린팅이 군데군데 벗겨진 헐렁한 티셔츠, 청바지라 하기엔 어딘가 애매한 고무줄 팬츠, 오래 입어 문신 같은 복장과 지친 듯 어깨에 매달려있는 낡은 에코 백. 영락없이 요 앞 편의점에 담배 한 갑 딱 사러 나오기에 제격인 코디 아닌가.

"뭐지? 디자인이 원래 저렇게 빠진 건가? 하필 안경도…… 끼긴 꼈네. 동그란 거."

다소 그 느낌이 달라 보이긴 하는데 왜지. 또 다른 선상의 자연스러움으로 다가와 사람을 집중하게 만들었다. 초원은 멈춘 걸음으로 핸드폰을 꺼내 본다. 문자가 와 있다.

-저는 먼저 도착해 있습니다. 어디까지 오셨을까요?

*

다행히 늦지는 않았다. 과정이야 어찌 됐건 첫 약속에 늦는 건 예의가 아니라 다급히 챙기긴 했는데, 무슨 일이 벌어졌는지 아직도 정신이 차려지지 않는다. 만원인 지하철에서 후두둑 떠밀려 행선지도 아닌 곳에 내려버린 느낌이랄까.

"와, 이게 얼마만의 영화관인지."

그동안 쭉 연구실에서만 지내왔던 터라 지금 이 분위기가 익숙하지 않다. 다만 여성분보다 먼저 왔다는 사실에 마음이 한결 놓인다.

"영화를 상영하긴 하는 거야?"

조명은 켜져 있지만 대기 중인 관람객이 워낙 적으니 아준은 불안한 마음이 들었다. 그러다 어느 여자가 빠른 걸음으로 들어온다. 아준은 눈을 한껏 뜨며 엉거주춤 일어선다.

"어, 어디야 자기? 응, 다 와 간다구?"

어색한 자세로 슬며시 앉는다. 화장실도 다녀왔고, 어떤 영화가 있는지도 살펴보다 축 늘어뜨린 어깨로 이리저리 별 의미 없는 시선으로 둘러보는데, 아준의 눈에 또 한 여자가 포착되었다. 나풀거리는 흰색 셔츠가 걷는 바람에 날리는데 그게 도장처럼 쿡, 머리에 찍혀버렸다. 여자는 사뿐 걸어가더니 화장실로 쏙 들어가 버린다.

뭘 봐야 좋을까. 핸드폰으로 평점을 찾아본다. 사실 자신의 스타일에 맞는 영화는 없다. 평소 미션 임파서블, 007 시리즈물, 반지의 제왕 같은 액션 추격물과 판타지 시리즈를 선호하곤 했으니까. 관심에도 없는 개봉작에 대한 갖가지 한 줄 평들을 빠르게 숙지하며 그래도 아니다 싶은 것은 후보군에서 제외했다. 그 순간, 다시 시야에 들어오는 화이트 착장녀. 아준은 곧바로 고개를 돌렸으나 화장실에서 나온 그녀는 곧바로 에스컬레이터 방향으로 향한다.

"아……, 저분도 아닌가 보네."

푹 꺼지듯 시선을 거두는데 때마침 그녀가 고개를 돌리며 멈춰서 아준 쪽을 둘러본다. 천천히 발을 떼는 그녀.

"어?"

아준은 반사 신경처럼 그 자리에서 전화를 건다.

"여보세요?"

눈앞의 여자는 손에 쥔 휴대전화를 응시하다 천천히 받는다.

"여……보세요?"

한 공간에 울려 퍼지는 소리. 여자는 마치 시간이 멈춘 것처럼 그에게로 시선을 고정한 채 있었다. 아준은 초원을 향해 어설픈 자세로 다가간다. 서로 멈추지 않는 눈빛 교환. 자연스러운 웨이브의 긴 머리, 허벅지 위를 조금 가리는 길이의 나풀거리는 화이트 셔츠, 다리 라인을 따라 쭉 내려오는 청바지, 발꿈치로부터 발가락까지 완만한 곡선을 그리는 적당한 높이의 구두. 아준은 그녀를 향한 시선을 떼지 않았다.

*

서로임을 확신한 둘은 마주친 눈으로 고갯짓한다. 두 사람 모두 해맑은 인상이지만, 속은 알 수 없는 일. 남자의 첫인상이 초원에게는 황당 그 자체였지만, 너무나도 활짝 웃으며 자신을 반기는 태도 때문인지, 사진 속 남자와 비슷한 것 같았다는 치우침까지 허용하게 되었다. 그녀를 스쳤던 갖가지 우려들. 하지만 걸음걸음 다가오는 그를 보자 신기하게도 머릿속 잡념이 안개 걷히듯 사라지는 듯했다.

"죄송해요. 제가 조금…… 늦었지요?"

초원은 떨어지지 않는 발걸음으로 사과부터 한다. 적어도 사람을 만날 때 먼저 자신을 낮추는 것만큼이나 손쉽게 예의 있어 보이는 건 없으니까. 하지만 여전히 어색함이 뚝뚝 묻어나는 동작이다.

"아니요. 저도 방금 왔는 걸요."

그는 여자와 시선을 맞춰보려 하지만, 어찌 된 건지 그녀의 눈동자는 아준의 시선만 쏙쏙 피해 달아나고 있었다. 두 사람은 서로 겉도는 인사를 주고받았다.

"그럼 일단 영화 시간표를 좀……."

그녀는 무슨 말부터 꺼내야 할지 몰랐다. 우선 계획과 다르게 다녀오려던 화장품 매장을 들르지 못했고, 메이크업 수정을 못 한 채로 시작돼 버린 만남이 머릿속을 백지장으로 만들고 있었다. 얼굴이야 어찌 되었건 중요하지 않을 수도 있겠지만, 지금 이 순간 집착하고 있는 부분에 있어 준비되어 있지 못한 상태가 그녀를 당황하게 만들어버린 것이다. 하지만 눈앞의 남자는 기대 이하의 모습으로 매우 차분하고 여유롭기까지 하다. 그래서인지 자신이 하는 이런 잡다한 생각들이 과연 적절한 것인지에 대해서도 짚어봐야 하는 참이라 초원은 머릿속이 뒤죽박죽 아주 얼빠진 상태가 될 수밖에 없었다.

"아, 그러니까 으음, 지금이 4시 15분이니까요? 아준 씨? 이거 4시 30분! 오! 이걸로 예매하면 되겠다! 그죠?"

초원은 관람 시간 안내 화면으로 다가가 부자연스러운 웃음으로 남자의 동조를 구했다. 남자는 아주 잠깐 끄덕이다 멈추었다.

"네. 그런데 아니 저, 저기……."

"네?"

"4시 30분 거 바로 보시게요?"

"네! 지금으로부터 가장 가까운 시간이잖아요!"

"아……!"

물음을 넘어 의문같이 느껴지는 남자의 어조에 타임 테이블의 잔잔한 숫자를 가리키던 초원의 손가락이 공중에 그대로 멈춰버렸다.

"일단 잠시만요, 잠시만, 차분히."

"네? 아, 네."

태어나 이런 제지는 처음이었다. 마치 '조급함 멈춰!'를 알리는 경고판처럼 손바닥을 쭉 펼친 채로 천천히 진정시키려는 게 아닌가. 그녀의 시선도 따라 내려온다. 가까이 있는 남자의 팔뚝. 전완근 위로 불룩

한 핏줄에 시선을 빼앗긴 건 잠시, 그녀는 왠지 이런 상황을 언제 한번 본 적 있는 것 같다. 아마, 동물농장이었나. 야무진 조련사가 달아오른 동물을 조련할 때 이랬다. 그래서인가. 초원은 남자의 또박또박 떨어지는 한 음절씩을 곰곰이 새겨들으며 따르고 있었다.

"물론 영화도 중요하지만요. 근처 카페라도 가서 간단하게 소개부터 하면 어떨까 해서요. 아아, 물론 초원 씨 말대로 해도 좋을 것 같은데요. 먼저 인사라도 하고 영화를 본다면 더 괜찮지 않을까 싶어서요."

상대를 최대한 수용하면서도 기분 나쁘지 않게 자신의 의견을 전달하는 모습을 보고서, 초원은 뒤통수를 후려 맞은 듯한 진한 충격에 휩싸였다. 그러고는 짧은 웃음이 새어 나온다.

"하아……."

그제야 정신이 드는지 초원은 고개를 떨어뜨리고 무릎을 잡은 채 프흐흐 웃는다.

"하핫, 맞네요, 맞아. 그러네요, 정말."

소개팅이 처음이란 걸 이렇게 티 내서야. 흐릿해진 얼굴만큼이나 정신까지 흐릿해졌나 보다.

손에 쥔 영화표. 일 년 유효기간의 예매권은 이렇게 군더더기 없이 한 해를 꽉 채우고 나서야 마침내 쓸 날이 오게 되었다. 그것도 한여름, 인생 첫 소개팅의 어느 남자와 함께 말이다.

＊

"시간이 보자……."

남자가 손목을 꺾어 돌리는데 팔뚝의 잔근육이 아까보다 더 눈길이 간다. 하지만 잠깐의 시선도 망측한 것 같아 초원은 즉각적으로 눈을 돌렸다.

"영화표도 받았으니, 이제 슬슬 내려가 볼까요? 제가 여기가 처음이라 미리 와서 좀 둘러봤거든요. 괜찮은 곳 있나……."

"네?"

"바로 아래층 가니 예쁜 카페가 하나 있더라고요."

초원은 뿌듯한 얼굴을 애써 감춰본다. 어찌 보면 사소하다 할 수 있겠지만 이런 별것 아닌 것들이 별것처럼 이어지거나 빗나가서는 다른 길로 들어설 수 있는 게 남녀 관계였으니까. 여자는 고마웠다. 지금 자신의 얼굴이 어떤 지경인지 알 수 없지만, 그럼에도 행동 곳곳에 베인 상대의 매너가 그녀의 마음을 조금이나마 가볍게 만들어주었다.

"초원 씨, 계단이에요. 발 조심."

뭔가. 소개팅은 남자도 처음이라 하지 않았었나. 연애 경험도 거의 없다 했었고. 알 수 없는 표정을 지으며 친구 효정의 브리핑을 재빠르게 되짚어 본다. 널찍해 보이는 어깨, 평소 운동이 취미라더니 그저 그런 말이 아니었던 것 같다.

"주문하신 음료는 진동 벨이 울리면 들고 가시면 되세요."

"넵."

아준은 부드러운 얼굴로 살짝 끄덕이며 영수증과 카드를 건네받았다. 자그마한 카페. 다른 매장과 경계 짓는 둥그런 울타리 안으로 작은 테이블 대여섯이 놓여 있었고, 이제 음료만 기다리면 될 일이다. 하지만 그녀의 머릿속은 오직 한 가지뿐.

"어? 근데 혹시…… 이거 멍인가요?"

"네?"

"코가 시퍼레요. 초원 씨 언제 다친 적 있어요?"

"아뇨?"

"여기……, 여기 코를 둘러싸고."

"핫!"

초원은 화들짝 놀라 두 손으로 코를 숨겼다. 카페의 조명은 마음에 들 만큼 부드러웠지만 아까의 영화관보다는 분명 밝았으니.

"아, 저… 저기 제가 화장실을 좀…….."

"아! 네! 화장실이…… 어디 있을까요."

아준은 자리에서 일어나 위치를 알아보려 한다.

"아뇨! 제가 알아서 가볼게요. 알아요! 저!"

다급하게 손사래를 치며 고개를 끄덕였지만, 모른다.

"그럼 천천히 다녀오세요. 천-천히."

종종걸음으로 그에게서 멀어지는 모습. 그녀는 뒤죽박죽 엉망진창의 하루를 몸소 표현하고 있었다.

“아휴 씨! 대체 어디 있는 거야.”

초원은 잃어버린 물건을 찾듯 매장 사이를 헤매고 있다.

“호오, 저건 안 쓰는 브랜드인데.”

멀찍이서 손톱을 톡톡 두드리다 하는 수 없이 어느 한 매장으로 빨려 들어간다.

“안녕하세요, 고객님. 찾으시는 거 있으실까요?”

높은 스툴 의자에 한쪽 다리만 내린 채 걸터앉아있던 점원이 모니터에서 시선을 떼며 일어서려고 한다.

“아뇨! 제가 알아서 고르겠습니다! 지금 좀 급해서요.”

혹여나 말이 길어질까 힘준 미소로 정중히 사양한다.

“일단 아이라이너…… 하고? 이게 당장 시급하지. 어어. 팩트, 팩트! 팩트는 기본적으로 있어야 하니까.”

진열대 사이로 설치된 자그마한 거울. 퍼렇다. 콧대 중앙이 정말 시퍼렇다. 초원은 절레절레하며 황급히 계산대로 향한다.

“네, 수고하세요-!”

인사를 날려버리고는 잰걸음으로 걷는 그녀. 아준은 멀리서 종종거리고 있는 초원을 발견한다. 어딘가 모르게 정신없어 보이는 그녀를 향해 손짓하려는데,

“어?”

다른 방향으로 향하는 그녀였다.

“아직 못 간 건가? 화장실을.”

스윽 웃으며 앉는 아준. 그녀는 정말 신기한 사람 같아 보인다.

"아니, 저 남자는 세상 편하게 하고 와서 저리 느긋이 앉아 있는데 난 왜 화장실까지 와서 이러고 있냐고요. 으응?"

집에 넘치는 화장품을 굳이 또 사서 숨겨 들어온 모양새에 초원은 스스로 느끼기에도 속이 상한다. 편한 걸 넘어 지극히 안정적으로 리드하고 있는 남자에 비해 자신은 왜 이리도 허둥거리고 있는지. 회사에서도 늘 그랬지. 완벽한 상태가 아니고서야 누구에게도 보여주기 싫어해서는!

"헙!"

얼굴 한가운데 정말 멍이 들어있다.

"이럴…… 수가!"

놀라움을 감출 수 없다. 아침에 떨어뜨린 휴대전화가 이렇게나 강력한 흔적을 남길 줄이야.

"하긴, 아프긴 정말 아팠다니까. 으윽!"

메이크업을 덧바르며 살짝 스쳤는데도 욱신거린다.

"이거 무슨 이상 있는 거 아니야?"

속상함도 잠시, 상황이야 어찌 됐건 아무래도 여자는 그에게 홀려도 단단히 홀린 게 분명했다. 저기 저 남자가 아닌, 어제 사진 속 그 남자에게 말이다.

"아냐. 이건 내 몸에 달려 있는 나의 머리통에 대한 예의인 거지. 다른 뜻은 없어."

"흐음, 올 때가 됐는데……."

음료 두 잔을 받아 들고서 초원을 기다리던 아준은 컵을 둘러싸고 있는 물기가 빼곡해지자, 카운터로 가 냅킨을 두텁게 챙겨와 잔을 닦아내고 잔 아래에도 도톰히 깔아둔다. 찰랑거리는 얼음소리. 주말에 이렇게 나와 커피 한잔하는 것도 나쁘지 않네. 긴장이 풀린 얼굴로 스륵 웃는다.

"아아, 미안해요. 미안합니다—아!"

드디어 돌아온 그녀. 초원이 다가오자 그는 반쯤 일어서며 더웠죠, 어서 마셔요, 같이 화장실 찾으러 갈 걸 그랬네요, 따뜻한 응대로 잔을 밀어주며 앉는다.

"아닙니다. 무슨요."

상대가 성실하게도 친절한 사람이라는 느낌 때문이었을까. 초원 역시도 점점 깍듯해지고 있었다. 처음 보는 사람을 섣불리 판단해선 안 되는데 싶으면서도 행동 하나, 스치는 감정까지도 의미를 부여하게 된다.

이제야 한숨 돌려보는 초원. 시원한 음료가 목을 적시자 전혀 계산되지 않은 멍한 미소가 피어오른다. 지금 마시고 있는 게 무슨 음료인지, 자신이 시킨 메뉴조차 기억나지 않는다. 한편, 조금 전보다는 생기 있어 보이는 그녀의 인상에 아준은 마음이 쓰인다. 아깐 속이 많이 안 좋았구나 싶다.

"괜찮으세요? 이젠?"

"네? 아아……? 네!"

"연애를 못 한 건 물론 환경적인 측면도 있지만, 사실 애초에 못 박아두었어요. 적지 않은 나이로 공부까지 하면서 연애를 하기엔, 날 만날 상대에게 과한 요구라는 생각이 들었거든요."

남자는 음료 잔을 엄지로 쓸어내리며 시선을 고정한 채 말한다.

"뭐, 이제 곧 끝나 가시는데요. 잘 넘어오셨어요. 큰 고비를."

초원은 마음에 없는 말을 잘도 했다. 남자를 보며 가장 고민하게 만든 요소가 바로 학생이라는 사실이었으면서도, 별 뜻 없다는 듯 너그러운 척 연기할 수 있다는 사실에, 이 비밀을 잘 지킬 수 있을까. 초원은 자신의 모습이 거북스럽기 짝이 없었다.

이 시대는 사랑 하나 하기에도 고민이 많아져 버린 세상이다. 대학생 땐 그저 자신과 맞는, 마음을 움찔거리게 하는 순간에 집중하며 끌리고 멀어지다 돌연 샘솟곤 했었는데, 스무고개 하듯 이리 고민하고 저리 주저하다 그나마 내딛는 게 한 발짝이었다. 때 묻은 결정을 하지 않고서야 금세 끝나버릴 걸 알고 있기에, 초원으로서는 이상형에 부합하지 않는 남자를 두고서 깊은 망설임을 가질 수밖에 없었다.

"초원 씨, 글 쓰신다고 하셨죠?"

"회사 가기 전 새벽에 잠시요. 취미예요, 취미."

초원은 급히 낮춘 시선으로 살짝 찡긋거리며 말한다.

"출근만 해도 고될 텐데, 세상에나 새벽 작업이라니요."

글쓰기는 여러 작업 중에서도 매우 밀도 있는 집중이 요구되는 활동일 텐데, 그걸 출근 전에 하다니! 올빼미형 아준에게는 동틀 새벽 작업의 풍경이 매우 생경했다.

"얼마 전, 있는 돈 없는 돈 긁어모아 여행을 다녀왔었거든요. 제 첫 해외여행!"

"오호-!"

"야외 벤치에 너나 할 것 없이 커피를 시켜두고서 각자의 시간을 보내는 게, 정말 말 그대로 낯설게 느껴지더라고요. 화려하지 않은데 풍요로워 보였다고나 할까요. 감상하듯 지켜만 보았어요. 나는 영영 그런 여유 못 누리고 살 것처럼 말이에요."

초원은 그곳 풍경 속에 우두커니 선 듯 회상하며 웃었다.

"자유를 함부로 생각할 수 없잖아요. 철없는 사람, 뜬구름 잡는 사람, 생애에 책임감이라고는 전혀 없는 사람으로 취급받게 될 테니까."

그녀는 그동안 가졌던 고민의 시간을 건너는 듯했다.

"오십 대 후반쯤 되어 보였을까요. 어느 나이 든 여자가 무언가 그리고 있었는데요. 뭔가 싶어 슬쩍 뒤로 가 훔쳐보았더니 글이었어요, 그림이 아니라. 한 줄씩 고민하며 써 내려가는 모습이 매우 인상적이었어요. 저도 모르게 덜컥 다짐이 들었지요. 나도 글 써야겠다. 두툼한 노트 위로는 무한히 자유를 그릴 수 있잖아? 이국적인 곳이라 더더욱 판타지 같았어요. 번뜩였죠! 인생은 가벼운 도전만으로도 미세하게나마 황홀해질지도 모른다고."

두 사람 앞에 제각기 불을 밝히며 점차 반짝여가는 두 세계가 피어오르고 있었다.

"아마도 저는 여행 자체보다 제게 시간을 선물하지 못한 걸 탓하고 있었는지도 몰라요. 난 여전히 집이 편한 사람이고, 사비를 탈탈 털어 떠난 결심은 분명 나의 성향과는 정반대였으니까요."

"그런 결정의 계기가 혹시 있었을까요?"

아준의 물음에 초원은 슬쩍 조소를 흘렸다.

"갓 시작한 스타트업에 스카우트된 적이 있습니다. 런칭을 얼마 앞 둔 시점에 임원의 실수? 아니, 비리로 불미스럽게 종료가 되어버렸죠. 난감했어요. 대단한 그림을 펼칠 것처럼 소문이란 소문은 다 내놓았 는데, 그럼 난 어떡하지? 투자한 시간과 꿈꿔온 미래는 또 어떡하고 요. 패배감이 온몸을 짓누르는 상태가 되어버렸죠. 그 이후로 내 것에 대한 애착이 생기게 되었어요. 내 것이 없는 한, 나는 언제든 빈털터리 가 될 수 있다고. 내 것? 나의 것? 그런 거 무진장 중요한 거더라고요. 이제 막 자라기 시작한 어린아이들도 내 것, 네 것을 가리는데 어른이 라고 다르겠어요? 그래서 일어나 막 써버리는 거예요. 글이란 처음부 터 끝까지, 온전한 내 것이잖아요!"

초원은 남몰래 품어온 상자를 보여주며 사뭇 경쾌한 빛이 되었다.

"며칠 못 갈 걸 알면서 시작한 에세이인데 다행히 아직도 쓰고 있답 니다. 매우 무사히! 근데 실은요…… 지금 몇 장밖에 안 썼어요. 히힛."

포장한 것에 비해 초라한 현황에 부끄러워하며 초원은 배시시 웃는 다. 허술한 창작 활동은 정말 자신밖에 모르는 일이었다. 물론 주변에 넌지시 운을 띄운 적이 있었으나, 대부분 시원찮은 반응이었다.

"몇 장이고, 얼마만큼 진행됐고, 그런 게 중요하겠어요? 시도하고 유지한다는 그 자체가 의미 있는 거죠."

"매우 희망을 주는 답변이네요."

"인생에 있어 묵직한 변화는 반복해 쌓아 올린 것들이 이룩해내니까요. 한 번에 얻은 건 워낙 가치가 없어서."

고뇌를 지나지 않았다면 남자와 이런 대화까지 이어질 수 있었을까. 여자는 지금까지의 보잘것없는 분주함들이 다행이다 싶었다.

"대단한 다짐과 계기가 필요했다면, 저도 이 공부 시작 못 했을 겁니다."

다부진 말을 쏟아내다가도 남자는 자신의 이야기로 돌아오면 금세 쑥스러운 모습을 하고 있었다. 초원은 서로가 조금 감추어진 이야기를 공유하게 되었다고 생각한다.

"어떻게, 자라날수록…… 꿈이 커지는 게 아니라 원래 없던 것처럼 되어버리는 건지……."

초원은 눈썹 사이로 깊은 주름을 만들었다.

"응원받지 못해 그렇지 않을까요."

"그럼 우린 우릴 믿는 사람을 곁에 두어야겠어요. 그럼 갖지 못한 힘이 생길 테니까!"

소소한 일상에 귀 기울여주는 남자, 내세울 것 없는 시작을 근사하게 받아들여 주는 남자. 초원은 그에게 자꾸 말하고 싶어졌다.

"크흠! 그나저나 이렇다 할 만큼 진척된 것도 없는데. 저, 어쩌죠."

"그러니까요. 아마 꼼짝없이 완성하셔야 할 것 같네요."

초원은 퉁탕대는 마음을 진정시키려 마른기침을 한다.

"네. 끝은 보려고요."

수줍게 미소 지으며 담담히 말했다. 아준은 끄덕임을 멈추었다.

끝을 보려는 사람은 내일이 다르다는 사실을 그는 명확히 인지하고 있었다. 그렇다면 달라질 이야기이다. 한 해, 두 해, 시간이 지나 그녀는 차차 완성하는 사람이 돼 있을지도 모를 일이다. 자신 없어 자꾸 말끝을 흐릴 만큼 소극적인 여자였지만, 끝을 보겠다는 그 말 하나에 얌전한 인상이 달라 보인다. 그녀의 대답은 지금까지 그가 가졌던 갈등과 번민, 짙은 고심에 대한 답이 될 수도 있었다.

"초원 씨, 저는 사실…… 남부럽게 성공도 못 해봤구요. 뭐든 멈추기만 했거든요. 얼마 전 그게 되게 이상하다는 생각이 들었는데, 돌이켜보니 아주 어렸을 때부터 그랬더라고요. 놀라웠어요. 악습을 이토록 오래 간직할 수 있다는 사실이."

자신에게 두 손 두 발 다 든 것만 같은 투명한 절망.

"초원 씨도 혹시 이런 생각을 한 적이 있나요."

아준의 물음에 그녀의 눈은 그림자가 진 얼굴로 변했고, 거기에는 고요한 무게가 실려 있었다.

"그런 생각은 한 적이 있네요. 과연 내 인생에도 완성이란 게 있을까. 난 화려한 완수를 경험한 적이 몇 번쯤 있었나."

"어때요."

"없었어요. 그다지. 맘에 들 만한 성과는."

그녀는 만들어진 웃음을 지었다.

"그래서인지 모처럼 다짐한 사업이 어그러졌을 때는 모조리 제 탓처럼 보였죠. 나는 언제나 엉뚱한 지점에서 멈추는 사람, 다짐이 무너지기 전에 주저앉는 사람."

"그건 초원 씨 때문이 아니잖아요. 상사의 비리 때문이었다면서요. 불가피했다고 봐요."

"이일 저일 닥치는 대로 다 했어요. 제 몸 단장한다는 생각으로요. 간판이 내려오는 것부터 사무실을 부숴 버리는 것까지, 차마 눈 뜨고 볼 수 없었어요."

가라앉은 시선. 지난 시간을 평가하고서 남은 시선이 이토록 공허할 수가. 여전히 쓸쓸해 보인다. 아준은 그녀가 삶을 대하는 태도가 어쩌면 그의 짐작보다 꽤나 진지할 수도 있겠다는 생각이 들었다.

"새벽이 저에겐 하나의 기회와 다름없어요. 자꾸 멈춰버린다면 아무 일도 벌어지지 않을 거라고, 틈을 내서라도 사건을 벌여야 한다고. 스스로에게 매우 단단히 일러두었죠."

초원은 그의 깊은 표정을 보고서 의미가 무엇일까 내심 염려했지만, 그냥 그의 감정으로 남겨두고 싶었다.

"매일 작은 성공, 매일 그렇게 매일. 원래 나와는 다른 모습을 시도하는 중이에요. 그래서 오늘 아준 씨도 만날 수 있었고요."

컵 아래 깔려 있던 냅킨을 눈치챈 초원은 싱긋 웃는다.

"우리는 같은 해에 태어났는데 어쩜 아준 씨는 다르게 보이네요. 아주 잠깐 본 사이라 이런 말이 우습게 들릴 수도 있겠지만, 어딘가 모르게 듬직한…… 사람인 듯하고요."

두 사람은 동시에 잔을 들고 음료를 마시고 내려놓았다.

"시간이 지나면 볼 수 있는 거죠? 초원 씨 작품."

"……네? 네에."

초원은 부끄러움을 감추려 했지만 홍조는 숨겨지지 않았다. 말아 쥔 주먹을 입가에 갖다 대고 목을 가다듬는다.

"그런 마음이면…… 잘할 수 있을 거예요."

응원의 말에 잇따르던 겸연쩍은 감정이 차단되듯 비켜 지나갔다. 거침없이 생각을 내뱉었는데, 자신을 이상하다 여기지 않는 흐름이, 문득 특별한 조각을 찾았다는 기분을 느끼게 해주었다. 이제껏 숱한 상대들과 시간을 보내왔으면서도 왜 자신의 것을 꺼내볼 순 없었을까. 마음은 어디까지나 자신의 것. 스스로 판단하고 씹으며 소화하는 것도 모자라 꿀꺽 덩어리째 삼켜야 하는 걸로만 알고 있었다.

"마지막 연애가 4년 전이시라고……."

"효정이가 그런 말도 했어요? 하하, 부끄럽네. 아마 그쯤 되었을 거 같네요. 회사 다니다 박사 준비한다고 정신없었거든요. 늦은 감도 없진 않았지만 앞으로를 생각한다면 그 정도는 밟아야 할 것 같더라고요."

그때 초원의 안색이 어두워진다. 학생과의 연애라는 사실이 불현듯 새롭게 마주한 정보처럼 다시 수면으로 떠올랐기 때문이다. 순간 발

동한 이성. 감정을 수신하던 마음이 돌연 둔해졌고, 별안간 거리감이 느껴지며 아주 짧게 어색한 침묵이 감돌았다.

"어제 술 드시고 부었다 하시더니, 솔직히 저는 잘 모르겠어요."

"프흡!"

순간 초원은 음료가 뿜어져 나올 뻔했다. 입 주변을 닦는다. 그래, 그랬었지. 초원은 어제 나오지 않는 남자를 두고서 하루라도 빨리 보려고 온갖 머리를 굴리던 상황이 떠올랐다. 그래서인지 남자의 행색이 아직도 사람을 생각하게 만든다. 대화 중간중간 번쩍 이성을 되찾을 만큼 말이다.

"저 오늘부터 다이어트하려고요."

"네? 갑자기요?"

"정말 많이 쪘거든요. 살이."

어디로 튈지 모르는 그녀와의 대화. 당황한 아준은 표정이 엉켜버렸다. 이것이 정말 다이어트에 관한 이야기인지, 영화를 본 다음 곧장 집으로 가겠다는 뜻인지 알 수 없었다. 아까도 그랬다. 간단한 본인 소개도 없이 영화를 보겠다 했을 때도 이런 의문이 잠깐 스쳤었다. 비슷한 물음이 두 번쯤 지나가자 미간이 슬며시 구겨졌다. 영화만 보고 이대로 헤어진다면 아쉬울 것 같았기 때문이다.

"안 그래도 편하게 입고 나오라 하셔서, 아무래도 제가 오늘 좀 그렇지요?"

네. 초원은 거의 대답할 목구멍을 가까스로 틀어막았다. 말 대신 한 입 크게 삼켜버린 침. 하지만 이런, 고개를 끄덕이고 있었다.

"아? 아니요? 펴……편해 보이고 좋은데요! 저도 편하게 입고 나왔으니까요!"

"그런 것치곤 아주 예쁘신데요. 초원 씨 보는 순간 제가 다 민망해가지고."

"저 이 정도는 엄~청 안 꾸민 거예요. 평소라면 더 꾸미고 나왔어야 하거든요."

"아, 그런가요?"

남자의 입술이 씰룩거리자 초원은 새침한 표정을 지키지 못하고 그만 폭소를 터뜨리고 말았다. 미묘한 기류. 상대에게 조금이라도 관심이 생긴다면, 찰나마다 바뀌는 행동과 말투 어느 하나도 의도 없이 이루어지는 게 없을지도 모른다.

"소개팅이 이번이 처음이시라고……."

"처음이에요. 아준 씨도 그렇지요?"

"네. 저도 처음."

여자는 괜히 두리번거렸고 남자는 허벅지를 쓸어내린다.

"정말 뜬금없으셨을 텐데 나와 주셔서 매우 고맙게 생각해요. 근데 저, 평일에 시간 됐어요. 그것도 아주 많이."

"예?"

"아준 씨를 보지 못한 채 일주일을 보내기에는 쭉 초조할 것 같았거든요. 때마침 만료돼 가는 예매권도 있고……."

초원은 까끌거리는 냅킨을 만지작거리며 말했다. 정말 쓸데없는 정보라는 생각이 들면서도 멈출 수가 없었다. 사람의 마음은 대중이 없는 거라 지금 다가오는 남자인 듯 보이지만 또 모르기 때문이다. 이것이 그만의 예의일 지도. 그러니 시간이 주어졌을 때 털어놓아야 했다. 솔직한 상황을 그리고 지금의 진심을.

"저 좀 많이 웃겼죠? 무례하기도 했고."

"아뇨. 전 좋던데요? 눈뜨자마자 모르는 여자가 영화 보자 하니까 너무 기분 좋고, 꿈인가 생시인가 당장 나오라 하고."

초원은 입술을 꽉 오므렸지만 결국엔 참지 못했다. 두 사람은 동시에 고개를 숙이며 쿡쿡거린다. 남자는 서둘러 얼굴을 정돈한다.

"아, 미안해요. 농담 아니고요. 진짜로 좋았다고요. 진심이에요."

서로의 배려가 상대의 경계심을 구석구석 헤집어놓는 덕분인지, 두 사람은 진지해지려는 순간마다 자주 웃음 버튼이 작동하게 되었다.

"쉬는 날은 있으세요?"

"정해진 건 아니고요. 균형을 맞춰 보려 해요. 웬만해선 주말을 오프로 두려고 하고 있고요."

힘들겠다, 많이. 여자는 작게 끄덕였다. 만약 자신에게 돌연 짧지 않은 공부가 계획된다면 어떨까. 쉽게 결정할 수 없는 사안이다.

"어! 벌써 시간이."

둘만을 둘러싸던 유리막이 걷힌 듯 초원의 표정이 깨어나자, 아준은 손목에 차고 있던 스마트워치와 시선을 맞춘다.

"시간이 언제 지나갔는지 모르겠네요. 하하. 일어나야겠어요."

아준이 테이블 위를 삭삭 정리하며 재빠르게 움직이자 초원은 어정 쩡하게 엉덩이를 뗐고, 핸드폰! 남자의 말에 여자는 엇! 잽싸게 가방으 로 챙겨 넣는다.

"아이참 죄송해요. 제가 말을 너무 많이 해가지고… 늦어버렸어."

"같이 시간 보낸 건데 뭘요. 어차피 광고 시간도 있고요."

초원은 맑게 웃으며 에스컬레이터 위로 올라선다. 좁은 계단에 서 자 가까워진 아준과의 거리에 초원은 시선 둘 곳이 없었다. 손잡이를 잡고 슬며시 발을 떼며 간격을 조정한다. 그러다 다시 돌린 고개, 거기 엔 남자의 눈이 있다. 여자는 전과 다르게 자신의 시선에 맴도는 높이 가 사뭇 새로웠다. 적당한 근육이 붙어 다부지게 보여서 그런지 키 작 은 남자도 그리 나쁘지 않은 것 같다.

*

"으아악!"

미끄럼 타듯 의자 아래로 끌려 내려가는 초원. 마치 오컬트 영화의 한 장면처럼 침대 끝으로 누군가 그녀의 몸체를 잡아당기는 것 같았다.

"헉! 괜찮아요?"

놀란 아준은 심각한 얼굴로 초원을 잡아 올린다.

"이거 좀비 영화였어요?"

"……네."

"하필이면 좀비, 내가 제일 싫어하는 좀비."

초원은 누가 마취 총이라도 쏴줬으면 좋겠다 싶은 간절함이 들었다.

"힘드시면 나갈까요?"

"아니요! 괜찮아요. 버텼는데 아깝잖아요."

그사이 재차 떠내려간 초원은 이제 팔꿈치로 뒤를 짚으며 혼자서도 잘 올라오고 있다.

그녀는 귀신이건 좀비건 갑자기 튀어나오는 것에는 아주 질겁하는 성격이었다. 돈 주고 무서워지다니 도무지 이해할 수 없는 구석이다. 아주 오래전부터 그래 왔다. 어릴 적 더 이상 사람이 찾아오지 않아 수가 훤히 보이는 허름한 귀신의 집에서도 뒤로 넘어질 정도로 소문난 겁보, 점차 퀭한 눈으로 시들어가는 그녀였다. 뿅망치로 난타당하는 두더지 인형처럼 목이 꺾여 들어간 채로 눕듯 앉아 있다. 맙소사.

"무서우시면 제 팔 잡아도 되는데……."

"아뇨. 괜찮습니다."

정중한 태도에 남자는 머쓱해졌다. 그녀는 자신의 팔목으로 어설프게 시야를 가린 채 화면을 나눠 보고 있었다. 아준은 그녀가 자신의 팔이라도 잡는다면 적어도 저리 홀로 떠내려가진 않을 텐데, 손 내밀면 다른 사람이 된 것처럼 센 척을 하는 걸 보며, 어쩌지 싶으면서도 한편으론 이게 그렇게 무서운 걸까 의아하기도 했다. 상영 전 어떤 영화인지 언급하는 시간이 필요했었다는 아쉬움이 마구 든다.

"힘들었죠? 고생했어요."

아준은 화장실에서 나오는 초원의 안색을 살핀다.

"아! 처음에는 무서웠는데요?!"

여자는 옷을 툭툭 털며 씩씩하게 매무시를 살핀다.

"나중엔 서서히 괜찮아지더라고요~"

걱정과 달리 밝은 모습을 보여주는 그녀다.

"근데 궁금한 게 하나 있는데요."

"네!"

"가리고 보면 뭐가 다른가요?"

아준의 질문에 여자는 모든 움직임을 멈춘 채로 고민한다.

"심신의, 안정?"

일단 생각나는 대로 뱉고 본다.

"몹시 무서운 상황을 대비해서 팔이 대기 중에 있으니, 안심하고 반 뜬 눈으로라도 보시오, 이 정도?"

사실 초원은 한 번도 떠올리지 못한 질문이었다. 태어날 때부터 줄 곧 이렇게 살아왔으니까 말이다.

"아까웠어요. 오랜만에 온 영화관인데 어떻게 나가요. 이게 어떤 영 화표인데."

초원은 훌쩍이는 시늉을 하다 곧바로 미소를 보인다.

"그러네요. 우리 첫 영화."

아준은 주변을 둘러보는 척, 따라 웃었다.

식당이 늘어선 거리로 들어서자 사방이 어수선하다. 그사이 아준의 걸음이 멈추었다. 온갖 번쩍이는 기계들이 즐비한 대형 오락실. 곳곳의 게임기에서 신이 난 사람들이 게임을 즐기고 있다.

"우와, 저 커플 장난 아닌데요? 저기 봐요! 초원 씨."

한 여성이 펀치 기계로부터 한참 멀리 서더니 달려가 냅다 주먹을 날려버리는 게 아닌가. 통쾌한 소리. 초원은 떠올려본다. 오락실을 마지막으로 간 게 언제였나. 그러다 제안한다. 우리도 들어가 볼래요? 그 말에 배로 커진 그의 눈.

"그럴까요?"

아케이드 게임, 슈팅 게임, 레이싱 게임 등 각각의 게임기들이 현란한 조명과 화려한 디스플레이로 입장한 이들의 정신을 쏙 빼놓고 있다. 매장 안 쪽으로는 레트로 컨셉인지 이름만 대면 알 법한 고전 게임들이 다채롭게 공간을 채우고 있었다.

－요행은 없다. 매일 갈고 닦은 시간만이 실력을 증명할 뿐!

벽에 붙은 두꺼운 궁서체의 문구. 주인은 무엇보다 격투 게임에 진심인 듯 보였다. 그 정신을 이어받은 듯 게임을 즐기고 있는 사람들의 표정. 웃는 이 하나 없는 진정한 파이터로서의 자세다.

"아준 씨 격투 게임 잘해요?"

"잘? 하기보다는 좋아하죠!"

"보통 이렇게 말하면 고수던데? 한번 보여줘요!"

뭐든 직접 하기보다는 보는 걸 좋아하는 그녀는 한발 물러서 관람할 수 있는 흥미 거리가 생기자 호기심이 들었다. 어떨까, 정말 잘하려나?

"초원 씨 좋겠네요. 오늘 제대로 된 게임 보시겠어요."

동전을 잘그랑 잘그랑 넣으며 그야말로 오만하기 짝이 없는 미소를 선보이는 아준. 어쩜 저리도 자신 있게 말할 수가 있을까. 아주 조그마한 능력에 관해서도 선뜻 장담하지 못하는 그녀로서는 이런 농담마저도 넋 놓고 보게 된다.

"으악! 허헉!"

자그마치 십 분 째, 상대의 공격마다 감전당한 듯 꼼짝없이 당해버리는 모습. 믿을 수 없었다. 오래 묵혀두다 켠 핸드폰 배터리처럼 훅훅 달아나는 목숨값이었다. 초원의 격앙된 목소리는 점차 가라앉고, 심지어 하품까지 나기 시작했다. 도대체 동전을 얼마까지 쓸 예정인지.

–CONTINUE?

"와아 씨! 이거 게임 너무 어렵게 조작해놨어요! 여기 주인이!"

가파르게 줄어가는 숫자 앞에서도 쉽사리 식지 않은 얼굴.

"뭔 소리예요?"

"이 스틱이요, 너무 아! 농담 아니고 초원 씨, 원래 이렇게 뻑뻑하지 않거든요? 한번 잡아 봐요. 기술이 너무 안 먹혀!"

"저기요, 선생님. 이제 그만 갑시다."

초원은 막냇동생 달래는 심정으로 아준을 툭툭 치며 일으켜 세운다. 가슴에 불이 꺼지지 않는 남자.

"이래서 도박이 위험한 거예요."

"도박이라뇨! 이래 봬도 엄청나게 신성한 게임이랍니다."

듣는 둥 마는 둥, 초원은 피식 웃으며 동그랗게 감싼 손바닥 안으로 동전을 짤랑거리며 다음 대상을 물색한다. 짤랑짤랑, 짤랑짤랑. 그 소리가 아준에겐 꼭 농락 같이 들려왔지만, 하는 수 없었다. 그 수치를 감당해야만 했다.

"이거 어때요? 같이 해볼래요?"

초원은 어느 농구 게임기 앞에 섰다.

"첫판은 구경할게요! 아준 씨 하는 것만 봐도 난 신나니까!"

"에이, 아까도 보기만 했잖아요. 같이 해요. 꼭 잘할 필욘 없잖아요?"

남자의 리드에 초원은 게임기 정면에 마주 서게 됐다. 어느새 부릅뜬 눈으로 자세를 취하는 초원. 그녀는 당찬 빛으로 침을 꿀꺽 삼켰다.

"Go~!"

타앙, 타앙, 타앙. 연신 골대로 향하는 공. 두세 번 링을 돌다 바깥으로 떨어진다.

"아우! 참!"

"초원 씨, 화내지 말구요."

아준은 태연하게 웃으며 그녀의 공간을 확보해 주었다.

"아니에요, 아니에요! 화난 거 절대 아니에요!"

잠깐 사이에 감을 잡았는지 초원은 폴짝거리다 무릎에 반동을 주며 리듬을 타기 시작한다. 안정적으로 들어가는 골. 아준의 얼굴에서 미소가 떠나질 않는다.

"누구처럼 승부욕이 좀…… 있으시네."

영화관에서의 모습은 어디로 갔는지, 활활 타오르는 눈으로 골대를 부숴버릴 기세다. 끊임없는 비명과 달리 안정적인 스코어.

"어머나! 말도 안 돼!"

"정말 처음 한 게 맞아요?"

"그럼요!"

그는 핸드폰을 꺼내 그녀의 스코어가 리셋되기 전에 사진으로 남겨 둘 참이다.

"앞에 서 봐요. 같이 찍게!"

"어후, 사진은 무슨 사진이에요~"

하지만 어느새 손가락으로 브이를 만든 그녀. 신나 보인다.

"조준 후 손을 떠난 볼이 링 근처로 가까워지잖아요? 그리고 연이어지는 그 체인의 짤랑거리는 소리? 그게 너무나도 벅차단 말이지요. 마치 그 소릴 듣기 위해 집중을 이어간 것처럼!"

그녀는 움켜쥔 두 주먹을 부르르 떨며 말했다.

"이 맛에 게임을 하는군요!"

초원의 활기찬 목소리에 아준은 연패로 쓰라린 마음이 잊힐 만큼 기분이 가벼워졌다.

"자! 그럼 초원 씨, 우리 이제 맛있는 거 먹으러 갈까요?"

"좋아요!"

*

"말씀하신 곳이 여긴······가요? 식당이?"

초원은 문밖에 서서 고개만 슥 집어넣은 채로 안을 훑어보았다.

"여기 맛집이에요."

좁디좁은 매장에 다닥다닥 붙은 사람들. 일제히 치킨을 뜯고 있다. 밀도가 높은 공간을 보자 그녀는 다시금 아찔해진다. 아까 본 영화가 생각난다. 좀비들이 가차 없이 살점을 뜯어버리던.

일그러진 표정으로 멈춰 선 그녀. 때마침 빈 테이블이 시선을 사로잡는다. 계산을 마친 직원이 테이블 위로 남겨진 식사 도구와 쓰레기들을 확 걷어가서는 주방으로 쟁반을 훅 넘긴다. 덩그러니 남아버린 자리. 서빙하기 바쁜 직원은 두 사람을 향해 손을 뻗으며 알아서 앉으라는 듯 시선을 던져버린다.

"정말 맛집인가··· 봐요. 아주 터져나가네요. 사람들이."

입구 쪽 구석진 자리. 그녀는 엉덩이를 들어 옮기며 핸드백을 살짝 내려놓는다. 깨끗할까. 손끝으로 나무 의자를 훑는다. 테이블 모서리에 닦이지 않은 음식물 자국이 보이자 입술을 뭉개며 티슈 한 장을 뽑아 쓱 닦는다. 일체형 좌석이 벽면에 붙어있어 옆 테이블까지 쭉 이어진다. 벽이 곧 등받이가 되는 셈. 초원은 셔츠가 닿을까 공간을 두고 앉는다. 주문 후 더욱 굳어버린 그녀. 슬며시 일어선다.

"저······ 잠시 화장실 좀."

아준은 점원에게 화장실 위치를 묻는다. 점원은 반복된 대사가 지루한 것처럼 좌르르 내뱉고는 손을 뻗어 휴지 한 롤을 잡아다 준다. 이거 가져가세요! 화장실 휴지 없어요! 아준은 다가가 롤 휴지를 받아 초원에게 재빠르게 건넨다.

"재미없는 건 아닌데 왜 짜증이 나냐."

매장을 나와 터벅터벅 바닥을 치며 걷는 걸음.

"이 대단한 닭을 먹으려고 한여름 땡볕에 삼십 분을 넘게……."

후텁지근한 공기가 가득한 날. 처음 보는 사람 앞이라 그런지 땀으로 얼룩진 볼이며, 들뜬 화장에, 눈치 없이 부룩거리는 배까지 신경이 쓰여 연신 화장실만 가고 싶은 것이었다.

"속이 영 불편하네. 기름진 음식이 괜찮을지 모르겠어."

함께 하는 시간이 한 번이 될지 두 번이 될지 모르는 상황에서 적어도 좋은 기억으로 남고 싶었다.

"하고 많은 식당 중에 웬 치킨이래."

아무리 오래된 가게라도 깔끔하게 관리하는 곳이 많은데, 초원은 얼떨떨하기만 하다.

"그래도 소개팅인데. 정말 아무렇지 않은가 봐, 저 사람은."

"못 찾겠죠?!"

어느새 따라 와 뒤에 서는 아준.

"헉!"

초원은 흠칫 놀라 그 자리에 멈추었다. 매장 안에 화장실이 없다는 말을 듣자 당황한 그는 고민하다 뒤늦게 따라나선 것이었다. 안내받은 위치는 그가 들어도 고개를 갸우뚱하게 할 만큼 간단하지 않았다. 두 사람은 어색한 미소로 옆, 옆, 옆 건물을 향해 걸어갔다.

"여기가 혹시…… 화장실 일…까요?"

마침내 감이 잡히는 곳에 도착하자 초원이 질문을 건넸다.

"아! 그런 것 같긴 한데…… 좀 무섭겠는데요?"

아준은 진땀이나 안경을 고쳐 쓴다. 나체라고 하는 게 더 적당해 보일 비키니 입은 여자 사진이 화장실 문에 떡하니 붙어있는 게 아닌가. 마치 문 크기에 꼭 맞춰 촬영한 것처럼 네모난 칸에 몸을 구겨 넣은 뽀얀 살결의 그녀는 온몸을 비튼 채 화장실 시트지로 붙어있었다. 초원은 나사 풀린 눈으로 사진을 응시한다. 누구인지 잘 모르겠으나 적어도 이딴 낡아빠진 화장실 문에 붙을 줄은 몰랐겠지. 대신 미안하다.

"여기가 화장실은 맞나?"

초원은 한 발짝 더 다가가 살펴보았다. 문을 열면 어느 지하 노래 주점으로 그대로 이어질 것만 같은 입구. 그녀는 화.장.실. 세 글자가 붙어있는 조그만 아크릴판을 확인했다. 다른 곳에 몰두해서인지 정말 글자가 눈에 들어오지 않았다.

"잠시만요. 제가 먼저 볼게요!"

문을 열기 위해 다가와 팔을 뻗는 아준.

"아니, 잠깐만요!"

초원은 빠른 몸짓으로 그를 말렸다. 그러고는 손잡이 부분으로 고개를 가져간다. 무언가 묻어있다. 이물질이.

"웩!"

속에서부터 어제 먹은 것들이 서로 안달 난 듯 밀려오고 있었다.

"어우, 죄송해요! 전 안 되겠어요! 미안해요. 죄송해요. 아준 씨."

아준은 그녀의 손목을 잡고 긴 복도를 그대로 빠져나왔다.

"다른 식당으로 가요. 제가 안에다 주문 취소하고 올게요!"

"죄송해요! 죄송합니다! 아준 씨, 정말 미안해요!"

걱정 말라는 듯 아준은 입술로 방긋 밀어 웃고는 달렸다. 초원은 핏기 잃은 얼굴을 끄덕이며 핸드백을 쥔 손으로 입을 틀어막았다. 찌푸린 이 상태 그대로 그만 집으로 가고 싶었다.

"어우 싫다! 정말 싫어……."

뒤돌아 화장실 문을 노려보았다. 사진 속 여자는 여전히 야릇한 빛으로 웅크리고 있다. 초원은 고개를 홱 돌리며 강제로 시선을 거둔다.

"뭘 갈등해? 저 사람이 싫은 건 아니었지만 그렇다 해서 감정이 훅 올라올 만큼 좋은 것도 아니었잖아!"

걸어가는 도중에 발밑에 무언가 걸린다. 건물 바닥 타일 조각이 깨진 채로 방치되어 있었다. 초원은 잠깐 사이에 아주 불쾌하고도 비참한 걸 맞닥뜨린 기분이었다. 불현듯 전 남자 친구가 떠오른다.

"다정함은 덜 했어도 항상 괜찮은 곳, 근사한 곳으로만 날 데려다주었지. 여자를 좋아했어도 불미스러운 일은 만들지 않는 남자였는데.

그래……."

순간 코끝에 진한 담배 냄새가 풍겨온다.

"그놈 그거 정말 골초였는데. 잘 지내고 있을까?"

그가 뿜어내던 담배 연기 사이로 자신의 모습이 보인다.

"눈앞도 함께 뿌예지던 게 냄새가 못 견디게 힘들었어. 아. 주. 지. 겨. 웠. 지!"

깜짝 놀라 고개를 세차게 젓는다.

"어우! 내가 지금 무슨 생각을 하고 있는 거야! 그놈을 다시 떠올린다고? 지옥으로 가고 싶은 거야?"

헝클어진 머리, 가라앉은 시선으로 숨을 돌리는 그녀였다.

치킨 맛집으로 돌아가는 길. 서서히 해가 지며 차근차근 붉어지는 하늘을 보자 일순간에 헛헛해지기 시작한다. 앞뒤 할 것 없이 휘몰아치는 과거와 현재의 급류, 외로움과 자기 성찰의 소용돌이 속에서 잊을 법한 기억들이 격동하기 시작한다.

"다른 남잘 만났다 해도 웬만한 호감은 느꼈을 거란 거지."

이 남자를 계속해 만난다면? 저 시트지 속의 사진, 더러운 손잡이, 바닥에 쩍 갈라져 있던 타일 조각까지도 자꾸만 떠오를 것이다. 그리고 영영 자신만 노력하고 속 썩여가며 만남을 이어갈지도 모르지. 틈틈이 느낀 초록의 감정들은 급한 마음이 차지해 버린 착각일 지도 모르겠고.

"그래! 그렇다니까?! 마음이라고 모두 다 진실을 말하진 않아. 왜곡을 전달하는 중인지도 모르지."

여자는 다짐했다.

*

어느 식당 화장실에 앉아 있는 초원. 분위기 어때? 괜찮아? 친구 효정의 문자를 넋 놓고 보고 있다 무기력한 눈으로 핸드폰을 집어넣는다. 변기에 움츠린 채로 머리 사이를 파고 가르며 쓸어내린다. 눅눅한 촉감, 모든 게 진득거리는 느낌. 조금 전 화장실 입구가 자꾸만 떠오르니 입맛이 싹 가셨다. 무슨 데이트가 이리도 롤러코스터 같을까. 오르락내리락 야단스럽게 움직이는 저울질 사이로 하루가 저물고 있다.

"저 사람은 줄곧 같은데 나만 속 시끄럽네."

세면대 앞에 창백하게 선 그녀. 손이라도 깨끗이 씻자. 손바닥을 갖다 대자 거품이 주욱 자동으로 밀려 나온다. 뽁뽁 소리를 내며 두 손을 오랫동안 비벼보았다. 손바닥, 손등, 깍지, 손톱 사이사이까지 아주 뽀득뽀득하게. 손등으로 툭툭 레버를 올려 치고는 거품을 헹궈낸다. 잿빛 거품이 세면대로 흩어진다.

"때 국물이 아주."

한숨과 맞바꾸듯 번지는 진한 비누 향기. 손목을 휙휙 돌려가며 손바닥을 바라본다. 쭉 빠진 기운이 지금처럼 뽀얗게 개운해졌으면.

"마지막까지는 응? 예의는 갖춰야지. 안 그래, 초원아?"

눈썹을 치켜 올리며 가면을 찾아본다.

그녀는 사무적인 미소로 사뿐 자리에 앉는다. 쾌적하게 느껴지는 에어컨 공기. 이제야 살 것 같다.

"회 초밥…… 좋아해요?"

아준은 자신의 부족한 선택이 연이어 벌어진 것 같아 어쩌면 그녀를 보는 일이 오늘이 마지막일 수도 있겠다는 짐작이 스쳤다.

"그럼요! 아주 좋아하는걸요."

아니나 다를까, 과도하게 밝은 모습이다.

"……"

"왜요?"

"피곤해 보여서요. 맛있게 먹었으면 좋겠어요. 초원 씨가, 여기선."

따뜻한 말 사이로 다소 풀 죽어 보이는 그. 하지만 초원은 연기가 아니었다. 정말로 회, 생선을 특히나 좋아한다. 메뉴 선정이 맘에 든다. 당연히 그럴 수밖에. 이곳은 초원의 초이스였다.

주위엔 가족 단위의 사람들이 삼삼오오 모여 식사 중이다. 평소 알던 고급 일식집은 아니었지만 땅겨오는 종아리에 마냥 걸을 수만 없기도 했고, 무엇보다 거기 치킨집만 아니라면 어디든 괜찮을 것 같았다. 곳곳에 남아있는 기름때, 구두가 떡떡 달라붙던 바닥. 홀이 그 정도라면 주방은 안 봐도 훤하다. 신발을 튀겨도 맛깔스러운 게 튀김이라지만, 이 여름에 끔찍한 매장 컨디션을 보고는 곱게는 먹을 수 없을 것 같았다.

"제가 물고기자리라서요…….."

"아? 네네."

"생선류를 좋아해요."

무슨 말이지? 갑자기 물고기자리라고? 그러니까 동족이라 좋아한다는 거야, 동족 먹는 걸 좋아한다는 거야? 아준은 여자의 말을 곱씹어 보다 웃음이 흘러나왔다. 조금 가라앉은 분위기에 괜히 붙여 보는 농담 같았다.

비뚤어진 젓가락을 냅킨 위에 바로 두며 배시시 웃어보는 초원. 변치 않는 사실은 남자를 매우 갑작스럽게 불러냈다는 것. 그 무례에서 초원은 자유로울 수 없었다. 연애 경험도 없다 그랬지, 알아볼 시간도 주지 않았고, 게다가 여기는 남자 동네도 아니었지. 받으려고만 했던 연애, 받는 것에만 익숙해진다면 사람은 볼품없어져 버리는 건데.

더위도 한풀 꺾인 시간. 창밖으로 진한 노을이 진다. 초원은 마지막까지 타오르는 태양을 물끄러미 바라보았다. 자체 평가서를 작성하니 알게 모르게 자리 잡았던 그동안의 태도가 고스란히 드러나는 것이, 스스로 느끼기에도 이기적이고 보잘것없어 보인다. 허리를 세우고 자세를 고치려 애써본다. 찹찹한 공기가 비집고 들어오자 마음도 낙낙해지는 것이 태평함이 몰려오기 시작한다.

돌돌돌 돌아가는 회전 초밥을 따라 두 사람의 시선이 움직인다. 평소였다면 당장에 이것저것 잡아 끌어내리고도 남았겠지만, 평소가 아니니 평소 같을 순 없었다. 초원아. 그녀는 눈을 강하게 깜빡이며 자제

명령을 내린다. 그렇다면 하나를 골라도 엄선된 접시여야 했다.

"이거 맛있겠네요."

아준은 고개를 쭉 빼고 일어나 장어 초밥 두 피스가 나란히 담긴 접시를 잡았다.

"어어… 제가 장어를…… 안 좋아해서요. 죄송해요."

"아? 그래요? 장어 안 좋아하시는구나. 그럴 수 있죠."

아준은 접시를 자신의 앞에 두고 다시 레일 위로 시선을 둔다.

"아, 아니에요. 제가 고를게요. 아준 씨 먼저 드셔 보세요."

"같이 먹어야죠. 첫 식사인데."

초원도 목을 슬쩍 뺀 채로 서둘러 초밥을 훑어본다

"연어? 초원 씨 연어 초밥은 어때요?"

"좋죠. 연어!"

두 사람의 시선은 멀리 커브를 돌며 다가오고 있는 연어 초밥에 고정되었다.

"신기하다. 전 회전 초밥집은 처음이거든요."

아준은 손을 뻗으며 말한다.

"드셔 보세요."

접시가 손 닿는 거리에 도착하자 아준은 낚아채며 초원의 앞으로 챙겨주었다. 초원은 입맛을 다시며 젓가락을 세워 잡는다. 차차 느껴지는 신선하고도 시원한 향. 입안에서 스르르 퍼지는 주황빛 식감이다.

"맛있네요. 연어가."

둘은 그렇게 첩첩첩, 눈앞의 접시를 쌓아가고 있었다.

"아-아, 해보세요."

"네?!"

어느새 얼굴 앞으로 다가와 있는 초밥. 갑자기 먹여준다고? 눈이 휘둥그레진 초원은 그의 젓가락 끝에 놓인 초밥에 주목하였다. 어쩌지. 정말 입 벌려야 하는 거야? 갈피 잃은 눈동자의 움직임은 복잡했지만 어느새 적당히 벌어져가고 있는 입이었다. 하지만 자동으로 올라온 손이 입가를 가려버렸다.

"어-어!"

아준은 그만 초밥을 떨어뜨리고야 말았다.

"앗, 죄송해요! 제가 손으로 가려버려서 하하하하, 제가 집어 먹을게요. 제가, 스스로. 고마워요."

"생각보다 어렵네요. 먹여주는 게. 평생 먹는 손만 익숙해서 그런가. 이 동작은, 이 동작은 제가 처음 해봐서."

아준의 기이한 손짓에 초원은 폭소를 터뜨려버렸다. 여자는 일어나 옷을 툭툭 털며 어디 묻은 곳이 없는지 살피다 냅킨으로 바닥에 떨어진 음식을 치운다. 그래, 우리가 잠깐이라도 조용하면 그게 이상한 거지. 그러다 시선에 꽂히는 한 장면. 셔츠에 간장 자국이 남아버렸다. 이런, 젠장 할! 남자가 미안해할까 다급히 웃어버렸지만 얼룩을 향한 시선은 쉽게 거둬지지 않는다. 건네받은 물티슈로 셔츠를 문지르는데 그사이 아준이 달려가 세정제를 묻혀 돌아왔다.

"이거······ 이 위에 잠깐 발라두면 바로 지워질··· 거예요. 미안해요. 정말."

"요즘 세제 좋잖아요. 세탁하면 바로 지워질 거예요."

처음 그와의 만남을 두고 재보지 않았다면 거짓말일 것이다. 지긋지긋한 어른들의 계산된 만남이 진부하다고 여겼었는데, 언제부턴가 그러한 길로 자주 들어서게 되는 자신을 부정할 수 없었다. 하지만 그것들은 그녀의 것이 아니었다. 꼬치꼬치 캐물어 대며 곤혹스럽게 만드는 지인들의 질문에 압도당한 채, 신호를 탐지하며, 반응을 살피다, 민감하게 대응하고 있을 뿐. 주변의 잣대와 흐름이 태초의 그녀의 것이라고 할 수 있을까.

사실 그녀는 상관없었다. 그가 무슨 사람인지는. 그저 어른이 되어서도 필요한 친구라는 말 너머의 친구가 필요했을 뿐. 놀이터에서 맑게 뛰놀며 언제나 둘이라 웃을 수 있는 존재가 간절했던 건, 어른이 되어서도 마찬가지였으니 말이다. 모두들 그 존재를 동반자라 일컫는다.

지쳐서일까 특이해서일까 반쯤 포기했고 반은 재밌었다. 초원은 이제 아무것도 상상하거나 곱씹어 보고 싶지 않았다. 단순히 오늘 순간만을 즐기고 싶었다. 이러한 마음이 촉발하게 된 건 오르락내리락하는 자신의 상태가 훤히 보였음에도 느낄 수 있었던 남자의 노력, 일관된 적극성 때문이었다.

"여기에요. 정류장."

아준은 고개를 들어 버스 도착 정보 화면을 바라본다. 7분 뒤 도착. 그녀가 언급한 숫자가 LED 빛으로 반짝인다. 7분이라……. 잠시 생각에 잠긴 아준은 버스가 오는 방향과 그녀를 번갈아 본다.

"오늘 즐겁게 보내야 했는데 끝나니 뭔가 아쉽네요. 신경 잘 못 써 드린 것 같아서."

"네?! 아니에요! 같이 놀았는데 신경은 무슨…… 신경이요."

초원은 아래를 보며 툭툭 발길질한다. 한 겹씩 부는 바람. 오늘 순간마다 품었던 찜찜한 구석들이 은밀하게 흩어진다. 데이트의 부족함이 느껴질 때마다 타산적으로 굴며 묘연히 풍겼을 불쾌감에 그녀는 얼굴이 화끈거려 시간을 되돌리고 싶었다.

얼마 전 선 본 친구의 일화가 떠올랐다. 샵에 가 헤어, 메이크업을 정성껏 받고서 출격한 자리에서 잔뜩 흐트러진 채 돌아왔던 날. 호텔 카페에서의 만남이었고, 별다른 식사 없이 그 길로 헤어졌다고 한다. 친구는 그 남자에 관해 알아갈 참으로 시간을 보내는 중이었지만, 남자는 단박에 무언가를 가렸나 보다. 그러니 영문 모를 친구는 그 이유에 관해서는 여전히 아는 바가 없다.

어른의 만남이 꼭 그래야 하는 것 같았다고 한다. 성인의 시간이란 알아볼 여유도, 깊어질 필요도 일정량의 점수를 달성한 뒤에야 벌어질 예정이라는 것. 곧바로 접어버리는 게 아주 답인 것처럼 곳곳에서 자주 등장했다고 한다. 그날의 일화는 술자리 모두에게 아무런 대답 없는 시간을 가지게 만들었지만, 생뚱맞은 것처럼 이해하지 못한 사람은 없었다.

이토록 순수한 반나절의 만남을 무어라 표현해야 할까. 초원은 상체를 굽히고 몰래 아준을 바라보았다. 남자는 어떨까, 헤아리기 어려운 기색이 머물러 있다. 그러는 사이 두 사람은 눈이 마주쳤다. 멋쩍은 미소를 남기며 시선을 피한다. 한 마디로 모난 구석이라고는 없는 사람. 연애를 쉰 것만 해도 자그마치 4년이 넘었다고 하는데, 어쩜 오늘 보여준 모습은 설정도 노력도 아닌 순수 이 사람의 것이라는 생각이 든다. 발끝을 향해 개운한 숨을 쉬어 본다.

'우리에게 다음이란 있을까.'

머리칼 사이로 스륵 불어오는 바람. 정확히 여름날의 것이었다.

"예전에 저기 저쪽에 살았거든요."

초원은 턱짓으로 저 건너 어딘가를 가리킨다.

"저기서 나고 자라다 이사 온 게 바로 지금 사는 동네예요."

"아, 그럼 추억이 많겠어요."

"많죠. 아주 많이요. 그래서 좋은 만큼 아프기도 하고 그립기도 하고 복합적으로 몽글몽글 그래요. 제 모든 것이 담겨있는 곳이니까."

"최근에 간 게 언제지요?"

"글쎄요. 꽤 됐네요. 저기 공원이 하나 있거든요. 거길 많이 걸었어요. 혼자서.”

“가까워요? 거기.”

“흠, 도보로 갈 거린 아니고요. 버스 타고 갈 수 있어요. 바로 코앞까지 가려면 환승도 해야 하고요.”

‘버스 두 번을 타면 완벽히 도착하는 곳이라……’

아준은 곰곰이 고민하고 또 고민했다.

“가볼…래요?”

“네?”

갈등하는 듯 보였지만 이미 그녀의 눈빛은 결정을 내린 것 같았다.

“뭐, 문제 될 거 없긴… 한데, 내일이 마침 일요일이기도 하구우….”

“그럼 택시를 잡죠! 여기 있지 말고.”

“아, 아니!”

아준이 돌아서자 초원은 다급히 남자의 팔뚝을 잡아끌었다.

“우리 버스로 가요! 해보고 싶었어요. 같이 버스 타는 거!”

아준은 그녀가 말한 버스를 검색해 본다.

“3분 뒤 도착이라네요. 아, 근데?!”

다만 이곳에 올 버스가 아니었다. 멀찍이 건너편 라인이었다.

“3분 뒤요? 그럼 뛰어야 해요! 말이 3분이지, 거의 다 왔단 말이거든요. 가서 기다리더라도 우선 뛰는 게 좋아요. 할 수 있겠어요?”

아준은 굳이 이번 버스를 타야 하나 의문이었지만, 자신을 얕보는 것 같은 눈빛에 군말 없이 단단히 턱을 끄덕였다. 그녀는 단거리 달리기 출발선상에 선 선수처럼 비장해 보인다.

"초원 씨 저기 저 남자보다 잘 달릴 수 있겠는데요?"

"음, 그럴지도……?"

그의 말을 넙죽 받는 그녀에게 아준은 코를 찡긋거리며 웃는다. 낯설지 않다, 이젠. 마침 횡단보도 신호등이 초록색으로 바뀌었다. 그러고는 눈앞의 그녀가 사라졌다. 대체 무엇 때문인지 부리나케 앞서 나가는지. 절레절레 고개를 저으며 따라가는 아준은 아주 긴 교차로를 건너고는 힘이 풀린 채 웃어버렸다. 그런 와중에도 이미 저만치 앞서 있는 그녀다.

"목표가 생겼다 하면 냅다 뛰고 보는 성격이구나, 초원 씨는."

아준은 어느새 초원을 분석하고 있다. 그사이, 그가 지목한 남성을 크게 앞질러 간 초원은 아준을 향해 엄지손을 치켜세운다. 묘한 승리감에 취한 그녀, 귓불 아래로 치솟은 광대가 눈에 띈다. 때마침 다가오는 버스. 그녀의 말대로 정확히 3분의 법칙이란 존재했다.

"저기 뒤에 타요. 우리!"

초원은 뒤편 창가로 자리 잡는다. 오붓한 공간은 마치 둘을 위한 것처럼 승객들은 앞쪽에만 몰려있었다. 지금 가는 곳은 남자가 사는 동네로부터 더욱 멀어지는 길이다. 그러니 지금 탄 버스도, 향하는 장소도 남자에게는 첫 경험이다. 아니, 오늘이 몽땅 그랬을 것이다.

"괜찮아요?"

아준은 등을 기댄 채 고개를 돌리며 가볍게 묻는다.

"아우, 그럼요. 뭘 이 정도 갖고."

초원은 가뿐하다는 듯 눈썹을 씰룩거린다. 갑자기 달리기라니, 정말이지 이런 여자는 처음 봤다. 성인이 돼 이렇게 순간 달리기를 한 적이 있었나. 학창 시절 힘껏 달리고서 운동장에 벌러덩 누워버린 때가 기억난다. 지금도 그래 버리고 싶었다. 내일부턴 운동 좀 해야지. 아준은 다짐한다.

"했어요. 오늘도. 작은 성공!"

그녀의 말에 따르면 아준은 얼떨결에 작은 성공을 함께 이뤄낸 셈이다. 확실히 독특한 여자다. 의아한 대화는 자꾸만 곱씹어 보게 되는 말들로 이루어져 있었다.

"저기요."

초원이 그의 팔을 툭툭 친다.

"궁금한 게 있는데요."

"네."

"아준 씨 전공이 뭐예요?"

"전공요?"

"현재 무엇에 관해서 연구하고 있나, 그런 거요."

"아, 그게… 흠, 어떻게 말씀을 드려야…… 할까요."

"왜요. 제가 못 알아들을 것 같아서요? 그렇게 보이나요, 제가? 저 이래 봬도."

"아뇨. 그, 그런 건 아니고."

"말해 봐요, 어디 그럼."

"흐음, 처음엔 어텐션 메커니즘을 이용한 기계 독해 알고리즘을 연구했고요."

"네?"

"지금은 생성형 인공지능 기반 자연어 증강기법을 활용한 챗봇 시스템을 연구하고 있어요."

"어……, 그렇군요."

"네……."

초원은 쓰읍 소리를 내며 입을 다물었다. 두 사람은 동시에 고개를 숙이고 잠자코 있다가 그만 웃음이 터져버렸다. 한참을 웃다 정신 차린 초원이 아준에게 말한다.

"들을래요?"

작은 손을 펼치자, 그 안에 한 쌍의 에어팟이 있다.

"하나 꽂으면 될까요?"

초원은 친절한 눈빛으로 작게 끄덕인다.

"우흠! 무슨 노래를 들어 볼까나~"

핸드폰을 꺼내 바쁘게 눈동자를 굴린다. 쉴 새 없이 휙휙 지나가는 플레이리스트. 창밖의 어둠은 짙어지고 그에 맞게 반짝이는 거리의 불빛이 선처럼 지나고 있었다. 아준은 흐르는 노래를 감상하며 리듬을 탄다. 누구의 노래인지 알 수 없지만 마치 알고 있던 곡처럼 편안하다.

"저기요, 그런데요."

노래는 돌연 정지되었고, 아준은 어리둥절해 에어팟을 손에서 굴린다.

"아까 말인데요."

"아까요?"

"네. 어텐션 뭐, 자연어… 증강기법…… 그랬잖아요."

"아, 네."

이미 웃고 있는 아준의 눈이었다.

"그것 좀 편하게 설명해 주면 안 돼요?"

"편하…게요?"

"키워드로 툭툭 던지는 거 말고 조금 간략하고 이해 쉬운 말로 풀어 줄 수도 있잖아요."

"알고…… 싶어요?"

"이대로 헤어지면 집 가서 계속 생각날 것 같은데요."

"왜요."

"비참해서요."

그 대답에 아준은 고개를 돌리며 웃는다.

"고개 돌리고 웃지 마요. 창문으로 다 비쳐요."

"뭐, 비참할 것까지야."

"나도 배울 만큼 배운 사람이란 말이에요. 물론, 아준 씨만큼은 아니지만. 근데 진짜 뭔 말인지 하나도 못 알아들었단 말이에요. 일부러 그런 거 아니죠? 사람 얕잡아 보고."

"아네요!"

"저도 이런 말 하고 싶진 않았는데."

"대신 시간 좀 줘요. 어떻게 말해야 이해가 편할지 생각 좀 해봐야겠어요."

초원은 생각에 잠긴 아준을 보며 흐르는 웃음으로 밖을 바라보았다. 느릿한 숨결. 남자와 단둘이 버스는 이번이 처음이었다.

"이제 말씀드려도…… 될까요?"

"꼬우."

"흠, 제가 하는 연구는…… 인공지능을 바탕으로 컴퓨터가 텍스트를 읽고, 의미를 파악하고, 중요한 부분에 집중해 알맞은 답변을 만들어내는 것? 쉽게 말해, 컴퓨터가 사람처럼 이해하고 답할 수 있도록 발전시키는 연구예요. 자연스러운 문장을 만드는 생성형 인공지능 알고리즘을 통해 대화를 진행할 수 있게 되는 거죠."

"기계가 인간의 언어를 할 수 있다라……. 요즘 보이는 기술이네요."

"그렇죠?"

"재밌을까요."

"재미요……?"

"저랑 대화하는 것처럼 기계와도 즐거울까요? 유쾌할 수 있을까요?"

"현대 기술로는 아직 그럴 순 없을 거라고 바로 확답드릴 수 있습니다."

"역시나, 마음에 드는 답변이네요."

초원은 한쪽 입꼬리를 올리며 만족한 듯 웃는다.

"좋은 연구가 가능하겠어요. 저를 하나의 레퍼런스로 이용하시면."

"큰 도움이 되겠죠."

"좋네요. 이해했어요. 아준 씨가 하는 일이 뭔지. 더 알고 싶긴 한데, 이만하면 됐어요. 고마워요. 노력해 줘서. 근데 박사잖아요."

"예?"

"박사라면 자신이 파고드는 연구에 대해 무엇인지 정도는 설명할 수 있어야 하니까요. 비록, 상대가 저처럼 문외한일지라도 말이에요. 과학의 발전은 평범한 사람을 위한 것이잖아요. 사람을 위한? 사람을 향한. 그러니…… 가끔 설명해 줘요. 귀찮아도."

"저로서는 고맙네요. 궁금해하신 게."

초원은 소리 없이 웃는다. 오늘 함께 해준 그가 있어 즐거웠다. 이전 연인들과는 늘 승용차를 타고 다녔고, 가끔 버스 타자 제안하면 다음에 해보자거나 귀찮다거나 왜 굳이 편한 방식을 놔두고 그러지 라는 태도에, 금세 알았다며 의견을 바꾸곤 했었다. 그렇다. 당장 중요한 건 아니니까, 다음에 해보면 되니. 언제나 그렇듯 세상엔 미뤄둘 수 있는 게 많다. 하지만 관계의 모든 과정이 효율만을 위한 건 아니니까. 이 남자와 함께라면 달리기, 버스는 물론이고 뭐든 상의하며 해볼 수 있지 않을까, 희망이 미래처럼 비쳤다.

*

"운이 좋네요. 버스가 곧 올 건가 봐요."

환승을 위해 다음 버스를 기다리고 있는 두 사람. 아준은 기대가 된다. 3분 뒤 도착. 타야 할 버스는 단 3분 뒤면 도착할 예정이라고 한다. 3분을 만나자 아준은 불현듯 아까의 3분이 떠올랐다. 열심히 달리던 그녀. 코웃음을 내뿜는다. 왜요? 초원이 의아해하자 아준은 아니라며 먼 곳으로 시선을 돌렸다. 그런 그를 무심코 보던 초원은 어딘지 모르게 낯선 느낌이 들었다.

지금쯤 집에 들어가 잠들면 딱 좋을 밤에, 처음 보는 남자와 버스까지 나란히 타고서 에어팟 반쪽마저 내어준다고? 번거로운 환승 역시 감수하고 있었다. 맙소사! 처음 누군가를 만남에 있어 알게 모르게 완고한 구석이 있던 그녀는 남자와의 시간이 실감 나지 않았다.

정류장 벤치에 앉아 다리를 흔드는데 통증이 느껴진다. 실은 오후부터 발이 무척 아프기 시작했다. 높은 굽은 아니었지만 나름 구두였고, 몸의 무게를 지탱하는 거라고는 발등을 둘러싼 짧은 가죽끈뿐이었으니 그럴 만도 했다. 종일 얼얼한 발로 대체 달리기는 왜 한 건지. 알 수가 없다. 그나저나 괜찮을까. 산책로는 짧지 않지만, 지금은 무척 걷고 싶다. 하필 이런 모순 중의 모순이라니.

"여기에요. 여기!"

드디어 도착한 장소. 둘은 전망대 아래 드넓은 공원을 완만한 시선으로 내려다보았다.

"와, 꽤 크네요. 공원이?"

살며시 불어 드는 바람. 종일 흘린 땀은 이미 소멸하였고, 지금 여기에는 둘 사이를 감도는 고마운 바람만이 남았다. 초원은 땀에 젖어 꼬불거리는 앞머리가 유독 맘에 들지 않는다고 투정 부렸으나, 아준은 속으로 귀엽다고 느껴졌다. 정제된 꾸밈보다 그녀라는 사람이 가진 자연스러운 모습으로, 어느 외국 소녀 같기도 하고 그랬다.

어쩌다 여기까지 왔을까. 아준은 바로 지난주까지만 해도 TV 보며 늘어지게 잠만 자다 목욕으로 마무리하는 정도의 하루를 가졌었다. 항상 그렇게 넘기던 날처럼 오늘도 그런 줄로만 알고 있었는데, 이런 결말이라니. 일상이 건조하다 못해 바싹 말라버리기까지 했던 만큼 여자란 없을 줄 알았다. 그래야 마땅하고. 그런데 이렇게 끊어야 할 시점마저 놓친 채 낯선 동네까지 덜컥 와 버리다니. 대체 무슨 마음일까. 두 사람의 머릿속에는 각자가 해결하지 못할 질문들이 넘쳐나고 있었다.

"내려가야죠?"

초원의 목소리에 아준은 뒤늦은 끄덕임을 보였다.

"어우, 계단이 많네요. 내려가려면."

잘 닦인 길이었지만 비탈진 곳이었다. 아준은 여자의 발을 본다. 운동화가 아니다. 자신의 제의는 애초에 무리가 아니었을까.

"괜찮겠어요? 구두잖아요. 여기 좀 가팔라요."

"걱정 마요."

"자칫하면 미끄러질 수도 있을 텐데."

아준은 내려갈 때만이라도 손을 잡아주고 싶었다.

"분명…… 손은 안 잡으실 거 같고, 제가 먼저 내려갈게요! 그럼 제 어깰 잡고 내려와 줘요. 어때요? 괜찮아요?"

초원은 머리카락을 귀 뒤로 야무지게 넘기며 끄덕였다.

"저 내려가요. 잘 잡고 따라와 봐요!"

한량밖에 없는 몽땅 기차는 피식거리며 공원을 향해 출발한다. 초원은 입을 야무지게 오므리고 그의 어깨를 움켜잡았다. 뜨끈하다. 오늘 이 사람도 고생이 많았지, 그녀는 하루를 떠올린다.

이제 마지막 남은 계단. 긴장이 풀린 초원은 짓궂게 남자의 목을 와락 끌어안으며 업히고 싶었다. 아뿔싸. 대체 무슨 상상을 하는 거지? 초원은 자신의 장난기 어린 상상이 어디까지 갈 수 있는지 확인하고서 화들짝 놀랐다.

"끄-읏!"

초원은 청량한 기분을 만끽하며 산책로를 밟았다. 아까와 달라진 높이와 각도. 그럼에도 더할 나위 없이 아름다운 강가다.

"같이 들을래요?"

초원이 건넨 에어팟에서 익숙한 선율이 흐른다.

"멜로디 흐름이 익숙하죠?"

"네. 아는 재즈곡이긴 한데 확실히 연주자에 따라 다른 느낌이네요.

이곳과 잘 어울리는 듯해요."

광활한 야경을 편히 볼 수 있는 근사한 레스토랑은 아니지만 아준은 자신이 알만 한 곡을 들으며 산책하는 것만으로도 근사했다.

"모든 음악은 어느 연주자를 만나느냐에 따라 달라지죠. 인연도 그렇다 생각해요. 한 사람의 템포도, 순간의 분위기도."

초원이 강바람 사이로 뒤로 걸으며 말한다. 언제나 혼자 걷던 길이었다.

"이곳에 대해 많은 게 증발하고도 기억에 머무는 건, 기쁜 와중에서도 슬펐던 시절? 그런 것들이 잔잔하게 떠올라 따끔거리기도 해요."

아준은 초원의 음성을 차분히 듣는다. 밝고 발랄한 만큼 온화한 성품을 지닌 듯했다.

"이런 맘 다 말라버리면 와봐야지 싶었는데, 그래서인지 올 기회가 없었나 봐요. 아준 씨, 그런 느낌 알아요? 아득할 만큼 옛날 같은데 알고 보면 난 그리 변한 게 없다는 거. 그럴 때면 제가 참 별로라는 생각도 들고요."

"그래서 도전하고 계시잖아요."

"이제 좋아하는 일을 매일 골라 해보려고요. 아니면 기억나는 날이 하나도 없을 테니까."

초원은 두 팔 벌려 천천히 눈을 감는다.

"난 이젠 정말 그러려고요."

힘을 준 등이 점차 부드러워지고 살짝 젖힌 허리에는 머리카락이 날리고 있다. 끝을 알 수 없는 길고 긴 강물처럼 그녀에겐 무슨 기억이 맺혀 있을까. 하지만 분명한 건 지금 함께 걷고 있다는 사실이다. 그녀가 온통 담겨있는 길에 자신을 들여 준 마음이 아준은 내심 고마웠다. 가로등 아래 부는 바람에 하얀 셔츠가 날리자 아름다운 몸의 선이 그대로 드러난다.

"어? 이거 어릴 때 되게 많이 봤었는데. 그죠?"

어느새 초원은 발바닥 지압용으로 심겨있는 돌길 앞에 멈추었다.

"어머, 뭐해요? 진짜 하시려고요?"

난데없이 신발을 벗는 아준이다.

"초원 씨 안 할 거 같으니까 제가 대신해 보이죠."

한술 더 떠 양말까지 벗는다. 그녀는 곳곳이 수상하고 흥미로운 그에게서 눈을 뗄 수 없었다. 자신이라면 절대 하지 않을 법한 행동들을 서슴없이 보여주는 사람. 그러고는 으악! 외마디 비명과 함께 성큼성큼 나아가는 모습이었다.

"아프면 옆으로 빠지시라요! 계속 디디면 어떡해요!"

고함지르며 따라가는 그녀.

"제가 지금 이게! 걷는 게 아니라요! 으악!"

초원은 자리에 주저앉아 넋 놓고 웃어버린다. 끝에 다다라 풀쩍 뛰어내리고는 혀를 내민 채 헤프게 웃고 있는 남자.

"너무 잘 걷는 거 아녜요? 생각보다."

초원은 실눈이 되어 손뼉 치며 다가간다.

"돌이 왜 이렇게 뾰쪽하죠? 엄청 말도 안 되는 돌들만 있어요! 이거 만든 사람 누구야."

"혈액순환이 잘 된 것 같네요. 안색이 아주 환해졌어요."

"초원 씨도 한번 해볼래요? 별로 안 아파요!"

"혼자서는 못 죽는다?"

"에이, 사람을 뭐로 보고. 후회 안 하실 겁니다. 아시죠? 작은 성공!"

아준은 발등을 번갈아 비비며 적극적으로 묻는다.

"작은 성공은 하루 한 번! 욕심내지 말자는 원칙이 또 있거든요."

그러면서도 초원은 한 발씩 구두를 벗는다.

"그래도 너무 뺄 순 없죠? 사람이."

자신 있다는 얼굴로 일어선 그녀. 그러고는 잠시 후,

"으아악!"

몇 걸음도 가지도 않고서 튕겨 나오는 초원이다.

"으아악! 악!"

다시 내려왔다 올라가며 연신 질러대는 소리.

"우와, 이거 왜 이렇게 아프죠? 안 되겠어요. 저는!"

"어디 안 좋은 거 아니죠? 몸."

너무 웃어 글썽이는 두 사람의 눈이 반짝거린다. 아준은 알겠다고 이제 그만 하라며 몸을 굽히고 발바닥을 털어준다.

"어이쿠! 더러워요! 왜 그래요!"

구두인 줄 알고 발을 내밀던 초원은 느닷없는 손길에 다급히 움직이다 휘청한다.

"어어?!"

균형을 잃은 초원을 놓치지 않기 위해 아준은 그녀의 허리를 휘감아 안는다. 그리고 정적. 마른 표정으로 똑바로 선 그녀다.

"그 손으로 저 잡지 마요."

"네?"

"제 발 만진 손으로."

"아니, 자기 발인데!"

아준은 하는 수 없이 가방에서 물티슈를 꺼낸다.

"자, 봤죠? 꼼꼼히 닦았으니 안 더러운 거예요. 제 손."

그는 마디마디 세심하게 닦는 모습을 보여주었다. 뭐지? 대체 저건 어디서 난 걸까. 초원은 물티슈까지 챙겨 다니는 남자가 놀라웠다.

"잠깐만요! 초원 씨……."

아준의 심각한 목소리에 그녀의 시선 역시 따라 내려가게 되었다.

"이거 피죠? 피나요. 발에서."

"네-에? 피요?!"

초원은 몸을 굽혀 살펴본다.

"피가 나도록 걸은 거예요? 오늘?"

"……어? 그러네? 어쩐지…… 욱신거리더라."

아준은 물티슈를 뽑아 그녀의 발등을 닦는다. 상처 부위를 피해 후

후 입으로 불어가며 세심히 닦아내는 아준이다.

"여기는 좀 그렇고, 혹시 걸을 수 있겠어요? 벤치까지."

"아뇨, 못 걷겠어요. 한 걸음도 못 걸어요, 나는."

"걸을 수 있어요."

"넵."

제법 편해진 초원은 몹쓸 짓까지 보여주는 중이다.

"피나…… 피가 난다구요, 흐흑."

아준은 흐느끼는 그녀를 부축하며 걸어간다.

"아이참, 제가 서툴러서 초원 씨 발 아픈 것도 모르고. 것도 부족해 지압 판까지 밟으라 했으니……. 하아, 저는 쓰레기예요."

실의에 빠진 얼굴이 된 그에 반해 초원은 피식피식 웃기만 한다.

"아까 달리기해서 그런가?"

천진난만하게 발가락도 꼼지락거린다.

"그쪽이 어떻게 알겠어요. 발 주인도 몰랐는데. 죄송한 건 저예요."

아준은 몸을 낮추고 자기 무릎에 그녀의 발을 얹어두었다.

"그러지 말고 여기 앉으시면 안 될까요?"

초원은 바로 옆자리를 툭툭 친다. 아준은 대답 없이 멀찍이 앉는 대신 초원의 발을 쭉 뻗게 하였다. 간격을 두고 벤치 양 끝에 앉은 두 사람.

"예쁘네요, 반짝반짝."

아준은 그녀의 페디큐어를 발견했다. 청량한 푸른 컬러를 베이스로 반짝이는 다양한 장식. 사실 페디큐어는 그녀가 평소 즐기던 것이 아니었다. 이 자리에 오기 위해 서둘러 집에서 붙인 조각들이다. 그가 모르는 또 하나의 분주함을 떠올리자 초원은 은근하게 미소가 번진다.

이따금씩 펼쳐지는 생의 이벤트란 실로 신비롭다. 지난주까지만 해도 서로의 존재조차 인식하지 못한 채로 살아왔는데, 어쩌다 마주 보며 커피를 마시고, 영화를 관람하고, 식사를 끝내고서 어릴 적 동네까지 걷게 되었을까. 소개팅이라는 독특한 형식의 만남이 이러할까. 그게 아니라면 두 사람이 특별한 걸까.

초원은 생각한다. 외로움이 농축되어 가속된 거? 그건 아닐 테다. 자신의 판단력이 한낱 분위기에 휩쓸려 이런 전개만 연속될 리 없으니까. 그럼 뭘까. 이제껏 자신이 하던 데이트와는 어딘가 모르게 다르다. 편안한데도 배려가 느껴지고, 투박한데도 낭만이 공존한다.

"저, 하나 궁금한 게 있는데요…….."

아준의 목소리에 멍하니 멈춰있던 초원의 시선이 돌아왔다.

"죄송하다 말, 평소 자주 쓰시나요?"

"네……?"

"사실 미안한 거, 죄송한 것, 그다지 없던 것 같아서요. 우리 시간에."

아준은 생각에 잠기는 듯한 표정을 잠깐 보였다.

"이해해요. 우리나라 정서상 사과가 온전한 의미 말고도 일종의 예의처럼 쓰일 때도 있으니까요. 아무래도 나보다는 상대의 불편을 헤아려야 하니 그렇겠죠?"

그의 너그러운 음성과 달리, 초원은 얼굴이 화끈 달아오르는 것 같았다. 오늘 당장의 시작부터 그랬다. 분명 알면서도 한 사과였다. 먼저 상대를 살피는 패턴으로 가득 찬 초원의 일상이 그녀의 습관마저도 그러한 방향으로 이끈 것이다. 미안함 하나 없이 뱉고 본 말들. 그래서 누구에게 얼마만큼 했는지도 실은 기억나지 않는다.

"저랑 연습 한번 해 볼래요?"

"어떤 걸요?"

"덜 죄송해 보기!"

아준은 마법을 펼치는 것처럼 초원의 집중을 이끌어냈다.

"당장에 바꾸긴 어려울 테니까, 시작을 이렇게 해 보는 거예요. 간단해요! 만약 저에게 미안하고 죄송할 일이 생기면 다른 표현으로 대체해 보는 걸로, 어때요?"

"예를 들면요?"

"초원 씨가 저와의 약속에 늦었습니다. 그럼 미안해요, 죄송해요 보다는 고마워요, 기다려줘서. 우선 건네 보는 거죠. 사과는 그다음이고요."

"아……."

"그럼 저도 기쁠 것 같아요."

"어째서요?"

"감사한 사람이 된 거잖아요. 같은 기다림이라도."

어쩌면 그녀는 짤막한 고마움으로 대신할 수 있는 상황에서도 줄곧 자신을 낮추며 상대를 난처하게 만들었을지도 모를 일이었다.

"사과가 필요한 순간들도 있겠죠. 하지만 저는 초원 씨한테 미안한 사람보다 고마운 사람이 되었으면 해서요."

가로등 아래 초록빛 잎사귀가 바람에 흔들린다. 샤아아 뒤따르는 소리. 처음 이곳에 도착했을 땐 드문드문 사람이 보였지만 이젠 한산함을 넘어 아무도 없는 듯했다. 초원은 이 시간의 풍경이 어떨지 늘 궁금했었다. 지금은 몇 시일까. 쾌적한 공기에 시간이 알고 싶어졌지만 흐름이 끊길까 시계를 보는 제스처를 취하지 않았다.

"좋은 분 같아요. 초원 씨는."

멀리 강을 보며 무덤덤한 초원의 반응에 아준은 기지개 켜듯 팔을 폈다 잽싸게 접는다.

"좋은 사람……, 글쎄요. 전 좋은 사람일까요, 나쁜 사람일까요."

편하게 걸터앉은 초원은 두 손을 허벅지 아래에 끼워둔 채로 물음을 던진다.

"한땐 제가 좋은 사람이라고 생각했거든요. 근데 이젠 잘 모르겠어요. 나이 들수록 구별이 안 된다고 해야 하나. 워낙 다양한 나를 만나봐서 그런가 봐요."

아준은 뜻밖의 대답에 아무 말도 잊지 못했다.

"저는 겉과 속이 달라서는 심지어는 저를 속이기도 했었거든요."

초원은 번갈아 발을 흔들며 옅게 웃는다.

"어릴 때부터 아주 많은 걸 시도하고 이루어냈어요. 그치만 마음속 깊이 비밀처럼 도망친 적이 많았었죠. 모순되게도 중요한 때일수록 더 그랬어요. 피하고 싶고, 달아나고 싶고. 지독히 끌리는 것도 아니면서 그놈의 강박 때문에. 그러니 손에 쥐게 되어도 내 것이 아닌 것 같았어요. 좋다는 건 이미 주변이 정해둔 거고, 난 급히 밟아가기에 바빴으니까."

아준은 강물을 바라보았다. 반사된 빛이 아니었다면 그곳에 강이 있음을 깨닫지 못할 만큼 광막한 어둠이었다.

"깨달음 없이 얻어내는 게 정말 힘든 건데."

어디선가 들리는 개구리 소리, 풀벌레 소리.

"난 어떤 것에 가치를 두고 있을까요. 중요한 질문 같기도 한데, 막상 답하려니 모르겠네요. 예쁘다……. 반짝반짝."

초원이 밤하늘을 지켜보며 말했다. 한풀 꺾인 소리였다.

"초원 씨, 허블의 법칙 알아요?"

"허블의… 법칙이요?"

"우주는 매분 매초 팽창하는데요. 지구에서 먼 은하일수록 빨리 멀어진다고 해요. 그 말은 곧, 멀어지는 속도를 파악하면 거리도 알 수 있단 뜻이지요."

"오, 그렇군요. 아무래도 저는 과학 쪽은 젬병이라……."

"물론 우주에 관한 이야기지만, 저는 인간의 생에 대입해도 비슷할 거라 보거든요. 소통을 통해 확장되는 관계, 더 깊은 미래를 위해서는 그동안의 것과 현재의 속도 모두 존중해야 한다는 사실까지도요."

초원은 그의 음성을 라디오처럼 들으며 그의 말을 곱씹었다.

"무엇이든 두고 보는 시간이 필요한 것 같아요. 그래야 거리와 속도를 확인할 수 있을 테니까요."

아준은 힘을 뺀 얼굴로 말을 이어나갔다.

"한번 지켜봐요. 멀리 있는 가치는 빨리 달아날 거예요."

더디게 흘러가는 강물 사이로 안정감이 느껴진다. 바람은 가까이에 있고, 시간은 멈춘 것만 같았다.

"우아하네요. 꼭 우주처럼."

"초원 씨, 우주 좋아해요?"

"잘 알지 못해서 판타지 같은 존재죠."

"알면 더 깊어질 수 있는데."

"다가간다고 이해할 수 있을까요. 이 거대한 흐름을."

둘은 같은 하늘을 바라보고 있다. 숨을 내쉬었다.

"달라도 재미……있군요?!"

초원의 말에 아준은 몹시 흐뭇한 웃음을 지었다.

"초원 씨 긍정적인 에너지가 느껴지는 사람이란 거 알아요?"

쑥스러운 말 사이에는 차분함이 깃들어있었다.

"그래서 같이 있으면 저도 좋은 방향으로 변할 수 있을 것 같아요."

"그 말 진심이에요?"

그가 고개를 끄덕인다. 가득한 눈웃음.

"만약 제게 그러한 변화가 생긴다면 아마 초원 씨에게도 닿을 겁니다. 변하고 싶게 만드는 대단한 힘은 비단 한쪽만의 것은 아닐 테니까.”

하나의 질문이 있다면 하나의 답만이 존재하는 건 아닐 테다. 그중에 아준은 마음에 드는 대답, 그 근처를 거의 적중하다시피 보여주고 있었다. 매력은 어쩌면 대답 그 자체보다 태도에 있을지도 모르겠다. 어둔 별을 바라보고 있지만 그녀는 그를 떠올리고 있다. 낯선 시간에 차곡차곡, 온 신경에 차고 넘칠 만큼 말이다.

“초원 씨를 더 만나보고 싶어요.”

줄곧 편하기만 한 날만은 아니었지만, 그녀는 남자와의 대화 곳곳에서 순식간에 빨라지는 심장박동을 경험하곤 했다. 설렘의 깊이란 얼마나 될까. 어쩌면 지금만 느낄 수 있는 감정일 지도 몰랐다. 허나 그를 떠올리는 동시에 앞으로 자신이 받을 상처와 고심을 제쳐놓을 순 없었다. 관계를 깊숙이 믿는 것에 대한 대가로 되돌아올 결과까지.

미안합니다. 죄송해요. 상황을 부정적으로 만들고 있을지 모르는 그녀의 습성은 지금 이 순간에도 유효했다. 여전히 반대로 걷고 있는 그녀.

“다음엔 초원 씨가 말한 그 산 위에 전망대? 거기 드라이브 코스로 가볼래요? 안전하게 모셔다드리겠습니다.”

“또…… 만나자는 거지요?”

“만나봐야 저를 알 수 있죠.”

초원은 자신도 모르는 새 헤벌쭉 웃는다.

“그러다 오히려 아준 씨 생각이 바뀌면요?”

"그럴 지도…… 모르……죠?"

"에잇, 그렇게 대답하면 안 되죠! 아니라고 해야지."

"그럴 수도 있죠. 저도 사람인데."

"뭐예요! 틈만 나면 놀리려고만 하고."

두 사람의 눈 맞춤으로 이어진 빛은 환하게 번뜩였다. 아준의 다리는 족히 열 번은 넘도록 모기에 물어뜯긴 흔적이 있고, 초원은 살갗이 벗겨진 상처 부위가 서서히 말라가고 있었다.

"별이에요. 별!"

초원은 하늘을 향해 손짓한다.

"우와아, 별이 어쩜 이렇게나 많이…… 꼭 시골 같아요."

이곳을 숱하게 걸었어도 하늘을 지켜본 적은 없었다. 가장 오래 본 존재에게서 이런 반짝임이 발견될 줄이야.

"아까 우주 얘기를 해서 그런지, 되게 색다르게 보여요. 뜻깊고."

"별을 더 매력적으로 보는 방법 알려줄까요?"

"뭔데요?"

"바닥에 누운 것처럼 고개를 한껏 뒤로 젖혀 보는 거예요. 살짝, 목 다칠 수도 있으니까 부드럽게."

아준의 안내를 따라 초원이 고개를 조심스럽게 젖히자 목소리가 끊길 듯 힘겹게 이어졌다.

"그러네요. 정. 말."

무얼 묻고 무얼 말하듯 성심껏 따라주는 그녀를 보며 그는 아무 고민 없는 미소를 지었다. 고마웠다. 야행성인 그로서는 늘 혼자만의 밤이었는데, 이토록 야심한 시각에도 함께인 존재가 가까이에 있다니. 잠깐의 것이 될지언정 지금만큼은 행복했다. 밤이 될수록 깊어지는 영롱함. 이토록 비현실적인 광경에 내가 있을 리가. 아직도 방 안 조그만 침대에 누워 있는 것 같은데, 아니, 어쩜 정말 그런지도 모르겠다. 한 움큼 손에 쥐기엔 너무 어렴풋한 행운이니까.

그는 남들이 말하는 사랑, 그 언저리의 표현, 쉽게 증명할 수 없는 가깝고도 먼 감정이 벅차올라 어찌 느껴야 할지를 잘 모르겠다 싶었다. 연애는 지금이 아니라고 숱하게 미뤄두던 밤이었다. 그러면 대체 인연은 언제 만나란 말인가. 질문이 따라붙곤 했다. 대체 무슨 배짱으로 그녀에게 다가서려는지, 두려운 마음 가운데 자신도 모르는 기백이 솟아오르는데, 그걸 막아야 하는 거냐고. 아준은 눈가가 시큰거린다.

"어때요 초원 씨, 정말 근사하지 않나요?"

"엄청요! 그것도 아주 많이요!"

달빛 강 위의 하늘. 분주히 깜빡이는 네 개의 눈동자는 어둠 속 어디를 콕콕 짚어가며 살피고 있을까.

"완전히 눈앞에 쏟아지는 거죠?"

"하늘이 내 것처럼 다가와요!"

동시에 숨을 삼키고 내쉰다. 어두운 밤, 새벽 세 시의 별을 바라보며.

"아준 씨 근데 아까 치킨 말이에요. 취소해 주던가요?"

"아뇨."

"그래서 어쨌어요?"

"계산했어요."

"계산했다고요?"

"네."

"그리고?"

"포장해 왔죠."

"어머나, 이걸 종일 에코백에 두고 있던 거예요? 어쩐지……."

"냄새났어요?"

"실은 저 개코거든요. 근데 믿지 않았죠."

"왜죠?"

"무슨 치킨 혼령이 따라오는가 싶어서. 말하지 그랬어요."

"그럼 또 죄송하다는 말만 듣지 않았을까요?"

"그랬……겠죠?"

"초원 씨, 배고프죠?"

"조금요."

"잘됐네요. 어서 먹읍시다."

"콜라 있어요?"

"당연하죠!"

"물티슈는?"

"여기요!"

"역시……. 어서 들어요. 아준 씨."

"닭다리 건배~!"

"건배~! 짜—안!"

「여름날의 영화표」 작업을 마치며

어쩌다 보니 자꾸만 계획하고 있었습니다. 나만이 아닌 두 사람이 함께일 때도 말이죠. 하지만 실로 놀라운 일들은 그 외의 순간에 펼쳐지지 않았나.

무엇이 정답인지 알 수 없지만, 모두가 예측과 빗나가는 사랑을 하시길. 그리하여 옴짝달싹하지 못한 채 다양한 감정 속을 허우적거리시기를. 정형화된 세상의 것들이 깨부숴지는 순간이 늘어나길 바랍니다.

이불집의 애호

멈춰만 있으면
소중한 건 서서히 사라져가네.

어릴 적 부잣집에서 찬모를 하던 엄마가 그 집에서 복숭아 세 개를 받아온 적이 있었다. 아직 맛이 덜 들었다며, 바람 잘 통하고 볕이 드는 창가에다 며칠 두고 먹자고 엄마는 제안했다. 나는 고개를 끄덕이며 소담히 품에 안은 복숭아를 까치발로 하나씩 올려두었다. 손 하나에 가득 들어오는, 말 그대로 탐스러웠던 복숭아.

꾕장한 사명감을 얻은 듯 작은 창문 가로 가 매일 빛의 방향을 따라 복숭아를 돌려 놓아두곤 했다. 달큼하고 상큼한 내음. 당장에라도 한입 베어 물고 싶지만 기다리는 것이, 엄마의 허락이 떨어질 때까지 기다리는 것이, 가장 적당한 때라는 생각이 들었다. 어린 마음에도 약속을 알았다. 바라보는 것만으로도 행복해지는 분홍빛, 주황빛. 지금 하늘색은 그날의 복숭아를 닮았다.

먼 듯 가깝던 엄마와 나의 관계는 대체 언제부터 멀어지기 시작했을까. 어쩌면 살아오며 날 믿어주는 이들이 많았을는지도 모른다. 그런데 난 그때마다 편한 대로, 그저 가장 간편한 대로 그들의 믿음을 저버리는 선택을 했을는지도 모른다.

—

어두워진 시각. 도롯가는 양쪽으로 빼곡히 들어찬 차들로 더욱 협소해 보였다. 칸마다 주차한 거라고는 믿기지 않을 정도로 좁다란 거리. 마치 줄지어 들어온 건가 싶기도 하다. 그때, 검은색 승용차 트렁크 뒤로 어느 한 노인이 걸어 나온다. 멍한 상태로 눈가에 힘이 없어 보이는 노인은 반대편 인도로 향하는 중이었고, 그때 마침 아파트 신축 부지 현장에서 나온 트럭 하나가 거세게 도로로 진입하는 중이었다. 모퉁이를 돌아 아주 빠르게 다가오는 차.

순간 걸려 오는 전화에 막 통화를 시작한 그는, 한 손으로 핸들을 잡고 수다를 늘어뜨리다 뒤늦게 노인을 발견한다. 뒤따라 울린 경적은 어둠을 찢어내는 비명 같았다. 가까스로 정차한 운전사는 몸을 내밀고서 쉴 틈 없이 욕을 퍼붓는다.

이런 거리에서 사람 한둘쯤 지나가는 것은 별일 아니었지만, 아무리 경적을 울려도 제 갈 길만 향해 가는 노인이 꼭 남 말 듣지 않고 제 방식대로만 살아온 고약한 모습 같았기에, 운전사의 치민 화는 쉽사리 가라앉지 않았다. 차마 입에 담지 못할 말을 듣고도 고요한 병에 담긴 것처럼 잔잔하기만 한 노인의 시선, 그러다 차체로 향하는 고개였다. 눈부신 두 줄기의 빛이 노인의 눈 한가득 밀려오기 시작했다.

"임희연."

놀란 숨으로 눈을 떴다. 푹신한 이불을 쥐어짜듯 부여잡고 있는 손에는 땀이 가득했다. 이 손을 놓치면 더 깊은 아래로 추락할까 주변을 움켜쥐다 서서히 느껴버린 딱딱한 촉감. 이건 다름 아닌 바닥이라고, 어? 임희연, 방바닥.

공간을 인지하자 그제야 숨을 쉴 수 있었다. 스륵 팔에 힘을 놓아본다. 꿈. 무슨 장면을 만나더라도 그건 꿈일 거라며 한없이 각성하고 잠자리에 들어도 일어나면 늘 땀범벅이다. 한 달의 반은 자각몽인 것 같은데, 혼자 졸이고 열성으로 뜀박질하다 끝끝내 잡히지 않을 것을 향해 뻗어보는 손길.

임, 희, 연. 낯설지 않은 소리가 지금 딱 이 얇은 방문을 사이에 두고 밖에서 부르는 것 같은 음성이었다. 엄마는 자주 나의 성을 붙이고 호명하곤 했다. 임희연. 이렇게. 그건 하나의 주문처럼 나의 행동을 경계 짓게 만들었는데, 나는 그게 남다른 줄 모르고 자라다 문득 다른 엄마들이 친구를 부르는 모습에 멈칫하게 되었다. 그제야 우리 엄마가 이상하다는 것을 알았다. 그 후론 엄마의 말투가 얼마나 냉혹하게 느껴지던지. 혹여나 출생의 비밀이라도 있는 건 아닌지 진하게 의심을 품었던 적도 적지 않았다.

엄마가 다른 엄마와는 다른, 어딘가 딱 집어 말하긴 어렵지만, 무언가 미심쩍은 구석이 있다는 것을 안 뒤로 나는 엄마와 공감을 주고받는 여느 딸처럼 소통하려 하지 않았다. 혹시나 가까워지게 된다면, 그때마다 내게 보여주는 엄마만의 답변들이 세상의 것과 다를 것 같아서였다. 일종의 불신이랄까. 속절없이 엄마의 것에 익숙해지고 젖어든다면, 나 또한 세상으로부터 조금 먼 사람이 될지도 모른다는 우려가 스며들었기 때문이다.

지친 눈을 두어 번 깜빡이다 몸을 일으킨다. 눈을 감은 채 머리맡에 둔 자리끼로 손을 뻗는다. 이 집이 낡은 건 싫었지만 눈 감아도 훤한 것만은 좋았다. 모과 그림이 그려진 투명한 물병에서 뚜르르르 컵 속으로 물이 떨어진다. 미지근한 물은 마셔도 부대낌이 없다. 분명 입 한 가득 넘기는데도 흐르는 느낌이란 게 없으니, 자극적이지 않은 시작이 좋다. 전 남편은 정수기를 냉수 방향으로 맞춰놓는 사람이었다. 잠결에 물을 따라 마시고는 생각지 못한 온도에 번쩍 뜬 눈으로 다급히 개수대로 가 뱉던 물. 입술을 오므리며 입안의 온도를 높이는 사이, 마시려는 의지가 떨어져 버린 것이었다.

"마셨으면 좀 돌려나 놓지. 나 냉수 못 마시는 거 뻔히 알면서."

한 모금조차 제대로 마시지 못하고서 시작하는 하루란. 컵을 싱크대에 넣어두며 투덜거렸다.

"대체 몇 번을 말해야 사람이……."

나는 이런 비슷한 일상들이 실수도 무엇도 아닌 배려와 성의의 문제라고 생각한다. 왜 나는 혼자 지낼 수 있는 기회를 스스로 포기한 걸까. 기운 없이 방으로 들어가곤 했다.

미온수를 마시며 꿀꺽꿀꺽 회상을 삼켜본다. 노란 장판 위로 내려가는 컵. 물병의 반을 비우자 조금씩 정신이 든다. 헛기침하며 오른손으로 쿡쿡 이마를 찍어보았다. 축축한 손등. 목덜미로 뻗친 머리칼을 만지는데, 왜 풀지도 않고 잠들었을까. 짧은 꽁지에 아슬아슬하게 매달려 있는 머리끈을 잡아 빼며 고개를 갸웃거린다. 실은 바로 어제 일도 잘 기억나지 않는다.

엄마가 떠난 뒤에도 목소리가 생생하다는 건 축복일까, 아닐까. 우습게 보이겠지만 어쩔 땐 대답할 뻔하기도 했다. 네! 어린 시절 부름마다 다소곳해져서는 두리번두리번 순간을 살피며 방금을 되짚어보았던 기억. 그래서 생활 속 잔 실수가 없었던 건가. 하지만 지금 와 되돌아보면 실수는 중요하지 않았다. 작은 움직임에도 의미가 있는 법. 실수가 없다는 건, 그만큼 시도한 게 적다는 뜻과도 다름없었으니까. 계획이 빗나갈까, 결과가 좋지 못할까, 해보지 않은 것들을 외면한 채 쌓아 놓은 안전지대의 벽에서, 결국 나는 세상을 가장 위험한 공간으로 치부했다. 아무리 봐도 삶은 그런 게 아닌 것 같은데.

그러다 방 한구석을 차지하고 있는 검은 빛의 자개장롱을 마주하게 되었다. 예나 지금이나 촌스럽기만 한 자개장. 갈 거면 저거나 치워주고 가시지. 아무래도 난 못 하겠는데. 가만 보니 자리한 가구들의 나이가 제각각이다. 쌍을 맞추고 있던 것이 가장 고참이고, 뒤늦게 한 쪽씩 더 들어온 것이 그 옆을 차지했다. 제법 비슷해서 잘 모르겠지만 유심히 살펴보면 윤기 나는 쪽이 후에 들어온 것이다.

엄마는 줄자를 대고서 달력 뒷장에 수치를 적었다. 더도 덜도 할 것 없이 딱 들어맞던 가구. 욱여넣은 가구를 보며 몹시 뿌듯해하셨다. 아직도 어제처럼 어른거리는 장면. 새 가구를 옮기기 위해 모래 묻는 신발로 방안을 출입하던 인력 꾼들의 움직임에 나는 망연자실한 눈빛을 보냈다. 더군다나 좁은 집이 더 작아지기만 했구나, 친구들이 놀러 오기엔 더 부끄러운 집이 되었다는 판단에 어린 절망이 얼마나 깊었던지.

마른 수건으로 장을 닦고 닦고, 무릎 꿇은 채 또 닦던 엄마. 손바닥으로 문짝을 쓸어내리며 깊은 눈동자가 되곤 했었는데, 마치 진하게 반짝이는 자부심을 가꾸는 것 같았다. 엄마는 새 장을 먼바다에 있는 아빠가 선물해 주고 갔다며 동네 이모들에게 자랑했다. 아무래도 아닌 것 같은데, 대충 그런가 보다 하고 흘려들었다. 엄마가 그럼 그런 거지. 허나 나중에 분명히 엄마가 장만한 물건에도 아빠의 꼬리표가 붙는 걸 보고서, 어쩌면 진짜일지도 모를 검은 장롱의 출처마저도 정말 아빠의 것이 맞을까, 아빠의 선물은 있다 해도 없는 것인 양 돼버렸다. 아빠? 아빠의 선물? 글쎄.

방의 반은 족히 채우고도 남는 장롱. 과거에는 불길하게 느껴졌고, 이제는 엄마에게로 향하는 문 같았다. 엄마와 나 사이에는 마음에 드는 구석과 아닌 것들이 각자 달랐다. 아주 오래전부터 줄곧, 내내, 쭉…… 그래 왔다.

몇 시쯤 되었을까. TV 옆 탁상시계를 바라본다. 짐작과 비슷한 시간. 생활의 흐름이 몸에 밸 나이가 되었으니 시계를 챙겨 볼 일은 아니었다. 사십 중반을 넘긴 후부터 가을의 매력을 깨닫게 되었지만, 현재는 없던 계절처럼 제쳐두었다. 9월의 어느 날 아침. 내리간 시선에 탄력 잃은 손등 하나가 있다. 입맛이 없으니 밥은 됐고, 나중에 가게서 요기나 하자.

냉장고로 가 먹을 만한 것들을 대충 챙겨 종이 가방에 넣는다. 어디에서 받았건 종이가방을 접힌 방향대로 접고서 둘둘 말아 선반 한쪽 통에 담아 놓던 엄마의 습관. 그 통을 내려다보았다. 쩝, 마른 입소리로 출근 준비를 마치고 문밖으로 나간 걸음이 얼마 못 가 뜬 발이 되어서는 멈칫, 하늘을 보다 다시 안으로 들어간다.

"우산이……."

미술작품을 감상하듯 보고만 있다 2단 우산을 덥석 집어 든다. 비 올 게 분명할 때는 아무렴 장우산이 낫지. 얼마 전 3단 우산을 쓰며 돌아오던 퇴근길에서 긴 오르막을 채 오르기도 전에 뒤집어져 버려 얼마나 난감했던지. 꾹 다문 입술로 나동그라진 우산을 주우며 겉옷이 흠뻑 젖어 돌아온 적이 있었다. 끝이 그렇게 돼버리면 온종일 잘 보냈다 해도 망쳐버린 하루 같았다. 가끔 아주 작은 일이라도 사람을 푹 젖게 만드는 때가 있으니까. 그날이 꼭 그랬다. 불편한 기억이 되살아나자, 3단 우산에 고정된 시선을 홱 돌리며 쭈그려 앉아 신발 끈을 묶는다. 빗길은 미끄러우니까 하고 중얼거리며.

습한 기운이 가득한 하루의 시작. 비 소식이 있는 날은 냄새부터가 다르다. 어린 시절, 거세게 몰아쳐 바닥의 틈도 보이지 않던 굉장한 비가 오던 날이 떠오른다. 놀러 온 옆집 강아지가 우렁찬 천둥소리에 방에서 기절해 버렸던 해프닝. 하여튼 유난스럽기는. 녀석을 부르며 볼을 톡톡 두드려보는데, 그제야 감긴 눈이 슬며시 벌어졌다.

그때 마침 엄마가 시장에 가 거봉 좀 사 오자고 했다. 뭐, 거…봉? 내 인생 첫 거봉은 바로 그날이다. 비가 억수같이 쏟아지던 날이었지만 나는 왠지 들뜬 마음이 되었고, 거봉을 끌어안으면서도 물가만 골라 밟으며 집으로 돌아왔다. 그 난리에도 젖지 않았던 어깨와 등. 엄마가 금세 씻어내 물기 맺힌 거봉을 톡 따먹으며 납량특집을 보았다. 난데 없는 똥강아지의 기절, 비 오는 날의 시장 풍경, 오싹한 등허리와 달콤한 입안 모두가 하루로 연결된 어느 날이었다. 그래서인지 우르르 쾅쾅 소란스러운 밤 끄트머리에서도 그때가 언뜻 떠올라 그늘처럼 웃어버리곤 한다.

"발에 힘을 주자, 힘을 꽉 줘야 해."

나름의 무장으로 닳지 않은 신발을 골랐다. 때마침 한 방울 톡, 토독 비가 떨어진다. 하늘로 고개를 젖히자 잠깐 사이에 얼굴 정중앙으로 빗방울이 떨어졌다. 한쪽 눈을 감은 채 닦는다.

"생각보다 빨리 오네. 열한 시는 되어야 한다더니."

우산의 부직포를 떼어낸다. 파-앙 소리를 뒤이어 물 떨어지는 소리가 메워진다. 좁은 폭으로 내려가는 걸음.

한참을 지나 도착한 시장 입구다. 우산을 접으며 한 걸음 물러나 착착 물기를 털어낸다. 어릴 적과 다르게 지금 시장의 모습은 어떠한 날씨에도 끄떡없도록 천장엔 크고 든든한 돔 형태의 차광 구조물이 설치되었고, 바닥은 고르게 평평하다. 물론 잡지 못한 비릿한 냄새가 남았지만, 전과 비교하면 더할 나위 없이 쾌적한 환경이다.

얼마 전까지만 해도 굉장한 무더위로 증발 냉방장치가 활약이었다. 미세한 물안개가 천장에서 분사되는 모습. 상인회장은 이게 미세먼지 저감은 물론 악취제거에도 탁월하다며, 무엇보다 자신의 임기 내

에 쇼핑환경이 개선된 것에 대한 자신의 기여도를 꽤 부각하고 싶어
했다. 이렇게 시장 역시도 다른 영역 못지않게 현대화 사업으로 새로
워지고 있지만, 엄마는 보수공사가 마무리될 무렵, 본인이 이곳의 마
지막 세대가 될 거라며 김빠지는 소리를 해댔다. 그럴 만도 했다. 뒤
처지는 흐름에 묻혀간다는 사실만으로도 누구나 작고 불만 어린 숨을
쉬기 마련이니까. 그리하여 시장이라는 존재는 책이나 영상 자료에만
남을지도 모르겠고.

　아침 장사 준비로 분주한 가게들을 지난다. 이들도 알고 있을 것이
다. 이런 날씨에, 이른 시간에 그들이 기대하는 만큼의 손님이 등장할
일은 적은 확률이란 걸. 하지만 반백 년을 넘어서면 알면서도 바꿀 수
없는 것들이 많다. 비효율적이지만 일상을 지키기 위한 근면함 따위
가 그렇다.

　주변 상인들과 눈을 마주치지 않으려 했지만 어쩌다 시선이 붙잡히
면 가벼운 미소로 고갯짓을 하며 지나갔다. 세상 고민 없이 아주 싱거
운 사람처럼. 쭉 걷다 방향을 바꿔 접었던 우산을 다시 펼쳐 든다. 나
의 가게는 시장길을 벗어나 좀 더 인적 없는 쪽으로 들어서야 했다. 그
지점은 마침 천장 시설이 끊어지는 곳이자, 생동감 또한 사라지는 골
목이었다.

　걸음을 멈추고 어느 한 이불 가게 앞에 선다. 상체를 가로질러 멘 작
은 천 가방에서 열쇠 꾸러미를 꺼낸다. 오래된 유물처럼 투박해 각진
구석이라고는 없는 열쇠. 바지를 추켜올리며 쭈그려 앉아 아래 구멍

에다 맞추어 넣는다. 잘 걸린 느낌이 들 때까지 손목을 돌리다 보면 오른쪽으로 탈칵, 엄마가 요령을 가르쳐주셨지만 여전히 군더더기 많은 움직임이다. 이런. 알겠다 싶다가도 막상 넣게 되면 무엇이 급한지 좌우로 들썩이기 바쁘다. 탈칵! 그러다 이렇게 운 좋게 열리는 날도 있고. 이럴 땐 작은 쾌감이 번진다. 하지만 미소도 잠시, 아무래도 문을 바꿔야 할 것 같은데, 생각만으로 이미 십수 년이 지나가 버렸으니. 어리석기도 하지. 엄마 살아생전에 못 해줬던 걸 지금 할 리가 있나. 대체 그게 언제래. 유리문 안으로 들어간다. 외부 진열대에 물건을 올려놓고 파는 가게가 아니라 특별히 오픈 준비라 할 건 없었다. 와인 빛 붉은 전화기 위로 빛바랜 벽면의 스위치를 탁탁, 천장을 보며 켜는 것 말고는.

"세 개 다 켜야 하나."

탁. 흙빛 가게가 한층 밝아진다. 가방을 벗으며 테이블 아래 몸을 숙여 전기 포트를 꺼낸다. 누런 냉장고에서 생수를 꺼내는데, 아직도 제 역할을 해내는 냉장고가 오늘따라 듬직해 보인다. 버텨온 만큼 그간 품어온 냄새도 쿰쿰하게 남아버렸지만. 포트 안으로 딱 한 잔의 물을 부었다. 버튼을 누르자 딸깍, 끓는 소리가 이어진다.

"훗, 되게 신기하단 말이지."

수건으로 머리와 옷가지를 두드려 닦으며 가벼운 웃음으로 포트를 바라보았다. 마음이 한결 놓인다. 대략의 준비는 마쳤으니까.

창가로 다가가 고개를 빼 허공을 지켜보았다. 외벽에 달린 간판에서 멈출 새 없이 떨어지는 빗방울. 이런 날에 손님이 있을 리가. 하지만 집보다 여기가 낫다. 집은 좁고 낡은데 시커먼 장롱까지 떡하니 버티고 있었으니, 어찌 된 건지 다 큰 어른이 되어서도 여전히 사나워 보이는 존재다. 그에 비해 이곳은 여린 색과 파스텔 빛이 가득인 건 물론이고 가게 앞이 통유리라 나름 시원하게 하루를 감상할 수 있다.

씻어둔 찻잔에다 믹스 가루를 붓는다. 프르르르, 손잡이를 잡고 기울이는 만큼 야단스러운 소리. 새하얀 잔 속으로 짙은 베이지색 물이 차오르는 동시에 진갈색 점들이 빙글빙글 돌아다니고 있다. 장미 넝쿨이 그려진 티스푼으로 남은 점들을 쫓으며 젓는다. 어느새 손잡이까지 따뜻해진 잔을 들고서 의자에 앉는다. 입술에 느껴지는 포근한 온도. 후우- 후, 숨을 길게 불어가며 조심히 들이킨다. 너무 뜨겁게 끓여 얼마 넘기지 못하였지만 이미 달큰한 향만으로도 기분이 되살아나는 중이다.

"하루 딱…… 이만큼이면 될 것 같은데."

대단한 생의 보람이나 심장이 녹을 듯 기쁨에 절여지는 삶이 아니더라도 그만, 이 정도면 됐다 싶은 마음으로 지낸다. 그렇담 새삼 그리 나쁠 게 없었다. 하지만 그런 낮은 기준에서도 자꾸만 마음 한구석 텅 빈 순간이 공존해 왔다는 사실. 사람의 욕심이란 참.

점차 싸늘해져 가는 계절에 흐린 날까지 더해지니 사실 걸어오는 길이 허전하긴 했다. 가을이 성큼 다가왔다는 사실이 마뜩잖다. 그토록 좋아했던 계절이었지만 지금은 정을 떼버린 것 같기도 하다. 그렇다면 계절의 절반이 버거운 셈이고, 그 시간이 지금으로부터 몇 개월인 것이다.

엄마가 떠난 계절은 겨울이었다. 우리 엄마 땅속에서 얼면 어쩌나, 추위도 심하게 타는 양반인데. 이미 퉁퉁 붓고 굳어진 몸에도 어찌할 바를 몰라 몹시나 슬퍼했었다. 이대로 떠나보내기엔 너무 아까운 사람, 손끝이 검푸르게 물들어가며 그만 놓아주기를 간곡히 전하고 있음에도 나는, 임희연, 나를 불러주던 엄마의 현실을 쉽사리 받아들이지 못했다. 밉고도 애틋한 사람. 그 마음, 자식 아니면 모르지.

하필이면 거센 바람에 떠나는 엄마가 서글펐다. 적과 동침을 하듯 버겁던 엄마와의 시간들. 하지만 엄마가 떠나자 달갑지 않은 계절이 생겨버렸다. 그 앞에 꼬박 앓아버릴 시간이 벌써부터 적막하다. 딱 한 모금 남은 커피를 홀짝 마시고는 개수대로 걸어간다.

「 다른 건 몰라도 희연아, 찻잔만큼은 예뻐야 해. 없이 살아도 그 정도 살림은 돼야 하니까, 사치가 아니지. 매일 입에 두는 거니. 」

엄마는 왜 그리 같은 말을 반복했을까. 하긴 그러고도 남겠지. 그깟 우아한 잔 없이도 커피는 원래 맛있는 거예요. 말대답하는 사람이 나였으니까. 어쩜 엄마들은 눈치가 빠른 걸까. 글쎄, 나는 내 딸 마음 하나도 모르겠던데. 하여튼 요즘 애들 이상해. 어른 눈치도 안 봐, 도려내는 말만 곧잘 하는 건 기본이고 말이야. 가끔은 벽하고 말하는 것 같다니까. 쳇, 못된 기지배.

그러고 보면 엄마는 차를 마시고는 내 성을 붙이지 않았던 것 같다. 여전히 남아있는 온기. 두 손에 품은 잔을 가만히 내려다보았다. 엄마에게도 따뜻한 시간이었을까. 물론이겠지. 차 마시는 시간 내내 굳을 수 있는 마음이란 없을 테니. 맨 손으로 곱게 잔을 헹구고서 선반에다 걸쳐둔다.

"일찍 오길 잘했네. 식겁할 뻔했어."

굵어진 빗줄기. 출근길부터 심상치 않더니만 방금과는 비교도 안 될 정도로 어두워지는 속도가 가파르다. 정오도 안 된 시각이 못해도 오후 다섯 시는 돼 보이는 분위기다. 하지만 줄곧 내린대도 걱정이란 없다. 하루가 남은 시각. 꼼짝없이 여기 있어야 할 시간이 나쁘지 않다.

"제법 내리시겠네요. 종일 비가……."

혹여나 감기라도 걸릴까. 다시 포트에 물을 채워 넣는다. 안쪽에 넣어둔 바구니에서 티백 하나를 꺼낸다. 차가 무슨 맛인지 아직도 잘 모르겠다 하면 서운해하시려나. 하지만 엄마는 늘 따뜻한 물을 자주 마셔주어야 한다며 아주 권장하곤 하셨으니까.

「 아침에 일어나면 뜨끈한 물부터 마셔줘야 해. 어? 그러면 안에 있는 그런 뭐, 혈관 속에 있는 나쁜 지방이나 찌꺼기, 노폐물 같은 것들이 싹 쓸려 내려간다고. 」

엄마는 시장 사람들이 이불집 이불집 부르던 사람이었다. 골목 끄트머리에 자리한 이불집 노인네답지 않게 고상하고, 점잖았으며, 종류별로 차를 즐겨 마시는 얌전한 노인네였다. 엄마는 하필 차를 그렇게나 좋아해서 일상에 습관처럼 갖는 티타임마저도 당신을 떠올리게 만들었다.

하나둘 지나가는 사람들. 한 아이가 등교하는데 어디서 나타났는지 그 뒤로 방울 같은 녀석들이 졸졸 따라붙는다. 아이구 귀여워라. 절로 올라가는 입꼬리. 순수하게 따스한 눈빛이 되자 슬며시 얼굴의 근육도 풀린다. 우산은 물론이고 비옷으로 무장한 녀석들, 어쩜 저리도 작은 발에 맞는 장화가 있는 걸까. 웅덩이만 풍풍 밟아대다 까르륵 웃음소리를 남기며 사라진다.

반대편에 다른 인물이 등장했다. 종아리는 족히 넘기는 장화에 코팅된 앞치마. 축 늘어진 고깃덩어리를 날랜 속도로 운반하는 업자는 사람 키만 한 걸 어깨에 지고서 찡그린 눈이었다. 등장하는 사람에 따라 왼쪽 오른쪽 교차하는 시선. 그러다 또 등장한 한 사람. 어?

"비 봐라, 비. 아주 지겹도록 내리네. 아침부터 하늘이 뚫린 건지 뭔지."

문 사이로 엉덩이만 집어넣은 채 우산을 털며 들어온다.

"아직 마수걸이도 못 했지?"

별 의미도 없는 말로 시작하는 서경을 보며 실없이 웃기만 한다.

"마수걸이는 무슨."

오늘따라 더욱 활짝 핀 이유는 그녀의 등장이 적당했기 때문이다. 사색에 빠지고 싶을 때 넙죽 비집고 들어오면 그만한 불청객이란 없었는데. 오늘은 비가 와서인지, 짧은 순간 깊게 빠져든 만큼 시간이 남던 참이었다. 인사하며 가슴을 쭉 늘여보았다.

"찌뿌둥하지? 그러니까 집에서 좀 쉬지. 웬 청승이야 청승은."

한쪽에 걸린 수건으로 손을 닦으며 자연스레 의자를 끌어와 앉는 서경이.

"팔자 좋네. 우리 임 여사님. 비 구경하면서 차 한잔하시고요."

"너도 할래?"

"난 차 싫다, 얘. 마셔도 너 땜에 마셨지. 오늘은 커피로 줘요. 찐한 믹스로!"

대답 대신 일어나 모퉁이로 들어간다. 다시 한번 쭉 펴보는 상체. 허리와 어깻죽지가 뻐근하긴 하다. 요즘 들어 통 그렇다.

"내가 이거 들고 왔지롱."

서경은 검은 비닐봉지를 내민다.

"당연히 밥 안 먹었겠지?"

일회용 접시 위로 먹음직스럽게 담겨 있는 떡. 둘러싼 포장 안으로 당장에라도 터질 것처럼 말캉한 떡이 있다.

"좀 먹고 살아. 응? 벌이 안 된다고 줄이는 거야 뭐야. 아무리 그래도 챙기고 살아야지."

서경이 랩 포장을 죽 찢으며 엄지와 검지로 덥석 집어 먹는 걸 보며 잔 속으로 커피 가루를 부었다.

"괜히 내 핑계 대기는. 단 거 싫어하는 거 알면서 앙꼬 든 것만 들고 온 거 봐."

배시시 새어 나오는 웃음.

"너가 먹겠다는 게 어디 떡이니? 빵이든 떡이든 아휴 심심해. 아주 심심한 사람 아니랄까 봐 어쩜 먹는 것도 그리 심심할까."

서경은 매우 질린다는 표정으로 날 보며 오물거린다.

"그건 취향이야, 취향. 심심한 거 좋아하는 사람도 찾아보면 얼마든 있다구."

아담한 접시와 포크 챙겨 테이블로 걸어간다.

"이-히, 종류별로 많이도 사 왔네."

접시 위로 떡을 옮겨 담자, 말리려던 서경은 손을 다시 내려두었다.

"그냥 먹어도 되는데 괜히 그릇 만드네."

접시 위로 올려 담은 떡은 한층 고급스러운 형태로 다과상의 모습을 갖추게 되었다. 물 끓는 소리. 탁 소리를 내며 다시 제자리로 돌아온 버튼을 꾹 누르며 좀 더 끓게 만들었다.

"물은 딱 절반이랬어……."

평범한 커피라 해도 내밀 때마다 살짝 긴장된다. 간편해 보여도 물 온도와 양에서 개인의 취향이 작용하기 때문이다.

"그렇지. 딱 반이지!"

그녀는 놓치지 않고 대꾸한다. 나는 여기 오는 얼마 안 되는 이들의 취향을 기억하고 있다. 물은 얼마, 간은 얼마.

"네가 타 준 게 동네에선 제일 맛있더라."

서경의 말에 일어나는 묘한 뿌듯함도 잠시, 오래 웃진 않았다. 그녀는 나와 달리 주변에 사람이 많다. 넉살 좋게 가게마다 들어가 인사 나누는 습관, 아마 얻어 마시는 믹스만 해도 서너 잔은 되지 않을까.

"진짜라 그러네."

내 눈치를 읽었는지 재차 말한다. 아직 남아있는 진갈색의 점들. 그 흔적을 따라 스푼을 휘젓고는 가져다주었다.

"하-아, 좋네, 좋아."

뜨겁지도 않은지 잔을 놓자마자 훅 불고는 들이킨다. 신기해 가만 지켜보게만 된다. 뜨겁지가 않다고? 이게?

"위에 구멍 안 뚫렸나 몰라."

그럼에도 연이어 들리는 호로록 소리.

"아이고야, 너 차 식어서 어쩌냐."

서경은 몸을 기울여 나의 찻잔을 들여다본다.

"괜찮아, 물 더 있어."

대수롭지 않은 듯 남은 물을 따른다. 포크로 떡을 푹 찍어 입에 갖다 댄다. 고소한 냄새. 갓 만들어 식힌 만큼 푹신한 감촉엔 온기가 남아있다.

"어머나……."

위아래 포슬포슬 덮여있는 가루는 포장된 떡을 찍어 먹고도 남을 만큼 넉넉했다.

"요 앞 사거리 지나서 모퉁이에 왜에, 인테리어 하던 곳 있었잖아."

서경의 재촉하는 말투에 떡을 씹으며 다급히 끄덕였다.

"글쎄, 거 뭐가 들어오나 했더니 떡집이더라고! 젊은 사람들이 휘황찬란한 떡들을 종류별로 만드는데 얼마나 기특한지~ 나도 처음 보는 떡이라니까. 이름이 뭐더라…… 제대로 보지도 않았어! 맛있어 보이길래 바로 집어 왔징."

새삼 차별화된 떡이다. 아마 TV에선 몇 번 본 것도 같기도 한데 조만간 더 유행할지도 모르지. 작은 접시마다 고민과 시도가 담겨있는 모양새다. 하지만 방방곡곡 등장한다 해도 우리 시장에선 따라 하지 않을 것이다. 청년들이 장사하면 단박에 티가 날 만큼 노인들만 남아버린 이곳 시장. 그만두어야 할 때를 지나 하루하루 연명하는 장사에 신제품이라니. 쉽게 바꿀 수 없는 메뉴는 전통을 고집하는 뚝심일 수도 있겠고, 자신의 자리를 두고 걸어보는 자존심 싸움일 수도 있겠다.

하지만 분명한 건, 사람은 나이 먹어 가면 의외로 잔 변화를 꾀하지 못한다는 것. 이제껏 산 날만큼이나 세상의 것들을 미덥지 못하며 앞으로의 날들을 마저 살아가는 것. 그게 또 자부심이 되어 쉽게 꺾지 못한다. 우리 엄마도 그랬다. 무엇이든 씨알도 먹히지 않았었다.

"총각 두 명이서 그 새벽부터 몇 판씩 뽑아내서는 턱턱 잘라내고 있는데."

서경은 장정들이 떡 만드는 모습을 흉내 낸다. 시늉을 기가 막히게 하는 친구를 보며 나는 마치 그 가게를 들여다보는 것 같았다. 지금 가

늘어진 내 눈은 아마 그 집을 지나갈 때 또 그럴 것이다. 푸핫 터져버린 내 모습에 만족한다는 듯, 서경은 의자에 도로 걸터앉으며 떡 하나를 잽싸게 집어 먹는다.

"진열도 야무지고 깔끔한 게, 다른 곳 애 좀 먹겠어."

"그 정도야?"

"그럼! 요즘 젊은 애들 중에 야무진 애들 많다."

설명을 들으며 접시를 바라보았다. 요즘엔 아무나 시도하지 못한다. 심심해 음식 팔고, 시간 나 카페 열던 시대는 지난 것이다. 작은 것 하나에도 전문가가 등장하기 시작했으며, 이미 치솟은 대중의 수준에는 평범하고 고루한 것들이란 평균도 차지하지 못한 채 물러서게 돼버린다. 아직 뜯지 않은 떡을 들고서 이리저리 살펴본다. 입안에 든 것을 쉽게 삼키지 못하고 오물거리고 있다.

"잘 됐지, 뭐. 맨날 어제 떡 돌려 팔던 노인네들만 큰일 난 거지. 아무리 속이는 세상이래도 어디 사람 입을 속일 수가 있나. 가격도 같으니 말 다 했지, 뭐."

"그래. 그렇구나."

나는 딱 맞춘 대답을 흘렸다.

"요즘은 노력하지 않으면 안 되니까. 새롭지 않으면 안 되고."

서경은 떡을 씹으며 웅얼거린다. 나는 포크를 내려놓고야 말았다.

가끔 궁금해지곤 한다. 나 같은 사람은 대체 어떻게 살아야 하나. 열정으로 애쓰지 않고, 새로움을 시도하지도 않는 삶 말이다. 경쟁이 열기를 띨수록 나는 경기장 밖으로 넘나드는 함성만으로 그쪽 세계를 가늠하곤 한다. 다소 소란스럽구나. 너머의 세상을 차단하는 듯, 창문을 닫아버린다. 너무 빨라 쏜살같이 사라져 버린 지난 흔적들을 아쉬워하며 스스로를 밖으로 끌어내지 못하는 사람. 포크에 찍혀 남겨진 떡을 바라보았다.

"그래도 비 오니 좋다."

비틀어 앉아 밖을 보는 서경.

"이렇게 노가리 까고 있는 게 좋긴 하다만. 글쎄 뭐……, 이거 정리 안 해도 되겠어? 솔직한 말로 얘."

뜸 들이는 게 조심스러운 눈빛이다. 또 시작이네.

"누가 이런 한적한 시장통에서 이불을 사, 친구야~ 동네 사람들도 싹 빠져나가고 아마 여기 이불 가게가 있는 줄 아는 사람도 없을걸?"

주기적으로 건네는 안부처럼 서경은 이런다. 나는 알 수 없는 표정만 지을 뿐 대답하지 않고.

"정리해야지. 안…… 그래?"

왜들 하나같이 정리하라고만 하는지. 정리? 그게 쉬웠으면 벌써 했지.

"편하게 아파트 가 살아. 엄마도 보내드려야지. 언제까지 품에 안고 살래?"

내가 별다른 반응을 보이지 않자 볼멘소리가 속삭임으로 변한다.

"얘, 솔직한 말로 너 돈 받은 거 뒤서 뭐 할래?"

아주 비밀스러운 말을 건네는 것처럼.

"······아껴 쓸 거야."

농담 아니었다.

"사람들 이혼했다 하면 대단히 챙긴 줄 알지만, 그렇지도 않아. 있는 집 얘기겠지. 원래가 얼마 되지 않는 거, 나누면 또 얼마겠어. 그거 평생 아껴서 일 덜하고 살 거야. 끼니나 챙겨 먹고 살 수 있으면 된 거지, 뭘 대단한 호사 누리겠다고."

"야! 엄마가 너 장사하라고 두고 가셨겠어? 이혼한 딸 적적할까 두신 거겠지, 그 양반이 좀 계획적이셔?"

"그렇다면 난, 잘 쓰고 있는 거 아닌가······?"

나의 시선이 찻잔에 머무른다. 갑작스레 거슬리는 빗소리. 순식간에 깊어진 정적에 빗줄기가 창을 뚫을 기세여도 두 눈을 크게 뜰 수 없었다. 서경아, 누구에게나 그냥 가만 머물고 싶은 시기라는 게 있어. 그건 바깥에 어느 누가 찾아와도 깨지지 않고 싶은 시간이고. 그러니 제발,

"아님······, 남자라도 만나보든지."

벌써 한 달이 지났구나. 서경이 매달 주는 밥이다. 투덜거리는 저 입술. 입술만 한 보따리네.

"에-휴."

서경은 떡 하나 물고 질겅질겅 씹으며 멀뚱히 비를 구경한다. 내가 재미가 없나 보다. 마침 번개도 친다. 오로지 판매자만 그득한 길목. 천지를 강타하며 터져 오르는 소리는 번거로운 출근길을 감당한 상인

들에겐 비보와도 같았다.

"서경아."

"응?"

"넌 남자를 만나면 인생이 구원될 거라 생각하니?"

뜬금없는 질문에 서경의 시선이 부자연스럽게 멈추다 천천히 제자리로 돌아왔다.

"아니, 너무 웃겨서 말이야."

의도와 다르게 자꾸만 웃음이 삐져나온다.

"어쨌거나 가정을 유지하는 사람들은 말이야, 그렇지 않은 사람을 두고서 너무 정상을 벗어난 것처럼 여길 때가 있거든. 내 눈엔 대단한 유세를 떠는 것만 같아서."

"아, 아니, 그게 아니라… 난 말이야……."

"사람마다 다른 거 아니겠어? 그런 집이라 해도 자세히 들여다 봐. 형태만 유지한다 뿐이지 불행한 사람도 널렸다고. 난 그래. 정말 그럴 거라 생각하거든."

"그래, 맞아. 당연하지. 당연히 그건!"

"갈라섰다 해서 인생에도 선, 그어진 게 아니라고."

얘는 언제쯤 내 말을 진정으로 들어줄까.

"그럼 야! 당연하지! 내 뜻은 너 아직 젊다는 거야. 세월이 아까워 그래. 넌 말이야 희연아? 하늘하늘 예쁘장해서 어디 나가면 나랑 또래라고는 전혀 안 느껴지는 거 알어? 어차피 못 죽고 살 인생? 별 거 없다

이거야! 좋은 사람 만나고 살면 된다는 거지, 내 말은."

"아-휴, 됐어요."

서경을 곁에 둔 이유는 하나다. 그녀가 건네는 염려가 순간순간 떠오르는 솔직함이라는 걸 알기 때문이다. 걱정하는 척 부드럽게 다가와서는 조롱하듯 뒤에서 혀를 차던 다른 상인들과는 다른 점들이 분명했기에, 지금처럼 성미에 맞지 않은 대꾸도 해줄 수 있게 된 거다. 허울 좋은 웃음 뒤에 얼마나 구역질 나는 소리를 해댈지, 마음 졸이던 관계성이 두려운 와중에 나는 오로지 그녀를 제외하고선 영영 이곳에 어울리지 못할 거라는 확신이 있었다.

"아무리 소중히 품어도 계획대로 된 건 없었어. 누군갈 만나 사랑하는 건 더더욱."

붉어진 나의 눈가에 서경은 몸을 돌리고서 바깥만 응시하였다.

"인연이란 말이야. 나에게 아주 깊고도 어려운 일이었어. 그래서 한 발 들이기도 전에 쉽게 계획하고 장담할 수가 없어."

제아무리 두드려도 인기척조차 들리지 않는 문 앞에서 서경은 어떤 심정으로 기다리고 있을까. 답답한 고집불통으로 보일 수도 있겠지. 어느 때에는 그 고집이 자기를 잠식해 가는데도 꾸물대며 아집 부리고 있는 걸, 꼭 자신만은 모르지.

"네가 뭐 혹 달린 게 있길 하니."

"혹이라니! 얘!"

"아니 그렇잖아, 막말로. 요즘 아이 있으면 재혼할 때 힘들다니까……. 미안, 먼저 사과부터 할게. 사실은 다행이라 생각했었어! 너 아닌 그 사람이 아이 데리고 키운다길래."

순식간에 변해버린 공기. 쉽게 바뀔 것 같지 않았다.

"미안."

사과? 이걸 사과라 해야 할지 모르겠다. 이미 내뱉은 말을 두고서 대뜸 송구함을 표현한다 한들, 과연 내 사정에 무엇이 달라질 것인가. 그녀가 나를 바라보는 시선도, 주변의 오해도, 세상의 관점도, 그 무엇도.

"엄마 가셨으니 이제 좀 편해질 줄 알았는데. 이렇게 또 하나가 종일 날 괴롭히네."

하는 수 없었다. 나는 내가 가장 편해지는 서경의 얼굴을 만나기 위해 한 수 접고 말을 이어야만 했다.

"가게가 오래되긴 했어도 참 깨끗해?"

잠깐 사이 평온한 시선이 되어 가게를 둘러보는 서경이었다.

"내도록 쓸고 닦고 정정하다 가셨지. 인상 좋으셨어. 그리고 보면 네가 기품 있어 보이는 것도 딱 너희 어머니 판박이라 그렇다? 나이 들수록 분위기가 닮아가나 봐."

마음과 달리 히죽거리는 서경. 서경은 언제나 날 위해 노력한다. 아마 언니를 하나 두었으면 지금 같은 소리를 늘어놓았겠지. 하지만 우리 두 사람은 모두 속 깊이 밝은 얼굴로 돌아오지 않았다. 세월이 갈수록 듣고 싶은 말만 들으려는 내 심보도 못난 거고, 어떤 반응일지 알면서도 내내 꺼내는 말 역시도 나쁜 거니까. 우린 어쩌면 교차점이 없을

지도 모른다.

"이 인심 사나운 시장바닥에서 나, 너네 엄마 뭐라 하는 사람 하나 못 봤다? 어딜 가도 좋으시단 말만 들었지."

파노라마처럼 아련한 시절이 떠오른다. 하지만 그럴수록 나는 마음 한구석 이불집 노인이 애처로웠다. 혼자의 몸으로 생계를 꼬박 호소한 이 공간에서 사람 좋단 얘길 듣기까지 얼마나 많이 참고 거듭 속아 주다 허허실실 넘어가 주었을지.

하지만 엄마는 당신에게만큼은 혹독했으니, 그만큼 자신의 일부라 여겼던 나에게도 매몰찬 구석이 있으셨다. 규칙 속에서 키우지 않으면 언제 비뚤어질지 모른다는 강한 신념 같은 것이었을까. 품에 안기보다는 단단한 기운으로 날 바라보셨다는 것. 누구 눈에도 모나지 않을 자식으로 완성시키기 위해서 말이다. 그 때문인지 자라서도 고된 일이 생기면 내가 앞뒤 없이 달려갈 수 있는 사람은 엄마가 아니었다.

"엄마는 너 여기 계속 있는 거 아시면 안 좋아하실 거다. 키울 때 이불집 딸내미가 베개 포 한 장이 얼만지도 모르게 키우셨는데, 속 불편해하실 거라고."

나이가 들었음에도 엄마가 원망스러울 때가 많았다는 속사정을 이제야 풀어본다. 아이를 품었을 시기에는 독감처럼 더욱 심했다. 하지만 모친에 대한 이런 식의 감정은 썩 내키지 않는 심정이라 당혹스러움이 먼저였고, 원망은 안쓰러움과 애틋함 그 언저리를 맴돌다 물음표를 만난 어느 날, 다시 동일한 크기의 원망으로 귀결되곤 했다.

아버지는 원양어선을 타시다 그대로 사라지셨다. 그사이 대충의 이야기만 전해 들었을 뿐, 자세한 내막은 알지 못한다. 물론 찾으려면 내 선에서 충분히 찾을 수 있었겠지만, 궁금한 게 없어 그러지 않았다. 엄마의 현실에 변화를 주고 싶지 않았다. 더욱 솔직한 말로는 별다른 감정이 존재하지 않아서였다.

어찌해 만난다 해도 그 또한 작은 문제는 아니었다. 힘겨운 일상이지만 우리 두 사람은 이미 나름의 자리와 편안한 자세가 있었다. 그사이 비워둔 아버지의 공간은 없다. 채우고 비우는 것은 단순한 문제가 아니었으니까 말이다.

당장에 만난다 해도 대충의 형식적인 안부만 건네다 말겠지. 가슴속 이야기는 근처도 닿지 못한 채 기이한 형태로만 남을 테니까. 그래서인지 나는 남자의 역할과 의무, 그들과의 소통과 그에 따른 감정을 헤아리지 못했다. 남자와 단둘이 있는 것부터가 몹시 어색하다고 해야 하나. 엄마는 이 심각한 사안에 대해서 당신의 박복한 팔자소관이라는 간단하지만 깊이 있는 대답으로 대신했고, 그럼 난 설핏 웃다 말았다.

먹고 살 것이 다급해지니 재주 없는 엄마의 몸엔 쉴 틈이 없었고, 내려앉은 시선만큼 아버지에 대한 많은 것들이 성가시고 버거웠다. 비워두고 싶었다. 고스란히 남아있는 아버지에 대한 엄마의 심정을. 무뎌진 듯해도 속 깊이 알 자신이 없었다. 어린 날의 경험 따위로 명징하게 밝혀낼 수 있는 깊이가 아니었다. 우린 소리치지 않았으나, 고달팠고, 기어코 도움될 바 없는 이야기로 서로의 종아리를 고단하게 만들지는 말자고, 각자는 다짐했을 것이다.

시간을 거쳐 쌓아온 얇은 감정들은 자신도 모르는 새 단단한 증오가 되어 화석처럼 굳어갔다. 결코 아버지를 미워해서는 안 된다고. 정성 없는 표정으로 해마다 벗겨 냈지만, 아무래도 그것들은 사라지지 않는 것 같았다. 이유는 명확했다. 아버지가 우리를 떠났건, 사라졌건, 돌아오건, 결국엔 방관자. 그 타이틀은 결코 지울 수 없을 것이라고. 말하지 못해 희석된 듯했지만 여전히 남아있는 아버지에 대한 속성, 그것이야말로 내게는 변함이 없었다.

"정리? 글쎄, 생각이 없네. 아직은⋯⋯."

"아직은?"

"아직은."

시작과 달리 메마르게 끝난 대화였다.

—

"봄아, 봄이 엄마 왔어요. 우리 아기."

축축한 신발을 벗기도 전에 집 안에선 습한 냄새가 풍겼다. 쿵쿵, 쿵쿵. 옛날 집 냄새. 이를 어쩜담. 벽지 위로 뭉텅이 핀 곰팡이를 빤히 바라본다. 바꿔야지 하면서도 아직 두고 있는 것들. 어두운 방에 들어서며 전등 스위치를 향해 손을 더듬거린다.

"자는 거야? 왜 와서 꼬리를 안 흔들지요?"

순간 심장이 덜컹해 서둘러 불을 켰다. 아닌 걸 알면서도 녀석이 반기는 소리가 없을 땐 같은 심정이다. 탁! 방은 일순간에 환해졌고 잠시 눈을 감았다. 그러고는 떴다.

"죽었어요."

"어머나! 깜짝이야!"

주저앉지 않은 게 천만다행이었다.

"얘! 너 언제 왔어!"

어느새 딸이 와있었다. 얼떨떨한 기색으로 가방을 내려놓으며 TV 뒤 작은 창의 잠금장치를 풀고 문을 탁 열었다. 크기만큼이나 초라하게 짧은 소리. 딸은 꿉꿉한 냄새라면 질색하는 아이다. 원래라면 환기를 해 놓는데 오늘은 그럴 수 없는 사정이었으니.

"온다면 말을 하고 왔었어야지. 그럼 엄마가 올 때 뭐라도 사 오고… 학원은 갔다 왔어? 구석에서 뭐 하고 있는 거야. 깜짝 놀랐잖아."

"죽었다고요."

딸의 말에 나의 시선은 즉시 강아지 방석 위로 옮겨진다.

"워낙에 나이가 많이 들고 기운 없어 그래요. 항상 이래."

물론 오늘내일하는 일상이지만, 오늘 그리고 내일은 아닐 거야, 그런 심정으로 돌보고 있다. 마치 갓 녹을 엷은 얼음을 지켜보듯 말이다.

"원래 이렇게 자는 거야."

나른한 눈을 하고서 한 손으로 머리와 몸통을 스윽 쓸었다. 종일 피곤한 하루였다. 그러니 오늘은 적당하지 않은 것이다.

"키우는 개 상태도 몰라요? 죽었다고요! 아까 왔을 때부터."

잠시 딸의 얼굴을 바라보다 찌푸린 미간으로 봄이에게 손을 뻗었다. 녀석은 축 처진 기운 탓에 자주 눈을 감고 있었지만 손을 갖다 대면 피부 가죽이 움찔거리는 정도의 반사 신경은 있었는데. 정말인가. 원래 죽으면 사후경직이란 게 있다고 하지 않았나. 그런데도 이렇게 평소와 같은 모습이라고?

봄이는 몇 해 전부터 불러도 반응이 없거나 흔들면 그제야 스르르릇 뻐근한 네 다리를 쭉 펴며 사람 놀라게 하는 스트레칭을 선보이곤 했었다. 하지만 딸의 반응 이후로 나 역시 싸늘해진다. 딸은 빈틈없는 아이였다. 그러니 내뱉는 말이 성인보다 정확한 것처럼 느껴질 때가 많았다. 다시 봄이를 매만져본다.

"아가, 우리 아가. 엄마 왔는데 일어나야지요."

그렇다. 들숨과 날숨으로 가슴이 오르내리지 않는다. 아무 표정 없이 편안해 보이는 봄이를 보는데 파르르 손이 떨리기 시작했다. 잠깐 사이에 엄마가 보인다. 엄마도 그랬었지. 정말 평소처럼 자고 있었는데. 원래 다들 이런 거야? 공중에 뜬 손가락 사이로 녀석의 감은 눈이 보인다. 힘 잃은 모습이 영락없이 임종을 맞이한 사람과 다름없구나.

"코가…… 말랐네."

"엄마도 알고 있었잖아요. 죽을 만큼 늙었다는 거."

"줄곧 멀쩡했어!"

한심스럽다는 말투였다. 딸은 생활 곳곳에서 자주 이런 태도를 보이곤 했다. 대체 몰라서 그러느냐고. 어쩜 보드라운 구석이 하나 없는지, 별것 아닌 말들은 뱉지도 못할 지경이다. 남편을 똑 닮은 점이랄까. 내가 한 건 꼬집어보기부터 하듯 매몰찬 자세로.

딸이 가파르게 성장하는 만큼 내가 변화시킬 수 있는 부분이란 있을까 먼발치서 보게 된다. 관계의 주도권을 완벽히 빼앗겨버린 느낌. 아이는 우리 사이의 기울기를 정확히 이용하고 있는 것 같았다. 그래서인지 들을 때마다 자제가 되지 않기도 했었고.

"너 왜 엄마한테 전화 안 했어! 이런 일이 있으면 전화부터 했었어야지, 혼자 뭐 하고 있었던 거야. 불 다 꺼놓고!"

오랜만에 만난 아이가 너무나도 전 남편과 같은 눈빛이라 동공이 불안정해진다. 어느 때부턴가 아희와 대화할 때마다 시선을 어디에 둬야 할지 모르겠다는 잡념이 들곤 하였다. 우리는 어디서부터 잘못됐을까, 짚어내려 해도 떠오르지 않는다.

작은 아이에게 왜 서운한 마음이 드는지, 그러니 한마디를 해도 예쁘게 나오지 않고 뱉고선 흠칫 놀라는 일이 빈번하다. 어른답지 못한 마음. 나는 이 아이에게 무얼 더 바라는가. 그럼 안 되는 줄 알면서도 날 불편하게 만드는 딸이 또 미웠다.

엄마는 말씀하셨다. 마음은 같은 거라고. 그러니 상대를 불편해한다면 상대 역시도 네가 편하진 않을 거라고 그러셨다. 내가 어린 시절을 못마땅해하며 하소연하는 중이었다. 엄마는 그렇게 내가 듣고 싶은 사과 대신 방어로 대응했다. 끝끝내 듣지 못한 진심이란 있는 걸까.

그저 딸과 평범하게 가까워지고 싶었다. 하지만 방법을 모르겠다. 노력할수록 돌아가는 길을 택하는 것 같아 자신이 없다. 도착할 수 있다면 돌아가는 일쯤은 아무것도 아닐 텐데. 과연 그 길에 닿을 수 있을까. 엄마와 같은 사이가 될까 고민이 많다.

"엄마가 그러니까…… 화낸 거 아니고. 그게, 크흠, 왜 혼자 이러고 있었느냐는 말이지. 너희 아빤 뭐하고……."

기침이 민망할 정도로 불규칙적으로 뿜어져 나왔다. 고개를 돌려 한 번에 크게 지르며 정리를 한다. 장롱에 다가가 앉는다. 모두 다 여린 잎. 이 작은 존재들을 양쪽에 두고 있다. 어떻게 해야 할지 고단해져 머릿속이 새하얘진다. 왜, 이제 그럴 때 됐잖아. 오래 살았잖아. 딸의 말은 틀린 게 없었다. 그렇지, 그럼 떠날 것쯤은 예상했어야지.

서서히 숙여지는 고개, 얼굴을 묻고는 흐느낌이 시작되었다. 스산한 골목, 좁은 방안에는 고요히 희읍하는 소리가 쓸쓸히 퍼지고 있었다.

—

"이제 어쩔 거야."

"지난번 봐둔 곳 있잖아. 거기다 묻어줘야지."

쏟아낼 감정이란 없다. 전혀 다른 사람이 된 것처럼 이성으로만 가득 찬 사람이 되고 싶었다. 나와는 다르지만 항상 끌렸던 인물들이 그랬던 것처럼.

"바다 위 산책로 큰 소나무 밑."

"엄마, 그럼 그때 좋다는 말이, 봄이 죽으면 묻자는 뜻이었어?"

딸은 어느새 듣는 이를 뾰족하게 만드는 화법을 가지고 있었다. 표면적으론 날카롭진 않지만, 듣고 난 후 개운치 않은 대화 말이다.

"그렇게 말하면 안 되지 엄마. 그때 풍경이 좋다는 말인 줄 알았지, 봄이 파묻자는 말인 줄은 몰랐지."

"파묻……? 하아, 됐어."

"그리구 요즘엔 땅에 묻으면 안 돼."

못 들은 척, 나는 봄이에게만 시선을 고정한 채로 매만지는 손을 거두지 못했다.

"엄마는 봄이 가까운 데 두고 자주 볼 거예요. 얘가 어떤 녀석인데. 너 아빠한테 가고 없을 때 얘만큼은 내 옆에 있어 줬어."

가족 간의 실수란 왜 이리도 순식간일까. 후회가 남을 말이었다. 내리깐 시선 속에 딸의 작은 손가락이 서로를 뜯으며 튕기고 있었다. 누구랑 살 거냐는 그 당시 질문 사이로 우리 부부의 눈빛은, 어찌 보면 꼬마 시절 둘이 나눠 쓰는 긴 책상을 절반으로 선 긋는 행위와 다를 바 없었다. 튀어나오지 말라는 팽팽한 신경전. 아희는 어떻게 받아들였을까. 그때도 지금도 아희는 별말이 없다.

구석 서랍장으로 향한다. 선물 포장용 보자기들. 가지런히 정리된 천 사이로 손가락을 끼우고서 착착 들춰본다. 엄마가 버리지 않고 모아둔 것, 그중 가장 고운 색을 꺼낸다. 형광등 아래로 화려하게 일렁이는 황금빛을 골라 방 한가운데 펼친다. 화장실로 들어가 마른 수건에

물을 묻혀 나오며 구급함에 있는 소독약을 챙겼다.

분주히 움직이다 아직 뜨지 않은 강아지 옷에서 눈을 뗄 수 없었다. 얼마 전 점포정리 매장에서 산 겨울용 패딩. 한껏 저렴한 가격에도 몇 천 원 차이를 두고서 덜 마음에 드는 걸 골랐다. 그런 게 나였다. 그런 나를 멀리서 보며 야속한 심정이 몰려왔다.

「 살아가는 건 말이다, 후회를 켜켜이 쌓아 올리는 것과 같단다. 」

그 말을 하며 깊어 보였던 엄마의 눈을 기억한다. 그건 꼭 가을바람 같은 말이었는데, 엄마는 생애 곳곳 어떤 길에 닿았을까. 나의 고난에 어떠한 도움도 줄 수 없는 엄마인데도 불현듯 떠오르는 이유는 뭘까. 눈앞이 뿌옇게 차올라 보이지 않는다.

굳어가는 봄이가 황금 보자기 위에 있다. 두려운 감촉이지만 한편으론 잊고 싶지 않았다. 기록할 수 있다면, 기억에 가두어 놓을 수만 있다면 그렇게라도 하고 싶었다. 하지만 알고 있다. 금세 돌아서면 또 잊고 아주 잘 살아갈 것임을.

"잘 가요. 우리 봄이."

안아 올린 녀석에게 살포시 얼굴을 기대고 눈을 감았다. 보드라운 감촉. 남은 눈물이 마저 흘러내린다. 아주 잠깐이라도 시간이 필요했다. 하지만 그마저도 얼마 가지 못할 시간이었다.

"더 어두워지기 전에 나가야겠어."

"엄마, 나는요?"

"여기 있어야지. TV 보고 있으면 엄마가 금방……."

"무서워요, 이곳. 봄이가 죽어버렸잖아요."

"아깐 같이도 있었잖아."

휴대전화를 열어 전 남편의 연락처를 보았다. 한동안 누른 적이 없던 번호. 지워버릴까도 고민해 봤지만 어느 쪽으로도 그럴 수 없을 것 같았다. 통화버튼에 선뜻 손이 가지 않는 이유는 단순히 그의 목소리를 듣고 싶지 않아서였다. 그의 음성, 어투, 흔하게 뱉던 말버릇까지. 그도 그러하니 내게 연락도 없이 아희만 덜렁 보낸 것 아닌가. 주저하는 사이 핸드폰 화면이 까맣게 바뀌었다.

"다른 답을 줄 줄 알았어요."

"뭐?"

"혹시 또 모르잖아요. 죽은 게 아니라 할 수도 있으니까. 기다렸죠, 엄마를. 나는 잘 모르니까."

자신감에 차 있을 때와는 사뭇 다른 태도였다. 아희의 큰 눈을 응시한다. 그러다 뒤로 시커먼 자개농이 시선에 들어온다. 지금 이 공간을 더없이 무겁게 만드는 저 깊고 짙은 색. 무서우려나.

"그래도 아희야, 아… 아무래도 어쩔 수 없겠는데? 거기까지 같이 가기엔 난감한 상황이야. 잠시 기다릴 순 없을까? 엄마가 혼자 빨리, 아주 빨리 다녀올게. 약속해."

자그마한 어깨를 감싸며 차분히 말한다. 아이의 얼굴이 스륵 저무는 것 같았다.

"이게…… 엄마가 해줄 수 있는 최선이라 그래. 남들처럼 강아지 화장시키고 장례 치러줄 만큼의 여유가 사실……, 없거든. 그런 상황이야 지금이. 무슨 말인지 조금 이해가 될까?"

계절이 바뀌어 다음 주면 들어올 새로운 이불과 쌓여있는 재고. 하나부터 열까지 이성적이기만 한 계산기 사이로 아이의 가라앉은 속눈썹이 보인다. 참, 가지런하기도 하지.

아희가 태어나자 내 아이가 맞나. 소중히 품던 내 핏줄이 맞나. 꼼지락꼼지락 형용할 수 없는 감격에 보고 또 들여다보곤 했다. 좋은 사람, 멋진 어른이고 싶었는데, 눈 맞춤을 피할 때가 많다.

"무엇보다 봄이를 뜨거운 불에 가루로 만들고 싶지도 않고…… 내가 받은 뼛가루가 봄이 건지 아닌 건지 알 게 뭐야!"

의심이 나쁜 거라 가르쳤지만, 결과적으로는 의심하지 않아 당한 적이 많았으니까. 세상은 그런 거야. 그래서 줄곧 다짐해 왔다. 함부로 의심 없는 사람이 되지 말자고.

"네 눈엔 초라해 보일지 모르겠지만, 이게 엄마가 해줄 수 있는 최선이야. 너에겐 숨기지 않으려고 해."

보자기 끝자락을 만지작거리며 스스로 보잘것없는 엄마가 되는 선택을 했다. 억세게 묶자 봄이가 사라지기 시작했다. 헤어질 때는 곳곳이 아프다고. 눈을 질끈 감고 조심히 일어섰다. 창을 열어 바깥을 확인한다. 창틈으로 손을 내미니 서늘한 공기가 느껴진다.

"왜요?"

"그쳤는지 보려고, 비."

물끄러미 아희를 보다 살짝 힘없는 미소를 지었다. 짧은 순간 정말 오늘이라 다행이라는 안도. 만약 어제였다면, 나는 종일 쏟아지는 폭풍우에 정말 미쳐버렸을지도 모르겠다. 하늘에 진심으로 감사드린다. 적어도 내일은 오늘 같지 않을 테니까.

장롱 문을 열고 뒤져보다 낡은 가방 하나를 건져냈다. 엄마가 지겹도록 메던 가방. 하나 사주겠다는 말에도 한사코 거절하시던.

"엄마도 참…… 고집은."

얼핏 보면 곰팡이가 핀 것 같은데 천이 해져 실오라기가 일어난 것이었다. 뒷모습이 선하다.

"봄이 가방에 안 넣으면 안 돼요?"

"왜? 슬퍼?"

아희의 팔목을 잡고 묻자 당장에라도 울 것 같은 얼굴로 끄덕였다.

"이대로 안고 갈 순 없을 것 같아서. 가는 길이 아주 멀거든."

혹시나 든 게 있는지 수납공간 사이로 수색하듯 손을 집어넣는다.

"숨이 붙은 게 죽고 나면 부패란 게 시작되거든. 썩는다는 말이야."

입구가 벌어진 가방은 커다란 생선의 흐느적거리는 입 같았다. 그 사이로 단단히 매듭지어 놓은 황금색 보자기가 놓인다.

"자, 이제 가야지."

절망적인 것들이 아무것도 아니라는 듯 툭툭 무심하게 낙하할 때면, 눈앞에 쌓인 하루를 실없이 포기해 버리고 싶었다. 이럴 때면 순간의 기운을 바꿔줄 무언가가 필요한데, 자신과 다른 성향의 존재가 그런 것이었다. 현재의 상황을 새롭게 정의하며 나와는 다른 맥락을 짚어 주는 것. 하지만 내겐 그런 존재가 거의 없다 봐도 무방했다. 그래서 다른 방책을 구했다. 그건 바로, 고통받는 사실에 대해 두 번 생각하지 않는 것. 어차피 차례대로 해결해 나갈 참일 테니, 쌓아놓고 한꺼번에 울먹이진 말자고.

지금이 바로 그런 순간이었다. 생각하지 않기, 더는 깊숙해지지 않기, 당장의 것부터 처리해 버리기. 잡념에서 벗어나 침묵으로 일어섰다. 발아래 놓인 가방을 어깨 위로 들어 올리며 걸친다. 그때 마침 아희와 눈이 마주쳤다. 눈매에 괜히 힘을 줘 보지만 동행 여부에 관해서는 여전히 고민이다.

요즘 각광받는 육아 프로그램에서는 아이의 입장에서 생각해보라 한다. 하지만 난 아직도 내 입장에서 아이를 생각한다. 내가 편할 수 있는 방식, 나를 버리지 않는 그 높이에서 말이다. 잠깐 주춤하다 손을 내밀었다. 닦달할 땐 언제고 일어나지도 않는다. 기억의 파편처럼 조각난 회상들이 맞춰진다. 유치원을 보낼 때도, 문화 센터를 방문할 때도 아희는 당장 나서야 할 외출일수록 어쭙잖게 말을 이어 붙이며 시간을 끌곤 했었지. 내가 앓는 걸 볼수록 더욱 그러는 아이. 마음은 무엇 때문에 유전되지 않는 걸까, 나를 안쓰러워하는 마음이 왜 저 아이에게는 없는지 못내 아쉬웠다.

"일어나요. 어서 다녀옵시다."

"엄마……."

"엄마만 빨리 갔다 올까?"

일부러 창밖에 시선을 고정한 채로 결연한 자세를 보였다.

"아니, 같이 가. 혼자 있기 싫어."

"그렇담 서둘러야지요. 늦장 부리면 어떻게 같이 가나요."

눈을 감은 채 힘주어 말한다. 안구건조증이 어린 나이부터 심했었는데 엄마는 이혼 때문이라고 단정 지었다. 울어도 울어도 눈물 흘릴 일이 많아 그렇다며, 원래 낫지 않던 병마저도 그렇게 치부하셨다. 늙어가는 것도 서러운데 엄마는 꼭. 정작 자식을 힘 빠지게 하는 건 다름 아닌 부모가 짓는 한숨이란 걸, 엄마는 몰랐던 걸까.

—

달빛 가득한 밤, 우린 말없이 걷기만 했다. 비가 정도를 넘긴 했지만 짚어보면 초가을 장마란 예상 가능하고도 흔한 계절의 양상이었다. 그렇게 곱씹으니 미세한 평정이 스친다. 어두워진 밤, 막연한 고민보다는 몸이 먼저 움직여야 하는 저녁이었다.

"같이 들자 하고선 왜 힘주지 않는 거야? 이러면 기울어진다구. 아님 엄마가 그냥 멜까? 아무래도 그게 좋을 거 같은데? 안정감 있게."

"무서워서."

"엄마가 있는데 뭐가 무서워요."

"누가 보면 어떡해요."

"누가 보면 왜."

"이상해 보이잖아요. 밤에 땅 파고 있는 게."

"그, 그러니 네가 망을 잘 봐줬으면 좋겠어."

그렇지. 이상해 보일 법도 하지. 아니, 무조건 의심을 살 행동이지. 정말 아무도 보지 않아야 할 텐데 말이야. 무사히 돌아가려면 말끔히 정리해야 한다. 반드시 제대로 묻고 돌아가야만 한다.

"어이! 어디 가?"

그때 어디에선가 소리가 들렸다. 짧은 순간 온갖 것들을 떠올리며 태연한 척 주위를 둘러보았다. 방향은 맞은편, 잽싸게 가방끈에 걸친 아희 손을 떼어내며 등에 멨다. 걸어오는 누군가, 가로등이 있어도 제대로 보이지 않는다. 그리고 그사이 한 번 더 목소리가 이어진다. 그것도 정확히 내 이름 석 자까지 붙여가며 말이다. 기대가 깨어지자 순식간에 허탈해진다.

"아이 씨, 진짜 성가시게 하네. 짜증 나게."

애초에 돌아보는 일 따위는 필요하지 않았다. 짤막한 목소리에도 사람의 특성이란 충분히 드러날 수 있는 법이니까. 음성, 말의 빠르기와 뱉은 말을 한 번 더 반복하는 습관까지. 같았다. 멀찍이 걸어오고 있는 그녀, 서경이.

"어!"

괜스레 부자연스러워진 발성이었다.

"어딜 가냐고! 이 시간에!"

정지된 그녀의 걸음이 신경 쓰였다. 발을 떼었다 붙였다 하는 게 차가 없는 틈이라면 당장에라도 이쪽으로 건너올 기세다. 안 된다. 그녀는 동물이라면 끔찍하게 여기는 친구였고 더욱이나 반려묘가 떠난 지 한 달밖에 되지 않은 시점이었다. 화려하게 꾸며놓은 장례의 사진을 본 터라 더욱 위축될 수밖에 없었다.

"운동 좀 다녀오려고!"

"뭐? 운동?"

몸을 일부러 움직일 만큼의 활력 있는 위인이 못 된다는 걸 알고 있을 사람에게 왜 그렇게 말해버렸는지. 등줄기에서 땀이 떨어지는 게 느껴졌다.

"넌 뭐해, 인사 안 하고."

눈동자를 깔아 내리고선 속삭인다. 하지만 절레절레. 아희는 집에 손님이 와도 보는 둥 마는 둥, 곧장 자기 방으로 들어가 버리기 일쑤였다. 그러니 오늘도 역시,

"하여튼 너는 정말……."

아이란 떨어져 있으면 가엾고, 곁에 두면 아쉽게만 구니까.

"잠시 산책 좀 한다고! 지금 얘 기분이 좀 그렇네!"

두 손을 머리 위로 엑스 모양을 만들었다. 그렇지, 어쩌면 불편해 보이는 이 상태로도 방법이라면 방법일 수 있겠다. 어서 보내야지. 지금 가방에 무엇이 든 줄 안다면, 그 길에 아이까지 데리고 가는 중이라면,

우리가 초라해 보일 것은 물론이고 서경과 멀어지는 것 또한 불 보듯 했다.

"그래! 서경아! 우리 먼저 간다!"

"응? 어! 조심히 들어가!"

처음 보였어야 했을 반가운 웃음을 이제야 지어버렸다. 서경은 가던 방향으로 다시 걷기 시작한다. 고마웠다. 애타는 마음을 알 리 만무하지만, 야속한 딸과 달리 내 마음처럼 움직여주는 친구가 유달리 소중하게 다가왔다. 그나저나, 간다는 말에만 너무 환하게 반응한 건 아닌가. 그렇대도 이미 늦었다. 몇 발짝 사이로 그 생각 역시 머물 틈이 없었다.

"하아, 다 왔네."

평소 봐두었던 자리, 딸과 함께 보았던 자리에 도착했다. 여기까지 오는데 얼마나 진땀을 뺀 건지. 얇은 셔츠가 축축이 젖었다.

폭우 후 단풍이 떨어져 푹신해진 길, 눅진한 숲의 향이 감돌았다. 한 숨 돌리며 주변을 살펴본다. 나무의 그림자. 암흑 속 길고 긴 녀석들이 우리를 감시하는 듯하다. 아이를 위해 손을 꾹 잡았지만 동시에 기억하는 마음이기도 했다. 나는 반드시 버텨야 하는 사람으로.

"잘 봐. 누가 오나 안 오나."

예민해서인지 뒤통수로 향하는 근육이 쭉 땅겨오며 신경을 거슬리게 했다. 그러나 그보다 불편한 건, 이런 어투에도 아이는 아무 내색이 없다는 것.

"잘못돼도 한참을 잘못됐어."

우리의 대화는 언제부터 이 지경이었을까. 고치려는 시도 자체가 몹쓸 만큼 많이 걸어와 버린 듯하지만, 어쩌나. 봄이를 파묻으면 달라질 것 같았다. '고친다'는 말을 행동으로 보여주자면, 지금까지의 것들을 몽땅 '없애버린다'는 걸로도 느껴졌는데, 봄이는 온전한 나의 과거, 엄마에 이어 봄이까지 떠나버렸으니, 나의 지난 것들은 완전한 소멸로 들어가는 셈이었다. 결별이다, 결별. 우리가 이별하게 된다면 나라는 사람도 어딘가 변할지 모를 일이지. 모처럼 굳은 다짐이었다.

비가 그친 지 얼마 되지 않은 땅은 축축함을 넘어 진흙탕이었다. 이 시간에 땅을 파고 있는 누군가의 실루엣을 발견한다면 얼마나 끔찍할까, 두리번거리며 화급히 땅을 파기 시작한다. 삽자루가 손에 들어맞도록 고쳐 쥐어가며 동작을 반복한다.

집 안의 작은 화단에는 엄마의 낡은 삽이 있었다. 하도 오래 써 손잡이 부분을 칭칭 청테이프로 감아놓기까지 했던. 그게 눈에 띄어 새 삽자루를 사다 두었는데 엄마는 사용하지 못한 채 그대로 떠나셨다. 남아 있는 삽을 가만히 응시하였다. 그러고는 그 자리에 두었다. 적어도 한 번쯤 쓸 일이 생길 것 같아서였다. 봄이를 묻는 건 처음 만난 때부터 떠올린 일이었다. 생을 함께 한다는 건 또 다른 말로는 끝을 감당하겠다는 뜻과도 같았으니까.

－탁, 탁, 탁

무언가 자루 끝에 걸린다. 둔탁한 소리. 소리 난 부분을 피해 파기 시작한다. 그래도 또 닿는 소리. 뭐지. 애써 모른 척했으나 피할 수 없었다. 아무렴 돌덩이겠지. 돌덩이가 땅속에 있는 건 아무 일도 아니니까. 그러면서도 돈은 돌기는 가시지 않았다. 양쪽 귓가를 울리는 두근거림. 장갑 낀 손으로 땅을 더듬으며 매만져본다. 푹신한 빵처럼 푹푹 들어가는 흙 사이로 느껴지는 무언가. 나와 같은 행동을 한 이가 나 말고 또 있다면? 그래서 이 아래로 무언가 이미 파묻혀 있는 상태라면 난?!

당장 뿌리치며 도망치고 싶었다. 그러다 곧장 도롯가로 질주해 버릴지도 모를 일이었다. 선명한 차량 등이 눈 한가득 들어오는 걸 떠올리자 어두운 구덩이 사이로 번쩍하고 섬광이 번졌다. 거침없이 고개를 휘젓다 그만 뒤로 나자빠져 엉덩방아를 찧어버렸다.

헐떡이는 숨소리. 나무들이 쳐다본다. 흙이 묻는 장갑에서 가냘프게 올라온 손목으로 이마의 땀을 훔친다. 정신 차리자, 정신 차려. 여긴 너 혼자가 아니야. 손 하나에 들어오는 무언가. 앞뒤 가릴 것 없이 손에 걸리는 물체를 움켜잡았다. 것 봐, 돌이잖아! 돌 아니면 뭐겠어?

에잇- 퉤! 가래침을 뱉으며 멀리 확 던져 버린다. 한 번 굴러가는 소리가 들리고는 그다음이 들리지 않았다. 퉷! 불편한 일이 생기면 엄마는 카악 소리를 내며 요란하게 침 뱉는 시늉을 했다. 행동이 불러일으키는 의지였나. 엄마, 나 어째요……. 입안이 바짝 말라 거품 가득한 입가로 두어 번 심호흡하니 차차 시야가 확보되는 것 같았다. 눈이 적응하기 시작했는지 손끝의 움직임도 보이기 시작한다.

"더 깊게 파야겠어. 쓸려가지 않도록."

오늘 낮, 가게 창문을 두드리며 쏟아진 폭우의 장면이 떠올랐다. 그런 날은 이제 시작이지 끝이 아닐 테다. 제발, 한동안이라도 비가 오지 않기를. 하염없이 동작을 반복하며 기도처럼 웅얼거린다.

"다른 건 모른 척하셨어도, 네? 이 기도만큼은 들어주셔야 해요."

떨림이 가중될수록 숨은 가빠지고 있었다. 아주 쉴 틈 없이.

"……안 그래요?"

매서워진 눈으로 하늘을 노려보았다. 달빛이 진하다. 처음 쪼그려 앉은 높이보다 한참은 더 낮아진 구덩이가 바로 앞에 놓였다. 달라진 결과물을 마주하자 순간 힘이 달리는 느낌이 들었다. 탕그랑. 떨어진 삽이 소나무 옆 큰 돌부리와 부딪혔다. 움켜진 모양 그대로 굳어버린 손. 고개를 들고 아희를 찾는다. 어디야, 저 끝이었지? 잘 지키고 서 있네. 녀석……. 딸은 아무도 없는 거리에서 좌우로 고개를 돌려가며 충실히 임무를 이행하고 있었다.

양 볼이 뜨거워진다. 아이는 지금이 몹시 마음에 들지 않을 것이다. 하지만 누군가에게 들키는 엄마는 더더욱 보고 싶지 않을 것이다. 그것이 지금 녀석을 버티게 하는 목적일지도. 하나 또 부끄러운 짓을 했다. 후회하고 있을 거야. 괜히 왔단 생각으로. 오늘이 나인 것처럼 영영 보지 않을 작정으로 이 순간을 남겨둘지도 모를 일이지. 장성해 눈을 감을 때까지 나를 떠올리면 함께 떠다니는 하루로 말이다.

육아란, 통제 불가능한 상황들을 무한으로 생성해 내는 것과도 같았다. 왜 자식을 두고서 농사라는 말을 붙이는지. 회한의 의미를 알아버린 때에는 이미 많은 걸 놓친 상태였다. 세상 모두가 알아챈대도 자식에게만큼은 보이고 싶지 않은 모습. 지금 모양새가 그랬고, 그 밖에도 지울 수 없는 게 많았다. 코를 훌쩍인다. 사위가 고요한 숲길에 서 있는 저 아이에게로 달려가 와락 안아버리고 싶었다.

"두고 나올 걸……. 아무래도 잘못 생각한 것 같아, 내가."

돌연히 아희를 전 남편에게 보낼 수 있었던, 그러니까 전 남편의 결정을 부득이하게나마 따를 수밖에 없었던 내 마지막 수용을 회상하게 되었다. 지극히 타당한 일이었지. 아희는 나랑 있으면 저렇다니까. 그때도 나름의 생각이 있었던 거야.

전 남편은 이성적인 사람이다. 혼란에서도 자신이 갈 길을 분명히 알고 걷는 사람이다. 유약한 나는, 어쩜 이불집 자식이란 걸 말하지 않는다면 남들이 알아채지 못할 만큼 엄마와 다르게 나약한 면모가 있었다. 누군가 한 말이 맴돌았다. 부모가 억척스러울수록 자식은 약해질 가능성이 높다고. 그렇지! 아무리 힘써 봐도 그들처럼 살지 못할 거란 걸 아니까. 그동안 내가 한 일들이 최선이었는지를 두고 순간마다 의심스러웠는데, 이제야 답이 보인다. 비워두는 심정으로 씩씩하게 흙을 파내기 시작했다.

시간이 얼마쯤 흘렀을까. 제법 마음에 드는 너비가 마련되자 가방 문을 주욱 연다. 잔뜩 벌어진 지퍼 사이로 달빛에 반사된 황금빛 보자기가 참으로 영롱하구나. 가방과 현장은 더할 나위 없이 누추했으나,

이곳에 유일하게 번쩍이는 화려함이 남았다. 과거 황실의 빛이 이리도 찬란했을까. 넋 놓고 바라본다. 근래에 만나지 못한 유독 마음에 드는 빛이다.

엄마의 곳곳이 나와 맞지 않다고 푸념하며 살아왔으나, 어느 하나 그녀가 남겨둔 것을 사용하지 않은 적이 없었다. 노인의 작은 습관이 교보재가 되어 나의 부분을 이루었고, 이제 이 작은 보자기마저 난 유용이 쓰고 있구나. 어쩌면 엄마라는 존재는 누구에게나 유산일지도 모르겠다. 나를 이루고 있는 뼈마디와 머리카락 어느 하나 남김없이 모든 게 죄책감이라면, 지금 이 황금 보자기에 거침없이 싸 보자고. 부족함 일부를 싣는다면 어리석던 마음을 미약하게나마 덜 수도 있을 테니까 말이다.

주변을 살피며 조심스레 우리의 황금빛을 꺼낸다. 전보다 딱딱해진 촉감. 파둔 구덩이로 놓는다. 다급한 와중에도 손길마저 아쉬워진다.

"어쩜, 품에도 꼭 맞는 자리구나."

이제 여기가 녀석의 새로운 안식처가 될 것이다. 반듯하지 못한 허름한 구덩이에 폭 들어가서는 얌전히 자리한 모습. 이제야 남들처럼 꾸려주지 못한 마지막이 실감이 난다. 입술이 떨린다. 참 변변찮고 궁상맞지, 언제나 나는. 웃음과 울음이 번복하듯 자리를 바꾸며 등장했다.

"정말, 너무 미안하다."

일생 부끄러운 존재를 껴안고 살았다는 듯 숨겨 보낸다. 너는 그런 의미가 아닌데, 결과적으로 이런 나의 태도가 곁의 존재를 그렇게 만들고 있구나. 모든 게 부서지고 난잡하다.

"미안하다. 미안해."

뒤엉켜 반복되는 부정의 감정들. 하얀 장갑을 두텁게 둘러싸고 있는 진흙이 허무하다. 하지만 그러면서도 손은 멈추지 않고 파낸 흙을 덮는 중이었다. 누르는 만큼 봉긋 솟았다 내려가는 흙더미. 이내 어지러워졌다.

"면목 없다. 봄아……."

무릎 위로 구부러진 손을 얹는다. 심장을 꺼내 귓가에 얹어놓은 것처럼 내내 쿵쾅거리던 소리가 이제야 가라앉았다. 소나무에 등을 기대본다. 오랫동안 버텨온 두꺼운 기둥이 위로처럼 번진다.

"고마웠어, 그동안."

딸의 목소리였다. 나는 당황해 허리를 세우며 올려다보았다.

"봄이, 잘 묻어줬어, 아희야."

딸의 반듯한 인사에 정신이 번쩍 들어 재빠르게 주변을 정리하기 시작했다.

"누군가 떠났을 때 묻어주는 건 하나의 의식이야. 이별의 의식."

땅에 시선을 묻고 말했다.

"특별한 건 아니야. 살아있는 것이라면 모두 다 떠날 곳이 필요하니까."

그래도 함께 한 시간이라고, 이제 더 이상 여기 나무숲이 무섭지 않고 두렵지 않았다. 가방을 움켜쥔 채 일어난다. 허리에 곧바로 힘이 들어가지 않아 노인의 등처럼 굽은 척추를 받히며 느리게 바로 선다.

　아희는 아직도 아래를 보고 있다. 마침 정수리가 눈에 들어온다. 어쩜 이리도 잘 묶어주었을까. 그 사람 작품이겠지? 이제야 아희가 입고 온 옷, 작은 발을 감싼 신발, 솜털이 반짝이는 뽀얀 피부까지 눈에 들어오기 시작한다. 하나 흐트러짐 없이 신경 쓴 모습. 그이의 아희에 대한 정성이 갸륵하다. 물티슈를 꺼내 구석구석 손을 닦고서 잠시 주저하다 딸에게 손을 건네 보았다. 아희는 공중에 뜬 손을 잠시 보더니 조심스레 감아쥐었다. 여린 피부, 앙증맞은 주름.

　걸음걸음 돌계단을 오르자 우릴 지켜보던 소나무의 시선이 달라짐을 느꼈다. 너희도 함께 간직하는 거야. 우리의 비밀을. 알겠지? 연한 살결을 쉴 새 없이 만지작거리며 숲길을 빠져나간다. 자꾸만 돌아보게 되는 시선. 코너를 돌아 숲 끄트머리도 보이지 않을 때가 되어서야 미련한 고갯짓을 멈출 수 있었다.

　정적이 가득한 길. 우리 두 사람은 다문 입으로 묵묵히 앞에 펼쳐진 길만을 내디뎠다. 멀리 달빛 아래 반짝이는 물체가 보인다. 알루미늄 대형 쓰레기통이 가까워지자 짊어진 짐을 퍽 내던졌다.

　"버려야 해."

　아희가 고개를 끄덕이자 남은 숨이 마저 흘러나온다. 나란히 서서 한 마디씩 말을 붙여가니 마음이 한결 놓이는 것 같았다. 어쩌면 우리 사이엔 설명해 주면 아무렇지 않을 일들이 많았을는지도 모른다. 괜히 상처 주는 건 아닐까, 노파심에 미뤄둔 때가 많았다. 그렇게 서로 알 길 없는 배려들이 쌓여가자 까맣게 덮어두기만 한 날들로 점철되는 것 같았다.

어설픈 결정을 내렸던 사람처럼 돌아보게 되는 날들. 그래서인지 혼자 있을 땐 부쩍 아희 생각을 많이 하게 되고, 남들이 사는 모양새를 살필 땐 더욱 못 해준 것만 기억나곤 한다. 나는 엄마와 오랜 세월 함께 지냈는데도 엄마라면 머릿속이 텅 빈 느낌이곤 했는데, 우리 딸은 어떠려나.

사람의 마음은 각각이 다르다고, 그러니 시절을 겪어도 느끼는 바가 다를 거라고, 그뿐이라고. 엄마의 이런 방식이 출구 없는 대화 같았는데, 지금은 그 논리가 나의 비상구가 되었다. 나는 이런 희망 같은 말을 믿는다. 그땐 어쩔 수 없었고, 우린 분명 달리 기억할 거라고. 아래로 내려다본다. 부디 달랐으면 한다.

─

이불집에 멀뚱히 앉아 있다. 전보다 나아지긴 했지만 기분 같아선 나오고 싶지 않았다. 하지만 통유리 밖의 사람이라도 봐야만 할 것 같은 날이었다. 사라지는 것들은 꼭 사람을 반쪽짜리로 만든다.

지난밤을 포함해 그동안 기억에 남는 거라곤, 소중하다며 손꼽던 존재들에 대해 수없이 보내기만 한 날들의 연속이었다. 양산이 필요할 만큼 쾌청한 날. 언제 한 번 속 썩인 적이 없었으니 갈 때도 마음 쓰이지 않게 떠나고 있구나. 푹 젖은 흙이 쭉쭉 갈라질 때까지 바싹 말랐으면 한다. 포근한 열기가 속까지 스며들 수 있도록.

갈 곳 없는 존재들을 흙으로 품는 것에서부터 새삼 자연의 생리가 고마웠다. 아무것 아닌 것 같아도 세상 얼마나 많은 것들이 정상으로 작동하게끔 서로를 도와가는 걸까. 느릿하게 흐르는 구름. 날이 갈수록 애완동물을 자식처럼 여기는 세태 속에서 봄이에 대한 빚 또한 부풀어만 갔다. 당장이 바쁜 나날이었다는 변명을 하면 될까. 하염없이 안쓰럽게 바라보는 순간조차도 나를 살기에 바빴으니까. 그래서 순간순간 눈물이 났던 거다. 다행히 오늘은 햇살이 좋다.

"우리 봄이, 잘 가고 있어요?"

왜 여러 번 겪어도 이별은 완벽하지 못한 건지.

"잘 도착했겠지. 그곳은 어떤가……."

금세 가을이 지고 겨울이 오겠지. 다가올 추위를 생각하면 또 얼마나 외로워져 헛헛해질지. 눈은 한 방울 한 방울 방울져 내리겠지. 그러다 쏟아지듯 펑펑 내리겠지.

—

새하얀 설원 속 흩날리는 눈발에 푸른 하늘도 안개빛이 되었다. 파란 슬레이트 지붕 위로 쏟아진 눈이 퍽퍽 소리를 내며 낙하한다. 가득 껴입은 옷을 여미며 처마 밖으로 손을 내밀었다. 손바닥으로 살포시 내려앉은 눈을 감상하는데, 이른 봄에 하늘거리던 꽃잎이 떠오른다. 때맞춰 내려온 이 눈송이 또한 겨울의 행운이 아닐까 하고.

"정말 많이 오죠. 눈이."

흠칫 놀라 소리를 향해 고개를 돌렸다. 나보다 족히 이십 센티는 커 보이는 남자. 훤칠한 남자의 발아래에는 하얀 눈이 두텁게 쌓여 있고, 그 위로 구름 한 점 없는 연한 하늘이 시트지처럼 뻗어있었다. 순간 나는 남자가 꼭 하늘색을 닮았다는 느낌이 들었다. 그리고 하늘색과 하얀 눈은 더 없이 어울린다는 생각을 했다.

—

"당신은 어떻게 생각해?"

"뭐가?"

"우리가 정상이라 여기는 거야?"

불쾌한 감정이 일 때마다 남편이 내는 목소리. 나는 다른 쪽으로 시선을 두고 있었다.

"우리가 사랑한다고 생각하느냐고."

글쎄, 어떤가. 나는 당신을, 사랑하는가. 아니, 주어는 우리였어. 그런데 우리의 감정을 어찌 내게 묻는 거지. 시간을 보낸 건 우리인데 이토록 고압적인 태도로 묻는다면, 서로 묵혀왔던 감정들이 전부 내 탓인 것만 같잖아. 대답 대신 야속한 태도를 곱씹어본다.

가끔 그럴 때가 있다. 마음의 주인을 따지자면 분명 내 것이기는 하나, 정작 품고 있는 지금의 마음이 무엇인지 짚어낼 수 없을 때, 상대에게 어떻게 알맞게 답을 전해야 할까. 그게 아니라면 다툼을 위한 대

화가 될 텐데. 그렇게 모든 게 형태를 잃은 채로 주저하다 애매함으로
남겨지는 때가 있었다.

모든 헤어짐에, 특히나 이혼과 같은 대단원의 막에서는 타인을 납
득시킬 만한 거창한 이유가 있을 거라 생각들 하겠지만, 실제로 이르
러 보니 별다름이 없었다. 축, 축, 축, 함께 쌓아온 무심한 시간들이 그
랬고, 결국엔 정확한 부위를 잘라 표할 수 없는, 그리하여 끝도 없이
유치한 바닥 같아지는 것은 시간문제였다.

당신이라는 계절이 왜 이리도 무채색으로 변해버린 걸까. 타이밍
맞지 않은 노력들이 흩어짐을 재촉하고 있었고, 거북하게 따져 드는
태도가 늘어가자 나 역시도 굳어가게 되었다. 누가 보면 우리가 원래
그런 관계였던 것처럼. 요란스럽지 않게 식어버린 사랑은 당혹의 단
계를 넘어서자 회피로 향하고 있었다. 푸른 하늘이 점차 노을로 물들
어 가고, 어느새 암흑 져 번져가며 가득 무거워지는 것처럼. 이리 더디
게 침몰해가는 사랑도 있는데, 그게 우리라는 절망이 나를 너무나도
눈물짓게 한다, 여보. 하지만 이런 맘을 이해해 줄 사람은 어디에도 없
겠지. 나도, 당신도, 잘 모르니까. 그렇지?

———

"또, 또, 또! 무슨 생각을 이리 골똘하게 하고 계실까?"

문틈 사이로 익숙한 목소리가 들려온다. 나의 서경이, 남은 나의 하
나의 친구. 애써 초점을 찾으려는 중에 덜컥 눈물이 뿜어져 나온다. 날

감싸주는 목소리가 더 이어지기 전에 어서 삼켜야지. 급히 몸을 돌렸지만 보나 마나 눈 주위와 코끝은 붉게 남아있을 거다.

"커피 한잔……?"

여전히 돌린 등으로 말을 건넸다.

"어째 영 기운 없어 보인다? 초췌해 보이는 게. 어디 아파?"

서경은 풀썩 의자에 앉으며 묻는다. 별다른 말이 없는 걸 보니 며칠 쉰 것도 모르는 모양이구나. 하긴, 애들 남편 케어 하랴 원래도 일주일에 한 번 올까 말까 그랬으니까.

"커피를 다…… 먹었으려나."

안쪽 선반으로 커피 스틱이 만져지지 않자, 허리를 잔뜩 숙인 채 들여다보게 된다. 몸을 웅크리자 갈비뼈 안의 숨이 뿜어져 나온다.

"아니, 커피 말고 차."

"왜?"

"뭐가."

"넌 커피잖아."

"아닌 날도 있는 거지."

서경이 활짝 웃는다. 계속해 보고 있는 나의 시선에 서경은 물음처럼 더 크게 눈을 뜨며 미소 짓는다. 나는 거울 보듯 함께 어설픈 입매를 만들어 놓았다.

이제야 상황을 파악하려 한다. 그러고 보니 통 기운이 없어 보이긴 하네. 얼마 전 좋지 않은 검진 결과를 받았다던 남편의 상태 때문인가,

어찌 감춰도 어떻게든 찾아내 게임한다던 아들이 말썽인가. 그러고 보니 간식 비닐도 오늘은 없네. 이 친구가 이랬던 경우가 아주 드물지만 있긴 했었지, 작년 연말인가 한 번? 잦은 계모임 탓에 일이 나도 충분히 날 수 있었던 트러블 때문이었지. 그리고 그즈음 시댁 식구와 불거진 조상 묫자리 이전 문제도 한몫했었는데. 관계가 활력인 만큼 거기서 발생하는 문제로 잔뜩 풀이 죽는 친구였다.

"김치찌개 냄새난다. 아, 아니다! 이건 김치찜인가?!"

음식 냄새가 나자 반가운 목소리로 밖을 둘러보며 말했다. 김치 요리는 전국 어딜 가도 평범한 음식이지만, 지나가다 보면 엄마의 간을 가진 것 같은 냄새가 아주 드물게 있다. 그럼 나는 뭘 위해 길을 나섰는지 잊을 만큼 그 자리에 머물렀다.

누구 집인지 몰라도 당장이고 들어가 작은 밥상 사이로 넙죽 비집어 앉고 싶기도 했고, 거기엔 방금 만든 찬을 분주히 옮기는 엄마가 있을 것 같고, 말없이 그릇을 쓱쓱 밀어주는 엄마가 있을 것 같았다. 그렇게 담벼락 너머로 멀뚱히 서 있다 흩어지게 웃고 나서야 정말이지 실감이 났다. 엄마는 분명한 과거가 되었다고.

"응? 너가 그러니 정말 나는 것 같은데? 제일 만만하잖아? 김치찌개나 김치찜이나 집에 있는 재료로 하기엔."

"그렇지……."

잔잔한 목소리로 찻잔을 대기시켜 두었다.

"날이 좋다."

산들산들 부는 바람에 맑은 날씨. 영락없는 가을날의 하루다.

"그러게. 지난주엔 쏟아붓더니만."

멈칫, 서경의 말에 나도 모르게 경직되었다. 엄마 생각으로 슬며시 풀어지던 맘이 곧바로 수축해서는 불편하게 저릿했다. 서경의 무언지 모를 퉁명스러운 대꾸 역시도 이제야 신경 쓰이기 시작했고.

"페퍼민트, 감잎차, 루이보스, 각종 꽃잎 차. 뭐 마실래?"

"독특하다."

서경은 테이블 위로 한쪽 팔을 올리고서 멍한 얼굴로 턱을 괴고 있다.

"어딜 가도 있는 게 여긴 없더라……. 가는 데마다 보통 녹차 마실래, 옥수수차 마실래, 하지 않아? 근데 여긴 어쩜 흐흐……."

서경은 굳은 얼굴을 풀며 웃어버린다.

"내가 산 거 아니야. 엄마가 둔 거지. 이게 내 체질에 맞다나 뭐라나."

"에이, 그게 다가 아닌 것 같은데?"

"뭐가."

"너 기억 안 나? 사회생활 막 시작했을 때 그랬었잖아. 실컷 대학 나와 회사서 손님 차 수발이나 하고 있다고. 그래서 녹차랑 옥수수차랑 모조리 지겹다며 울며불며 어머님한테 난리를 피웠었잖아?"

"내가 그랬다……고?"

"어! 넌 가게에 잘 들르지도 않는데 굳이 또 어머니께서."

머리를 쿵 한 대 얻어맞은 기분이었다. 마치 남의 이야기를 듣는 느낌. 나는, 나의 생에 관해서, 과연 얼마나 기억하고 사는 걸까.

"아무거나 줘. 고를 만큼 잘 알지도 않아~요."

잠깐 고민하다 루이보스 차 티백을 꺼냈다. 한 잔은 넘도록 거뜬히 마실 친구라 여러 번 우려도 붉은 기가 가시지 않는 루이보스가 제격일 거란 생각이다.

"산책은 잘했어?"

"산책? 무슨 산책? 아하… 혹시 지난주 말하는 거야?"

"응. 지난주 목요일."

"아…… 목요일, 응응."

"아희랑 산책은 잘하고 왔고?"

"응, 그랬지. 야! 난 또 뭐라고! 한참 지난 걸 물어보니 기억이 나야 말이지. 뭔가 했네."

풀풀 날리는 증기 사이로 정적이 비집고 들어온다. 난 말수가 많지 않으니 서경이 입 다무는 순간이면 공간은 언제나 자연스레 적막해지곤 했는데, 지금은 잠깐도 못 참을 만큼 불안불안했다.

엄마를 보내고 낯선 사람을 응대해야 할 때도 그랬다. 마을 어르신들이 찾아와 여느 때처럼 자리 잡고 앉으면, 이 사람들 언제 가나 엉덩이부터 들썩거리게 되는, 그 때문인지 사랑방 같던 이곳에 모여드는 사람은 이제 줄었다. 아니 없다. 여기는 더 이상 마을의 사랑방이 아니다. 쪼르르, 끓는 물을 따른다.

"자, 마셔……."

차 받침을 조심히 내려놓았지만, 타르르르, 잔은 작은 접시 위에서 떨리는 소리를 내며 테이블 위로 엎어졌다.

"응. 땡큐!"

서경은 잔 받침을 앞으로 당겼고 나는 수상한 눈치를 품은 채, 하는 수 없이 그 앞에 앉았다.

"집에 무슨 일 있어?"

나의 물음에 서경은 입술을 쭉 빼며 어깨를 으쓱거린다.

"왜에, 말해봐. 할 말 있는 눈치인 것 같은데."

아닌 게 아니라 애써 웃는 듯하지만 눈은 그러고 있지 않았다. 할 말 있음 빨리 말해. 뜸 들이지 말고, 사람 불편하게. 고개를 삐딱하게 세우며 냉담한 얼굴을 했다. 나의 인내심도 가파르게 성의를 잃어가고 있음을 얼른 눈치채 주었으면 한다.

구름 한 점 없이 맑은 날, 없어도 될 번거로움이 생기자 서경과 나 사이에 건너야 할 스무고개가 성가시기 시작했다. 그녀의 눈 코 입을 스케치하듯 잠연히 바라보았다.

"표정도 그렇고, 오늘 말투도 묘한 게…… 뭔가 띠껍다고 해야 하나? 나 따라 차 마시겠다는 것도 그렇고."

마음과 달리 눈치를 보며 말을 이어 나가는 모습에 순간, 이건 뭔가 싶은 생각이 들었다. 싫다며 왜 계속 캐묻는 거지? 누구든 어느 하루쯤은 기분 나쁜 날이 있을 수도 있잖아. 이젠 조용하자. 더는 덧붙이지 말고.

"희연아."

"어?"

"희연아."

"왜에."

"지난주 너 숲엔 왜 간 거야?"

—

"아희는 내가 데려갈게."

거의 통보에 가까운 전달이었다.

"……그게 무슨 소리야?"

남편과 싸울 생각은 어느 때에도 없었다. 하지만 늘 삐걱삐걱, 삐걱삐걱.

"누굴 데려가? 당신이 아희를?"

순간 남편이 적대적으로 보였다. 적? 아니, 적이라니! 우리 사이가 소원하긴 했어도 적이란 느낌이 이이에게 닿은 적이 있었나. 분쟁, 분투, 투쟁을 버거워하는 나에게 어울리지 않을 법한 감정이 걷잡을 수 없이 다가오는데, 아주 겁이 날 만큼 크고 또 묵직했다. 하지만 싸우지 않는다면 매우 중요한 순간을 놓칠 것 같은 예감이었다. 배신자! 분명 여기까지 온 건 나만의 문제가 아니라고! 귀중한 걸 두고 보니 금세 다른 사람이 될 수 있었던 거야? 마치 자신의 것은 아주 작은 것도 빼앗길 수 없다는 그런 태도로.

"부탁할게, 제발. 엄마로서 부디 감정적으로 생각하지 마."

"감정적으로 생각 안 하니까 이러는 거야."

"자신 있어? 정말 잘 키울 수 있다고? 그거 진심이야?"

"몰아세우지 마! 엄마가 자식 키우는 게 당연하지! 무슨 자신 타령이지?"

"내가 키워야 훨씬 더 좋은 환경에서 클 수 있다는 거, 자명한 사실일 거라 생각해. 좋은 환경? 그게 무슨 뜻인지 알지? 단순히 경제적인 문제로만 끝나는 게 아니라고."

이야기가 멀어지며 시야가 흐려졌다. 이 사람, 참 거침없다. 자르지도 않고 줄줄 잘도 내뱉네. 나름 이 순간을 연습이라도 했던 건가. 지금 내 마음 베이는 건 까맣게 모르고서.

"당신, 이런 생각 가지고서 나랑 밥은 어떻게 먹고, 어떻게 내 옆에 잠들었던 거지? 이런 거 싹 다! 계획해 놓고 적당한 때가 언제일까 말하고 싶어 어떻게 기다렸냐? 입이 근질거려 혼났겠다."

힘 잃은 나의 동공에 울먹임이 차오르고 있었다. 내 인생이 이리도 참담해지다니. 이토록 이별에 성의를 보이는 사람에게 어떤 감정을 가져야 하나. 난 대체 당신에게 어디까지 매몰차야 적당한 걸까.

"하……."

식탁 아래 숙인 고개로 무력한 네 개의 발이 보인다. 남편과 나의 양말, 슬리퍼, 발을 디디고 있는 여기 이 마룻바닥과 마주 앉은 식탁 세트까지. 이처럼 작은 시야에도 그동안의 우리가 있다. 꿈이었음 한다. 언제나 꾸는 꿈처럼. 다시 시작을 알리는 아침이 얼른 찾아와주었으면 좋겠다고. 잔뜩 이성적인 표정이네. 저 얼굴, 결혼 초에 몇 번 보던 것이 이젠 아주 잦아졌지. 이골이 나긴 하네, 저러고 있는 꼴이. 지겨워.

"아희, 유학 갈 거야. 세미나 가면서 학교도 몇 군데 알아봐 뒀고."

"알아봐 뒀고? 유학을?"

갈라진 나의 목소리에 금세 힘이 들어갔다. 대화를 하면 할수록 놀라워 경악을 금치 못하는 순간이 쌓여가고 있었다. 대체 어디까지 할 건데? 뭐? 유학이라고?

"저기……, 그… 그런 중요한 사안은 나랑 오랜 시간 의논하고 결정했어야 할 문제 같은데. 지금 나하고…… 뭐 하자는 거지? 아니 잠, 잠깐만 아희 아빠. 내가 지금 이해가 안 가서, 상식적으로 이해가 안 가서 그래. 당신 지금 무슨 말 하는지도 잘 모르겠고."

도무지 참을 수 없어 일어섰다. 하지만 식탁을 벗어날 수 없었다. 이 길로 정말 끝일까 봐서.

"의논하면 뭐가 달라져? 당신은 늘 안 된다고만 하잖아!"

"아니?!"

"아니긴 뭐가 아니야! 늘 안 된다고만 해! 그건 선택이 아니라 당신의 기질이고! 성향이야!"

"사람이 늘! 안 된다 했으면! 당신이 늘 안 되는 질문만 했던 거겠지. 그런 생각은 안 해봤어?"

우린 서툰 방식으로나마 해야 할 말이 많았다. 하지만 계속 떠올랐다. 대화의 가치란 어디에 있을까.

"애 엄마가 말하는 안 되는 것에는 그만큼의 이유가 있을 거 아니야. 근데 당신과 의견이 다르다 해서 그대로 몰아붙여? 유학이 무슨 애 장난인 줄 알아? 당신 평생을 그렇게 나 무시하고 뭐든 알아서! 당신 알아서! 당신 결정이 워낙 옳고 바르니 마음대로 결정 내리고서 그렇게 나, 멍청이 만들어 버렸다……. 덕분에 아희랑 나 의도치 않게 분리되고 있는데, 당신은 이런 상황에 아무런 잘못이 없다 생각해? 그 뒤엔 뭐?! 대체 뭘 할 건데! 이혼? 이제는 헤어지겠다고 말할 참이지? 아니? 내가 왜! 누구 좋으라구!"

"아희, 앞으로 살길이 창창이야. 갈 일 멀어! 근데 당신 힘없이 누워 있는 것만 봐도 잔뜩 힘이 빠진다고. 대체 어떻게 살아갈 참이야? 삶의 계획이라고는 있어? 세상이 미친 듯 변해도 부부가 두 사람이라는 거에는 다 이유가 있는 거야. 비효율을 위해서? 아니. 서로 밀어주고! 끌어주며! 함께 가라는 거지. 인생은 너무나도 험난하니까. 근데 당신은 어때? 나에게 힘이라곤 되어준 적 있어? 여보 나, 정말 혼자 살기에도 벅차다. 근데 아희 보면 꼭 당신처럼 늘 좌절일 것만 같아."

다리에 힘이 풀려 풀썩 앉았다.

"아희도 생애 어두운 방에서 딱 저가 할 수 있는 만큼의 몫만 하고 살아갈까 봐. 무진장… 겁이 나. 지켜보면 되겠지, 기다리면 되겠지! 연애 때 밝은 모습은 연기가 아니었나, 의구심까지 들어. 말해 봐. 그때 내가 본 모습, 진짜가 아니었던 거지. 어때, 당신 생각은? 꽁꽁 품어 산 대로 아희도 그렇게 키울 작정 아냐?"

"……."

"난 내가 살아온 삶 역시도 좁은 공간이라 생각해. 그렇게 넓게 살아보려 아등바등했는데도 여전히 난… 아쉬운 마음으로 살아. 그러니 아희만큼은 좀 더 많이 보고 더 깊게 깨달아라……. 부모가 살아온 그 이상의 것을 맘껏 느껴보라 하고 싶은 맘이야. 근데 당신은 말이야, 유학 문제는 둘째 치고 제발 좀! 당신과 아희는 다른 존재라는 걸, 인지해줬으면 좋겠어."

한때 동경했던 남자가 지금 내 앞에서 머리를 감싸며 눈물을 흘리고 있다. 내가 질리고 고달파서. 저리도 애타고 슬프게 말이다.

"자식과 부모는…… 엄연히 다르다고요."

흐느낀다. 많이 괴로워 보인다. 마치 자신은 무해한 것처럼.

"상처 보듬어 줄 게 아니면, 애초에…… 함부로 끄집어내지 말어."

나는 핏줄 선 눈으로 입술을 깨물었다.

"와이프 상처, 트라우마… 건드리니 시원해? 그렇게 나오면 내가 흔들릴 줄 알고? 자식과 부모만 달라? 그럼 부부는 어떤데. 부부의 다름이라고는 내게 허용해 준 적이 있었나? 우리 가정의 기준은 모두 당신이어야 해. 조금이라도 다른 것들은 틀린 것으로 치부해 버리지. 여보, 내가 당신을 만나 나의 부족함을 드러냈던 건 말이야……, 내 편이길 바라서였어. 당신네 식구들, 친구들 앞에서 버릇처럼 무시하고 입맛대로 갖다 쓰라고 털어놓은 게 아니었다고! 바로 지금같이. 결혼 생활 내내 배제해 왔으면서 뭐? 주체성을 가져보시라고요. 참, 대단하세요! 그럼 당신과 함께하려면 감수해야 했던 나의 무력감은 대체 뭔데!"

—

다급히 달려가 거칠게 엄마를 끌어냈다.

"엄마 미쳤어요? 대체 왜 함부로 길을 건너는 거예요! 아무리 좁은 도로라도 차 오는 것 정도는 보고 건넜어야죠! 저 큰 트럭이 오는데도 안 보여요? 어떻게 됐어요? 정말?!"

지금이 기회다 싶을 만큼 한없이 내질렀다. 마구 흔드는 내 손길에 맘껏 휘둘리는 엄마의 양 팔. 힘없는 인형처럼 마음대로 움직인다.

"죽을 뻔… 했다고요. 진짜 나… 미치는 꼴 보고 싶어요?"

"희연아, 이혼하지 마라. 지금 이 나이에 너 혼자 어찌 살래? 그 콩만 한 피붙이 떼어놓고 너 어떻게 살려고!"

"그 사람이랑 도저히 맞지가 않고요, 아희 꿈 많고 배우고 싶은 게 많은 아이예요. 감당 못 해요, 내가. 욕심만으로 해결될 문제 아녜요. 그게 아희에게도 행복일 거예요."

"너무 네 입장에서 생각하는 거 아니니? 그건 순전히 네 생각 아니냐. 행복의 이유는 저마다 다른 거지. 엄마랑 떨어진 대신 저 하고 싶은 걸 한다고 해서 아이가 행복할 거라고?"

"……"

"너, 혹시 남자 생긴 거니?"

"엄마!"

깜빡이지도 않은 눈에서 후두둑 눈물이 떨어졌다.

"무슨 그런 말도 안 되는 소리를… 그런 말 하지도 마요! 그이도 나도 불편한데 어떡해요. 사실 더 이상 정이란 게 없어요. 나라곤 왜 고민 안 했겠어요. 노력도 손바닥이 맞아야 하는 거지요. 그이랑 있으면 내가 다 못나 보이고 불편해지는걸, 어떡해요……"

결국엔 털어놔 버렸다.

"이거 정말… 아니잖아요……"

어제보다 나아가는 남편을 보며 나는 그게 꼭 나의 부분인 것 같았다. 그의 변화가 곧 나의 진보고 성과였으니. 그리하여 해가 갈수록 마음이 기뻐지기 시작하였다. 그렇담 이제껏 주눅 들어 살아오던 내 모습도 사라질 것 같았으니까. 오래 믿어왔다.

"그가 성장하고 자라날 수 있도록 열심히 내조하며 살아왔어요. 엄마도 아시잖아요. 그런데 그이는… 자신이 빛날수록 나를 멀리하려 했어요. 온전히 자기 힘이라고 믿는 거지요. 제게 돌아오는 건 허망함뿐이었어요. 어쩌면 사랑에도 갑을이 있는지도 몰라요. 멀리 걸어왔을 땐 노력으로 바꿀 수도 없고요."

"살라면 그냥 살아! 아우, 이 바보 같은 것아!"

엄마가 윽박지르며 나를 때렸다. 엄마가 나 때문에 이 연세에 이런

161

목소리를. 자식은 정말 지긋지긋한 존재야. 나는 과거보다 흐릿해진 엄마의 눈동자를 발견하며 그 속에 선 나를 바라보았다.

엄마는 날 보고 있고, 난 엄마 눈 속의 날 보고 있고. 마침내 나는 엄마에게 내 마지막 카드, 치부를 거침없이 드러내 버렸는데, 엄마는 왜 그전과 후에 다름이 없는지. 이러면 오래 거쳐 온 내 고통이 무색해지잖아.

엄마, 비교해서 정말 미안한데, 난 엄마가 다른 엄마들처럼 우선 어깨를 내어주었으면 어땠을까, 그런 생각이 자주 들어. 적어도 절망에서는 그저 가득 안아주어도 되는 거잖아. 그럼 난 아마 많은 걸 털어놓을 수도 있었을 텐데. 왜…… 생애 한 번쯤은 그런 증명이 필요할 때도 있는 거잖아.

"요즘은 퍽 하면 이혼이고! 갈라서고! 그게 너희 세대 이야기라면 난 죽었다 깨어나도 모르겠구나. 한 사람과 장장 반백 년은 꼬박 살아가야 하는 게 부부의 몫인데. 그게 노력 없이도 쉬울 거라고, 넌 생각하는 거지."

"엄마 그런 말씀 오만인 거 몰라요? 어떻게 그게 퍽 하면 벌어지는 일일 수가 있어요? 누가 자기 인생을 담보로 그런 장난질을 쳐요!"

낯설지 않다. 가장 필요한 순간에 등 돌리는 거. 엄마를 절실히 찾았던 순간마다 온전히 내게만 밀어두었던 선택지들. 그래, 내가 한 결정이니 끝까지 짊어지라는 거지? 근데 그러면 뭐. 크게 달라져? 엄마는 이런 내 꼴에 전혀 책임 없는 줄 알고?

"나는 네 아비랑 죽고 못 살아 산 줄 알아? 그냥 사는 거야, 다들! 다들 그렇게 살아! 산다고! 너 또래 사람들은 뭐 대단한 사랑일랑 할 줄 알고? 마음에 드는 부분만 똑똑 떼어놓고 살 상대를 찾는 거냐. 너만 그렇게 특별한 척하지 마라."

"제가 언제요. 제가 언제 그랬어요!"

"그러게 어미가 뭐랬니. 집안 차이 나면 너 불편할 거라고 말했니 안 했니? 그래도 넌 다르다며! 특별하다며! 그렇게 우겨서 부득불 너 시집보낸 거 아냐! 좋은 집 가서 편하게 살 줄 알았더니…… 대체 지금 이 꼴이 너…… 이렇게 파하는 거 보여주려고 그동안 그 똥고집을 피웠던 게야? 이 어미한테?"

"실수하고 넘어지는 거, 충분히 있을 수 있는 일 아녜요? 모든 게 틀어짐 없이 완벽해야 해요? 자기 몸 다 녹여가면서?"

"어!"

엄마는 힘껏 주먹 쥔 손을 부르르 떨며 다부지게 고개를 돌렸다.

"나! 그 누구 눈에는 부족했을지 모르겠지만!"

말을 잠시 멈춘 채 울먹임을 삼키는 엄마의 목젖을 보았다.

"너 한 점 부끄럼 없이 키웠다!"

그 말에 나는 푹 고개를 숙일 수밖에 없었다.

"꼭 그런 집으로 가서 어미 모자란 사람 만들었어야 했어? 너 땜에 내 평생이 다 미천한 생으로 치부됐는데, 뭐? 이제 와서 이-혼?!"

엄마, 사람이란 게 말이에요. 쉽게 바뀌지가 않더라고요.

맞춰보려 깎고 닦아도 어느새 제자리 제자리.

시간이 지나니 사랑은커녕 한 겹 마음도 흩어졌네요.

그렇게 훌훌 보내고 나니, 결국에 남은 건 무언지 아세요?

각자 온전한 자신이었어요.

참 대단한 건 나도 나였지만요,

그도 딱 그의 모습으로만 남아버렸네요.

알잖아요, 엄마. 우린 얼마나 달라서 사랑에 빠졌는지를.

이런 말 참 엄마 귀에는 어떻게 들릴지 모르겠지만요.

둘이라 더 이상 행복을 느끼지 못한다는 게,

우리의 대단한 사유랍니다.

서로 마음에 들지 않으면 않을수록 더욱 자신만을 사랑할 뿐,

우린 더 이상 우리를 사랑하지 않아요.

　

"나도 사람이다. 나도 사람이야! 이 어미도 너 죽을 때까지 평생 너만 고민하며 살아가는 사람이 아니야."

엄마는 실없이 바닥에 주저앉았다.

"이제 기력도 없고 건강도 좋지 않아……. 어? 아차 하다 흙에 쓸려가고 금세 뼈만 남아 가루가 돼버릴 거라고……."

"제발 그런 말 좀 하지 마요."

엄마의 절망에 나 역시 부서져 내렸다. 평생 남 신경 쓰며 살아온 위

인이 지금은 맨바닥에 풀썩 주저앉아 있으니.

"누가 보면 엄마, 이혼이 무슨 사형 선고인지 알겠어요. 왜 그래요, 정말. 나 더 곤란해지게."

고장 난 가로등 아래라 사방이 어두웠는데도 나는 마치, 아주 많은 이들이 우릴 지켜보고 있는 것 같이 낯부끄러워졌다. 이대로 사라질 수만 있다면, 엄마의 뇌리에 남아버린 수치를 잊게 한 채로 신기루처럼 사라질 수만 있다면! 그 얼마나 편안할까.

"적어도 너만큼은… 너만큼이라도 행복했었어야지. 결혼이."

엄마는 시멘트 바닥을 퉁퉁 치며 울부짖었다. 진동도 전해지지 않는 소리가 내 가슴을 둥둥 울리고 있었다.

"다른 세계를 보고 싶었……어요. 살아온 것과는 전혀 다른 방향으로요."

—

장례식장은 나와 서경이 둘만이 지키고 있다. 조문객 하나 없는 시간. 마지막 날이면 울 기력도 없다는데 신기하게도 나는 정각을 알리는 시계추처럼 매시간 눈물을 흘렸다.

"엄마는 내가 달리기를 하면 무릎이 깨질까 다리만 살펴보고, 여행을 가자 하면 비행기 사고부터 떠올리는 사람이었어."

엄마의 영정사진을 보는데, 새삼 이목구비가 낯설게 다가왔다.

"지켜야 할 것이 있는 엄마에겐 두려운 것이 얼마나 많았을까."

늦은 밤이 되어도 조문객이 끊이지 않는 맞은 편 호실과 달리 여기는 자꾸만 한산했다. 그나마 오는 사람도 대다수 엄마의 지인이었다. 누군지 모르겠지만 왠지 익숙한 인상들. 묵은 기억들을 꺼내놓으며 슬픔의 조각들을 조용조용히 감싸 모아주셨다.

"아직도 연락이 없어?"

연락이 없던 건 아니었다. 발인 후, 그는 뒤늦은 안부 전화를 했고, 나는 알았다고 괜찮다고, 잘 지내라는 그런 답을 건넸다.

원래라면 알리려던 마음은 없었다. 다만 어디까지나 우리 사이엔 엄연히 아희라는 존재가 있고, 외할머니의 부고는 전해주어야 마땅했으니 그랬다. 단지 그것뿐이다. 그와 갈라선 후, 집안 어른들과의 관계에 대해 잘라 답할 수 없는 모호한 순간들이 있었지만, 괜한 기대는 위험했다. 나 또한 감당할 자신이 없으니까.

더 이상 나의 엄마는 그에게 어떤 의미도 없을 것이다. 그저 동네 알고 지냈던 친숙한 노인의 소식처럼, 그렇구나, 숨죽여 넘겨도 될 일이다. 괜한 호들갑도, 상투적인 위로도 건넬 사이가 아니었다. 그럴 만도 했다. 상상보다 고된 이혼 절차 후 서로의 이름 석 자만 떠올려도 진절머리가 날 만큼 힘들었으니까.

"아무리 이혼했어도 그렇지. 어처구니가 없어서! 됐다 그래!"

"살다 보면 엄청 바쁜 날이란 게 있잖아. 그렇지 않다 해도 그 순간만큼은 전활 못 받는 사정이란 게 있을 수 있고."

"지금 전화가 문제니? 딸은 자랄수록 엄마 자식이라는데 어쩜 네 딸은 유학 가서는 연락 한번이 없니? 전화기가 없는 거야, 손구락이 없는 거야? 걔가 몇 살이야 이제 벌써. 족히 중학생은 됐을 나이인데 아무리 철없어도 그렇지. 어떻게 먼저 안부 묻는 법이 없다니?"

번뜩하며 편두통이 시작되었다. 미간을 찌푸리며 관자놀이를 힘껏 누르기 시작했다. 알알하면서도 시원한 느낌. 빙글, 빙글, 빙글.

"좋은 거 아닌 거 알 나이잖아. 어린 게 제 속은 오죽하겠어."

받아들여야 했다. 나의 불편함만큼 상대도 별반 다르지 않을 거라는 엄마의 가르침대로. 그런데 갈수록 마음의 문이 닫혀 가는 건 어쩔 수 없나 보다. 중요한 관계에서 괜찮다 넘기는 건, 또 다른 길로 돌아서는 것과 마찬가지였으니까.

어찌 됐건 나만 남은 셈이 되었다. 아희는 온전히 내 탓이라 여기는 걸까. 단순히 어색한 것을 떠나 내게 벽을 두는 걸 보면 그런 것 같기도 하다. 아니, 모르겠다. 괜한 곡해일 수도 있겠다. 하지만 괜찮다. 나도 그랬다. 내가 모자랄수록, 상황이 마음에 안 들수록, 그건 엄마 탓이라고 했다. 그러니 꼭 이해 못 할 일은 아니지.

—

"어서 대답해 봐. 너 강아지 묻어주러 간 거야?"

머릿속에 한 줄짜리 경보음이 날카롭게 뻗어 가기 시작했다. 미간을 찡그리며 상체를 움츠렸다. 보자, 그때의 날은 분명히 있었지. 그럼 기억나. 나고말고. 그런데 아희는 꿈이었는데? 왜냐면 내가 그사이 몇 번은 깼었거든. 아, 아니다, 잠깐만. 선명한 손의 감촉. 그럼 그때,

"병원 가보자."

서경은 두 손 모아 날 잡고 호소했다. 기도처럼 간절한 힘이었다.

"섬망인가? 환시? 여하튼 이리저리 물어보고 찾아도 봤어. 내가 잘은 몰라도 너 힘든 건 알아. 분명 힘들어서 그래! 충분히 그럴 수 있다니까. 그러니 병원 가보자고 이제. 응?"

"무슨 병원."

얼토당토않는 소리라며 성의 없이 웃다 멈추었다.

"눈앞이 엉망이라면 말이야, 가장 떠오르는 방법부터 실행해 보는 거야. 그럼 그동안의 고민이 무색해질 만큼 엉킨 실타래를 풀 수도 있어."

경계가 흐려지니 무엇이 진짜이고 어디까지가 꿈인지 판별할 수 없었다. 말소리가 울린다. 눈앞의 이는 과연 서경이 맞을까. 손을 갖다 대면 저 얼굴마저 호수의 일렁임처럼 잔물결로 흔들릴 것만 같다. 그녀의 코끝을 향해 검지를 갖다 대려다 힘껏 말아 쥐었다.

"대체 봄이가 언제 죽었어? 그건 기억은 나고?"

서경의 눈이 얼마간 맥을 못 추고서 울음 속으로 사라져 버렸다.

"솔직히 말해서 지금 굉장히 무섭거든? 무진장 소름 끼쳐! 미쳤어? 그런 거 같으면 말을 하라고 나한테!"

서경이 내 어깨를 잡고 흐느낀다. 여전히 날 붙잡고 있는 그녀. 난

그녀에게 어디까지 보여줄 수 있는 사람인 걸까. 아니, 어디까지 보여주어야 다행인 걸까.

"……힘들어."

옳고 그름, 어느 적당 선을 판단할 수 없을 만큼 정신이 산란했다.

"뭐가 뭔지 모르겠어……. 그냥 힘들어."

동력을 잃은 나의 눈동자를 보며 서경이 나를 와락 안는다. 나는 두 팔이 묶인 것처럼 허망하게 안겼다.

"언제까지…… 아희가 일곱 살짜리 어린애야?"

시선은 공중에 흩어지고, 붉게 물든 찻잔은 서서히 식어만 간다.

—

존 레논의 오 마이 러브. 서정적인 멜로디가 라디오에 흐른다. 어느 날 새벽, 우연찮은 기회로 만난 노래를 다급히 녹음하고선 앞 코가 잘린 음원을 질리도록 들었다. 감은 눈으로 흐르는 선율에 올라타면 어느 순간 멍해지는 게, 어렴풋하게나마 학생 때로 돌아간 것 같았다.

-엄마, 이 노래 어때요? 좋지 않아요? 난 이런 능력 대단한 것 같아. 아무것 없는 오선 위에 음정을 수놓은 거잖아요. 이 노래 한 곡이 전 세계 얼마나 많은 이들에게 감흥을 주었을까요.

-왜? 뭐가.

-이 노래 말이에요. 지금 들리는 노래, 좋지 않냐고요.

-남자가 영 기운이 없네.

-예?

-남자가 기운이 있어야지 듣는 사람도 흥에 겹지.

-기운이… 없다고요? 뭐어… 허허 그렇게 들릴 수도 있겠다. 엄마 입장에서는. 혹시 존 레논이라고 알아요?

-종 내노?

-존, 레논이요.

-모르지, 외국 노래는 엄마가.

-존 레논은 사람 이름이거든요. 이 노래 제목은 오 마이 러브고요. 비틀즈 알아요? 비틀즈?

-노래를 노릉노릉 부르네.

-노릉, 노릉이요?

엄마는 엄마만의 언어를 곧잘 만들곤 했다. 정말 전 세계 어디에서도 만날 수 없는 말을 당연한 듯 써버리는 능력? 이라 해야 하나. 여하튼 그때부터 이 노래는 내게도 노릉노릉한 노래로 남았다.

-아니 그래서 뭐…… 아빠는 기운이 넘쳤대요?

-그런 건 기억 안 나지. 그 남정네에 관해서는.

-그 남정네라니. 그러니까 무슨, 되게 멀게 느껴진다. 완전 길가에 지나가는 아저씨 같아. 그럼 왜 이혼은 안 하시고.

-어디선가 잘 살겠지 하면 되는 거지. 무슨 이혼을 하나 거창하게.

-정말 그렇게 생각하시는 거예요? 엄마는 또 사랑할 생각이 없나 보네.

-바람 분다. 창문 닫자.

-어…… 이젠 일어났다 앉았다 하는 것도 힘드네. 엄마, 그냥 우리 적당히 살다 같이 가요. 혼자 남아 뭐 하겠어, 춥기만 하지.

-새로운 사랑 어쩌고저쩌고 하더만, 가는 건 또 같이 가자네.

-새 사랑 하는 거 다 보고 그 뒤에 같이 가면 되지.

-용기가 가상하다.

-흐흐, 말이 그렇죠. 사랑은 무슨 사랑이에요, 이 나이에.

-네 나이가 어때서.

-이젠 누굴 만나 한 겹씩 들춰보는 것도 진 빠져요. 게다가 지금은 더 안 되죠. 부족한 사람이 마음까지 아프니, 인연이 무색하지요.

-어디 넉넉한 사람만 사랑을 하나. 모르지 또.

-근데 엄마……, 이별에는 자존심 세우는 거 아니래요. 아니다 싶으면 접어 보내는 마음도 필요하다는 거예요.

그때 아차 싶었다. 그래서 너는 그 잘난 이혼을 한 것이구나, 이럼 되받아칠 말이 없잖아. 엄마랑 대화하면 꼭 그랬다. 둘 사이 잔잔한 우울이 이미 깔려 있으니, 어느 시점을 지나면 기묘하게끔 대화가 우울로 향하게 되는 경향이 있었다. 그러다 누구에게도 도움 되지 않을 말을 뱉고 끝엔 허한 마음만 남게 되는, 고질적이고도 피곤한 우리. 이걸 고치려 들수록 결국 우리가 아닌 말들을 하게 되고, 결국엔 무심히 고개 돌리게 되는.

———

옮기는 걸음마다 바스락 소리가 따라온다. 천천히 그리고 아주 느리게 소나무의 안내를 받으며 차분히 걸어 내려간다. 시계를 보았다. 조금 있으면 주변 모두가 어스름한 주황이 될 것이다. 살굿빛 복숭아 색처럼 말이다.

목적지에 다다른 나는 희미한 호흡으로 멈춰 섰다. 순전히 오감으로만 느껴선 자리, 고개를 바짝 올려야 그 끝을 만날 수 있는 소나무도 여전하다. 나무를 잡고 등을 기대앉았다. 숨을 들이켠다. 그대로구나. 이곳의 향은.

"잘 지냈어? 봄아."

봄이를 처음 만난 때 녀석은 자그마한 말티즈였다. 한 걸음 내딛으며 작은 방구석을 누비던 존재.

"어휴, 엄마 힘들어요. 그 연세에 어쩌시려고 강아지를 덜컥."

"그럼 어떡하나. 애가 등이 얼룩져서는 사는 사람이 없어 여기저기 옮겨 다닌다는데."

나는 마른 수건을 잔뜩 쌓아놓은 틈에 앉아 툭 나온 입술로 차곡차곡 수건을 개고 있었다.

"오다가다 몇 번은 눈 마주쳤는데 어떻게 그냥 둬. 거둬줘야지 내가. 아무도 모르는 곳에 팔려 가다 차에서 수질이라도 하면 어째."

"그걸 왜 엄마가 걱정하냐 이거죠, 제 말은."

엄마의 말에 따르면 말티즈는 온몸이 새하얀 상태가 상급에 속하는 조건 중 하나라는데, 요 녀석은 등에 적지 않은 부분이 색색의 털들로 섞여 있었다. 나는 수건 개는 손을 멈추지 않으며 녀석의 등을 유심히 보았다. 옅은 갈색빛이 분명한 영역 없이 퍼져서는 실제로 얼룩 같아 보이기도 했다.

"아무리 그래도…… 그렇지요."

엄마, 엄마 딸이나 그런 눈으로 좀 봐요. 나는 못마땅한 표정을 감추지 않았다.

"얘들이 장난감처럼 마냥 귀여워 보여도 사람 생명이랑 똑같다고요. 돈이 한두 푼 드는 것도 아니고."

돈 얘기가 나오자 엄마는 바닥으로 두 손을 동그랗게 뻗더니 녀석을 엄마 쪽으로 끌어당겼다.

"잘 키우면 돼. 나쁜 거 안 먹이고 키우면 돈 얼마 안 들어."

"하여간 몰라요 나는. 어찌 됐건 녀석의 처지가 내 몫은 아니니까."

대부분 집들이 그렇듯 애완동물을 키우면 그 후로 생기게 되는 빈번한 번거로움은 모조리 엄마 몫이 된다. 그러니 우리 집도 다를 바 없을 것이다. 엄마인 나 역시도 엄마 앞에서는 괜스레 엄마 손을 빌리게 되었다.

"뭐가 문제라서 그래! 왜! 내가 다 늙은 인간 새끼도 거두는데 요런 개새끼 한 마리를 못 키울 것 같아서?"

엄마는 잔뜩 성이 난 목소리로 비아냥거리다 강아지를 번쩍 끌어안고 벌컥 문을 열고 나가 버렸다.

"하아…… 참."

엉겁결에 욕을 들어 버린 나는 눈알만 동동 띄운 채로 닫힌 문에서 눈을 떼지 못했다.

"엄마는 웬 화를 저렇게 참……."

한편으론 다행이라는 생각도 들었다.

"디게 아끼는 거 하나 생겼네."

예상대로 여사님은 강아지에게 특별한 케어를 해주거나 계절마다 옷을 장만한다거나 그러시진 못하셨다. 강아지용 옷이 있다는 사실도 한참 뒤에 알아서는 손을 벌벌 떨며 두 벌을 구매하셨다. 하지만 부지런하게 빨고 말리며 냄새나지 않게 입혔고, 간식은커녕 어느 때엔 사룻값마저도 버거워 알알이 끼니 조절하실 때도 있었지만, 나름 굶긴 적 없이 키운 양반이다.

엄마 마음을 안다. 버릇처럼 홀짝거리는 녀석의 물그릇을 마른 적 없이 키우려면 쉽게 자리 비운 적 없이 살펴야 한다는 것을. 함께 태어난 형제는 물론이고 친구마저 뿔뿔이 흩어진 녀석의 생을 가엾게 여겼던 엄마. 수없이 버려지고 있는 녀석과 갓 이혼하고 돌아온 나. 내세울 것 없는 두 생명체는 그렇게 온전히 이불집의 그늘 아래로 고요히 모였다.

"강아지 하지 말고 봄이라 해야겠다."

"봄? 갑자기 웬 봄?"

"이름만 불러도 싱그럽지 않냐. 아주 기분 좋아."

엄마는 다리 위에 누워 잠든 녀석을 애틋하게 만지며 바라보았다.

"나이 드니까 봄만큼 반가운 게 없어."

그 말에 나는 창밖을 바라보았다. 늘 지고 뜨는 해인데도 엄마 말대로 봄의 빛은 남달랐다.

"그렇네."

이제 오로지 새로운 것이라고는 계절이다. 강아지에겐 더없이 좋은 주인. 사랑이 무어냐 묻는다면 엄마는 성실이라 답하지 않으실까.

"인생은 딱 맞는 조각을 찾는 게 아니라 맞춰 가는 거야. 뭐든."

엄마는 가정을 깨지 않으려 부단하게 노력해오셨다. 그걸 오롯이 지켜봐 왔기에 나의 이혼 역시도 버거운 결정이었다. 허나 다행히도 엄마는 내내 나를 나무랐어도 내게 문 닫은 적 없었다.

—

자꾸만 비워지는 자리. 이혼에 연이어 모친의 장례까지 치른 후, 나는 심한 공황을 앓게 되었다. 몸의 주인을 빼앗긴 것처럼 휘둘리는 새벽으로 실핏줄 터진 눈을 하고서도 잠 못 들 때가 잦았다. 밤이 두려워지던 매일, 그럴 때면 항상 내 옆을 지키던 존재는 바로 봄이었다. 녀석을 빤히 보았다. 엄마는 당신이 아닌 나를 위해 봄이를 마련한 것일지도 모르겠다.

여느 주인처럼 대단한 사랑을 주는 일은 드물었지만, 봄이는 이런 주인도 제법 받아들이는 눈치였다. 내가 매일 하는 일이라고는 어두운 바닥에 누워 검은 장롱만 뚫어지게 쳐다보는 것. 녀석은 자기가 할 수 있는 최선인지, 아니면 저 역시도 체온을 수혈받으려는 건지, 시선은 다른 곳에 두더라도 엉덩이만큼은 내 몸 어딘가에 붙여둔 채 잠이 들곤 했다.

"엉덩이 털이…… 꼬불꼬불하네?"

바닥에 얼굴을 붙인 채 녀석의 털을 따라 배배 꼬아 만져보았다. 손길 따라 움찔거리는 엉덩이 근육. 그 작은 접촉 덕분에 나는 온도를 잃지 않을 수 있었다.

세상 모두와 가까워져도 누구나 혼자만 견뎌야 하는 시간이 있다. 나에게는 늦은 밤과 소박한 새벽이 그랬고, 그 깊숙한 시간 속에서 작은 강아지의 묘한 안정감과 옅은 온도가 대단하게 다가왔다. 손을 뻗으면 언제라도 다가오는 존재, 모든 게 몹시 부끄러운 나를 아무 조건 없이 받아준 녀석. 옆에 붙어 코롱 코롱 잠든 강아지를 넋 놓고 보고 있자면 동시에 딱한 감정도 들었다.

"좋은 주인 만났으면 좋았으련만."

담백한 순찰마저 할 수 없는 공간과 형편이 그제야 눈에 들어왔다. 내게 바라는 것 없는 존재에게 그 이상을 보여주어야 하는 것이 어쩌면 사랑의 의무와 도리가 아니었을까. 나아짐 없이 너무 기대기만 했다.

"봄아 가지 마……. 나 정말… 정말 너랑 아무것도 한 게 없는데……
이렇게는 안 돼, 봄아."

뜨거운 눈물이 솟구칠수록 녀석은 싸늘하게 굳어만 갔다. 안으면,
나의 체온이 조금이라도 닿으면, 우리의 이별이 멀어질 수 있을까. 부
둥켜안았다. 그러나 우습게도 나는 봄이를 데리고 병원에 가지 않았
다. 나란 사람은 영영 못 볼 것을 감수하고서라도 당장의 여명과 병원
비가 몇 푼이 될지를 더하고 빼는 사람이다. 그 정도밖에 안 되는 사람
이다. 봄의 가늘어지는 숨결을 움켜잡으며 부들부들 쓰다듬는데 찡그
린 웃음이 멈추지 않았다. 나름의 인사를 마쳤다 생각한 듯, 봄은 그렇
게 혼자 산책을 떠났다.

축 늘어진 녀석을 보며 나는 아주 낮은 숨을 내쉬기만 했어. 몹시 어
지러웠단다.

"너마저 가면 난 아무도 없잖아. 너까지 이렇게 보내다니. 삶은 내
것인데 왜 이리 생각대로 되지 않는 거지."

혼자 묻으러 가는 내내 중얼거리며 밤거리를 걸었지.

"달이…… 손톱처럼 남았다."

생각해 둔 나름의 처리를 마친 후, 소나무에 기대고서 허탈하게 하
늘을 보았다.

"환상같이, 반짝이네."

몹시 마음에 들지 않는 이별이었어. 그래서일까. 그 뒤로 나는 몇 번

이고 그때를 고쳐 잡으려 수없이 방으로 뛰어갔지. 널 부르며 잔뜩 껴안아서는 쓰다듬고 매일 넌 죽었어. 하지만 변하지 않는 건, 이별 속 나의 모습이었단다. 거듭할수록 깊이 각인되기만 할 뿐, 마음에 드는 날은 결코 오지 않았어. 그렇게 무너진 밤이었어.

—

눈부신 태양을 거울처럼 비추고 있는 바다. 이 찬란함이란 언제나 무한하고도 영원할 것만 같다.

"괜찮아, 아무도 없으니까."

세상과 단절한 채 표류하며 흘려보냈던 시간들. 아파서 단 한 번을 제대로 이별해 보지 못했다. 이제는 서글퍼 운다고, 그렇게 울부짖으면 팔자 사나워질 거라는 엄마도 없고, 안절부절 어찌할 바를 모르고 핥아대던 봄이도 없으니까, 괜찮아.

전에 만나본 적 없는 온전히 낯선 사람이 되어 힘껏 울었다. 그동안 너무 참아와 다급하게 번지는 그런 유의 울음이었다.

"네가 기다려준다는 것도 모른 척하기만 했어. 사는 게 너무 힘들어서…… 자꾸 모른 척하기만 했어. 그래도 되잖아, 그래도 있어 줄 거잖아! 그래 왔잖아! 넌 항상!"

물결 위 조각난 빛처럼 감정 또한 촘촘히 나눠지고 있었다. 근원 모를 지난 감정까지 찬찬히 흐르고 있다.

"하루 만에 사라지는 존재란 없는데……. 미안해요. 너무 미안해요,

내가."

　힘껏 미루어 보아도 결국 정해진 슬픔은 반드시 마주하기 마련이다. 애초에 만나야 했던 울음이었다.

　"너 겁 엄청 많았었는데, 거긴 괜찮니."

　남은 감정은 깊은 바다처럼 진하지 않다. 백사장 가까이 다가온 물결처럼 잔잔하게 부서지고는 잔거품만 남긴 채 연하게 사라져 버린다.

　"안은 깜깜할 텐데 그치. 아니 이젠…… 살은 쓸려 내려가고 뼈만 남았으려나."

　눈부신 바다 앞, 윤슬이 환상 같다. 잔잔히 반짝이는 눈으로 먼바다를 보며 얼굴을 매만진다. 그러고 보면 엄마는 날 포기한 적이 없었다. 하지만 나는 엄마가 하지 말란 것만 하며, 틈만 나면 배신을 했다.

　"희망도 고문도 스스로 만드는 거라 했는데, 엄마가."

　어느새 가을 찬 노을빛이 들어왔다. 이 시간의 빛깔을 얼마나 기다렸는지, 수년이 흘러서야 때맞춰 걸어온 산책로다.

　"멈춰만 있으면 소중한 건 서서히 사라져가네."

　저물어가는 짙은 색이 바다를 붉게 만들고 있었다. 자리에서 일어나 흙먼지를 탈탈 털어낸다. 엉성하게 묶인 머리를 정돈하고서 터벅터벅 소나무 사이를 걸어 나간다. 너무 어둔 밤까지 머물러서는 안 될 일이었다.

알고 보면 큰 사랑은 내게 있다.

멀어져 그리운 만큼.

넓고도 깊은.

-애호(哀號): 슬프게 부르짖음

- 애호(愛好): 사랑하고 좋아함

「이불집의 애호」 작업을 마치며

성장한 우리는 사랑에 있어 왜 자꾸 어린아이가 되고 만족을 가지지 못할까요. 그런 의문에 끝없이 고민해보다 몹시 작은 실마리를 발견하게 되었습니다. 인간이라는 존재가 본래 주고자 그리고 받고자 하는 사랑이 거대했기 때문이 아닐까 하는 답으로 말이죠.

단박에 정리될 수 없는 관계성에서의 사랑, 증오, 애증, 애착, 미움, 슬픔, 행복, 존경, 분노, 질투, 혐오, 우울, 감사, 기쁨……! 이 두서없는 감각의 오로라를 그려보고 싶었습니다. 무엇을 맞닥뜨린다 해도 단절될 수 없는, 쉽게 사라지지 않을 관계에 대해서 말이죠.

세 번째 이야기
한낮의 젊은이, 원

어쩜 모든 사람의 인생이

영화 일수도.

#

오후 일곱 시 지하 식품 코너를 둘러보며
언젠가 명품 매장도 드나들 날이 올 거라며
무심히 툭 세일 제품을 바구니에 담곤 한다.

#

산 정상에 올라 깡 생수를 들이켜며
머지않아 저 산 너머까지 놀라게 해주겠다며
야심을 읊조리곤 한다.

#

남을 하대하는 것에 전혀 거리낌 없는 이와 함께 하며
나의 미래에 적어도 너만큼은 없을 것이라며
겉웃음만 짓곤 한다.

\#

언제쯤 난

눈치챌 수 있을까.

\#

욕망을 잊을 때야 비로소

곧게 성실할 수 있단 사실을.

#규원

혼탁하고 외로운 시대에서 내가 친구를 만드는 방법은 간단하다. 영화를 감상하다 특별히 마음에 드는 감독이 생기면 곧바로 그들의 이력을 서치하고 개인 SNS를 찾아가 본다. 화면 안으로 그들을 살피고 관찰하다 그래도 마음이 움직이면 팔로잉, 구독! 그럼 난 언제든 그들을 볼 수 있는 기회를 얻는다. 무료한 나의 일상과는 다른 세계를 보며 그날 나의 생각의 가지 또한 뻗어 나간다. 오늘 나에겐 또 한 명의 친구가 생겼다.

오후 한 시. 집 근처 공원으로 갈 시간이다. 몸을 일으켜 책상 귀퉁이에 올려둔 모자를 눌러쓰고 현관으로 향한다. 운동화를 구겨 신지 않도록 발을 깊숙이 넣고 손가락으로 뒤축의 모양을 잡는다. 집을 나선 나는 하늘을 관찰한다. 볕이 꽤 내리쬐는 중이다.

영화감독 지망생인 나는 이른 새벽부터 작업하는 패턴을 가지고 있다. 남들이 보기엔 이런 생활이 어떤지 모르겠지만, 이제 와 굳이 신중해져 보자면 나는 이런 생활엔 적합하지 않은 것 같다. 하루라는 시간을 몽땅 주도권을 넘겨주기엔 나란 사람은 생각 이상으로 무계획적이었고, 게으른 면모가 있었으며, 마음을 흐트러뜨리는 요소에 쉽사리 넘어가서는 매일을 홀라당 날려버리는 경우가 부지기수였기 때문이다. 꿈은, 그렇게 하루씩 멀어져갔다.

이런 불편한 지위로 지낸 지 햇수로 4년. 투잡에 대한 애초의 호기로운 다짐과는 달리, 처음 2년은 출근하며 어설프게 시나리오를 썼고,

퇴근 후엔 아침의 계획이 무색할 만큼 녹다운을 해버렸다. 그러다 불현듯 아, 이러다 정말 이도 저도 아닌 사람으로 생을 마감할지도 모르겠구나 하는 위기감으로 큰맘 먹고 퇴사를 했다. 핸드폰을 꺼내 화면을 두드리자 액정이 켜진다. 동네 노인의 효도 폰처럼 덩그러니 시계만 지키고 있다.

"아직도 안 왔네."

알바비가 또 안 들어온다. 어제까지 넣어준다더니.

"이 새끼 또 이러네."

대단한 예술가처럼 굴고 싶었는데 무수입의 상태로는 도무지 작업을 이어 나갈 수 없어 할 줄 아는 걸 고민하다 찾은 게 영상 작업이었다. 그래, 뭘 해도 여기서 맴돌자! 적당히 편집 외주를 받거나 가끔 현장에 나서기도 한다. 안 그래도 개인 방송이 느는 시대라 소일거리를 찾자면 수요가 적진 않았지만, 바빠질수록 오묘하게 파고드는 공허함은 피할 수 없었다. 적어도 첫 삽을 이렇게 뜨고 싶진 않았는데.

사방이 막힌 곳에서 핏기 없는 얼굴로 작업하다 보니 삶에 대해 자조적인 태도를 취하게 되었고, 실컷 일해주고도 이처럼 작업비마저 정산되지 않을 때면 꽤나 굴욕적인 심정까지 맛보게 된다. 세상에 더도 덜도 말고 상식에 맞게만 딱! 그렇담 사는 게 얼마나 수월해질까.

고개를 까딱이며 리듬 맞춰 걸어가는 비둘기들. 뒤뚱거리는 것 같아도 똑바로 걷고 있는 거다. 것도 제법 유연한 움직임으로 말이다. 저보다 한참 큰 인간이 다가가도 도망쳐 날아오를 생각조차 않고서 마치 제 영역에 내가 침범한 듯 툭툭 걸어가고 있다. 무슨 마음에선가 저 집단을 괴롭히고 싶어졌다. 나는 위협하듯 거리를 좁혀 갔고, 그들은 네가 하는 짓이 우습지도 않냐는 듯 버티고 버티다 꾸우-우…… 김빠지는 소리를 내며 느적느적 비켜 지나간다.

"어쭈? 이것 봐라?!"

나의 행동을 미리 읽고 있었다는 저 뒤통수들. 그리고 그 옆에 나른하기 짝이 없이 늘은 개들.

"사람이 지나가면 좀 비켜라 비켜."

바닥에 바짝 엎드린 개들이 눈알만 굴리며 올려다본다.

"네 구역이 아니라 내 구역이라고."

나는 개들과 새들을 비켜 가며 흘겨 보았다.

"새끼들…… 아주 건방지다."

한참을 지나고서도 고개를 바짝 젖힌 채로 놈들을 노려보았다. 가뜩이나 뜨거웠던 속이 저 구역을 지나면서부터 부글부글 끓기 시작했다. 하나같이 웃기다 웃겨. 어째 세상이 나 빼고는 온통 배짱 장사 하는 것만 같다.

공원으로 향하는 입구에 급하게 꺾인 코너 길 하나가 있다. 굽이친 도롯가를 따라 모퉁이에 놓인 반사경. 우두커니 선 키 작은 볼록거울은 비율이 완벽하게 무너진 막대사탕처럼 몸통과 이어진 거울 대가리가 아주 거대하기만 하다.

"여기에 이런 것도 있었나?"

매번 걷던 길에 이리 큰 거울이 있는 줄이야. 미처 몰랐다. 왜 그렇지? 요 근래 설치된 건가 싶어 고개를 가져가 보니, 덕지덕지 붙은 홍보 전단과 닳을 대로 닳은 스티커 자국들이 못해도 나보다는 오래 이 동네를 지키고 있었던 것 같다.

"그래도 생각보다 낮네."

높다랗게 붙은 것만 보다 내 신장과 별반 다르지 않아 보이는 친숙한 길이를 발견하자 생각보다 오래 관찰하게 되었다. 모자를 들어 올리자 거울 속으로 낯선 얼굴이 비친다. 볼록거울이라 그런지 얼굴이 이상해 보인다. 근데…… 마지막으로 미용실 간 게 언제였지? 화장품 구매는 언제고. 뒤에서 누군가 걸어오는 기척에 잽싸게 눌러쓴 모자. 그러고는 아무 일 없다는 듯 가던 길을 간다.

보통 한낮엔 이렇게 주변을 배회하곤 한다. 매일 낮 열한 시에서 한 시 사이. 이때 나와 비타민 디를 흡수한다. 초기엔 운동도 잊을 만큼 꼬박 작업에만 몰두했지만, 정신 차리고 보니 어깨고 허리고 나가버린 건 물론이고, 인스턴트식품에다 낮밤 밸런스까지 완벽하게 무너져서는 그야말로 구제받을 수 없는 육체가 되어버린 것이었다. 젠장! 이래저래 심란해 죽겠는데 운동까지 해드려야 한다니. 진정 귀하신 몸이다.

좋은 공기를 마시며 한낮의 숲길을 걷는다는 건, 회사 다닐 땐 하나의 로망을 넘어 거의 환상에 가까운 것이었는데, 따박따박 나오는 월급이 사라지니 유쾌한 것만은 아니었다. 물 없이 지내는 기분이랄까. 삶이 팍팍해지기 시작했다. 꿈만 있으면 생활에 수분감이 차오를 줄 알았는데, 인생에서의 여유로움이란 필히 지갑에서 나오는 것이었다. 그래서일까? 정말 엿 같았던 전 직장 상사의 이름마저 희석되어서는 나름 버틸 만했던 곳이 아니었나…… 하는 착각까지 든다.

아니야, 좀 더 힘을 내 보자니까? 하늘이 잔뜩 별들인 세상에선 길게 봐야 하는 거라고. 아주 길게…… 말이야, 응? 시선은 코앞이면서 산소를 주입하곤 한다. 이래서 걸으라 하는가보다. 풀을 보고 숲을 보면 분무기에서 나오는 가는 물줄기처럼 미세한 긍정 입자들이 살포시 어깨에 앉곤 하니까. 그리고 얼마 안 가 증발.

집 뒤 작은 공원의 꼬불꼬불한 오솔길을 지나면 거대한 숲이 펼쳐진다. 웬만해서는 쉽게 예측할 수 없을 테다. 깊은 산 속 중앙에 선 것처럼 울창함이 펼쳐지는 길. 돈 들이지 않고 이런 공간을 누릴 수 있다니, 나의 처지에 상관없이도 이 마을은 내게 엄청난 호사.

시간을 거쳐 오며 나는 '공간'이라는 개념에 대해 전과 다른 감각을 지니게 되었다. 일정 시간, 일정 범위 안에 고독히 머물 수 있음에 감격하는 마음이랄까. 과거 이 일을 시작했을 때 지망생들끼리 정보공유를 목적으로 소모임을 갖곤 했다. 함께 꿈꿀 수 있는 동료를 둔 것만으로도 두려움이 반으로 줄어드는 것 같은 행복 그 이상의 가치. 하지만 문제는 바로 다음이었다.

–어디서 모이느냐.

우린 같이 자리할 곳이 없었다. 그리하여 회의할 만한 장소를 물색했고, 정중앙에서 만나는 것까진 얼추 동의, 수긍하게 된 후론 갈수록 애매해졌다. 백색소음이라 여겼던 카페는 들락날락하는 사람들로 정신 사나웠으며, 음료값 역시 나포함 누군가에게 부담스러운 요소였다. 음료 그거 얼마 한다고, 가볍게 내뱉을 수도 있겠지만 누구도 그런 말을 하지 않았다. 우리에겐 단지 차 한 잔 정도의 값이 아니었기 때문이다. 얼마일지 모를 자신의 동절기에 대한 비상책으로 제각기 비축이 필요한 시기라는 게 본능 아닌 본능으로 자리 잡았으니까 말이다.

그리하여 우리는 찾았다. 자그마한 스터디 룸을. 룸? 과연 룸이라 할 수 있을까? 정말 보잘것없는 허름한 건물에다 플라스틱 의자 몇 개를 갖다 두고서 룸이라며 돈을 받고 있는 주인장이 있었다. 하지만 괜찮았다. 누가 봐도 인정할 수밖에 없는 저렴한 가격이었기 때문이다.

"그래도 처음엔 멀쩡했을 거야, 낡아서 그렇지."

"원래 애들 손 타면 멀쩡한 게 없잖아."

"내 생각도 그래."

서로 힘을 모아 분무기를 분사하기 시작했다.

"정말 그렇게 생각해?"

물 분자를 곧바로 증발하는 듯 보였다. 하지만,

"어머, 얘들아! 이것 좀 봐! 물이랑 음료가 무료래!"

"우왁! 그게 정말이야? 어디 보자."

구석에 우뚝 선 정수기, 그 옆으로 선명한 색의 주스와 거꾸로 선 종이컵 기둥까지, 그야말로 완벽했다.

"말도 안 돼······!"

여기 주인장은 생불 내지는 미션을 받아온 천사인 게 틀림없다.

"우리도 이다음에 거장이 되면 이런 마인드로 살아가자고!"

"돈 많이 벌어야겠는데?"

"더도 말고 덜도 말고 딱 이 눈높이면 돼. 없이 살던 시절 눈높이로 말이야."

꿀꺽꿀꺽. 마른 목에 넘어가는 한 컵의 행진들. 좁은 공간에 분무되는 물 분자가 가득해 가히 무지개가 뜰 지경이었다. 돌아가지 않는 머리에 액상 과당이란 그야말로 단비와도 같았으니. 허나 그로부터 얼마 지나지 않아 우린 정말 룸에서 모였다. 순번을 정해 각자의 집을 돌아가며 회의를 가졌고, 서로 사는 모양새를 목도하며 앞으로의 향방에 관해 더욱 긴장된 태도로 진지하게 고민했다.

독특하고 이례적인 돌연변이들이라 그렇지 애초에 제법 난다 긴다 하는 대학에서 연필 잡던 녀석들이었기에 모두가 기대 이상으로 흩어져서는 밥값 하러 나갔고, 재회하자는 미련 가득한 인사와는 달리 여태껏 남아 있는 사람은 나 하나뿐이게 됐다.

초라하긴 해도 이 집을 떠날 이유조차 생각해 본 적이 없다. 거기에는 여기 공원도 일조한 셈이다. 삼림욕을 해도 될 만큼 입구부터가 남다른 공기. 한적한 숲이란 마지막 숨통과도 같았다. 안락한 쉼, 포근한 시간, 가까이서 만날 수 있는 생생한 네 개의 계절까지.

몸을 과도하게 젖히는 스트레칭으로 주위를 두리번거린다. 어찌 된 게 눈 씻고 찾아봐도 주변엔 온통 나이 지긋한 사람들뿐인가.

"젊은 사람들은 낮엔 없는가."

푹 눌러쓴 모자는 햇빛 때문이기도 했지만, 여긴 볕이 들지 않은 울창한 숲이었다.

여하튼 나의 하루는 매일 이렇게 펼쳐진다. 똑같은 길만 계단 계단 어제와 다름없기에, 어떨 땐 살아있음을 기록하기 위해 작업을 멈추지 않기도 한다. 늘어난 분량과 매끄럽게 다듬어진 극의 흐름이 나의 심박수를 남겨주니까. 어떤 상황이건 일상은 흩트리진 말아야 한다. 그래서 걷는다. 다음엔 다른 쪽으로도 걸어볼까 망설이기만 하지, 연신 이 질려 빠진 길만을 걷고 있다.

#해원

커피가 내려지자 해원은 거실 창문으로 자리를 옮긴다. 집 안 가득 퍼진 아늑한 향, 풍부한 바디감과 산미까지. 그녀의 취향, 자신만의 커피를 찾기 위해 아주 긴 시간이 필요하지 않았나. 이러한 것들이 하나씩만 늘어나도 삶은 여유로워질지도 모른다. 피어오르는 향 사이로 얼굴을 가져다 놓으니 절로 도파민이 생성되는 것 같다. 냄새를 들여 마실 때 한껏 부풀어 오르는 광대. 이렇게 오늘도 하루가 시작되었다고.

느슨한 눈이 되어 집안을 둘러보고 있다. 인테리어를 마친 지 얼마 안 돼 집안엔 새집 냄새가 진동이다. 건강에 하나 도움될 것 같지 않아서 처음엔 인상을 구긴 것도 사실이지만 그런 건 아주 잠깐, 냄새를 맞이했다 하면 적당할까. 이곳에 입성했을 때 사뭇 번져가는 감격에 설렌 걸음으로 현관을 지나 중문을 통과했다.

집 꾸미기에 소질이 없던 것도 사실이지만 항상 월세 아니면 전세였기에 남의 집에 손대는 것만큼이나 낭비인 건 없다 여겼었다. 계약 만료 무렵 꾸며놓은 것을 털어내야 한다는 것은 마치 내 것을 빼앗기는 것 이상으로 다가올 것만 같았으니까. 소파에 털썩. 금방 침대에서 나와 눈언저리가 부어있긴 하지만 덜 깬 기운에도 둥실거리는 마음이란 말로 다 표현할 수 없었다.

어제 마감할 분량이 있어 늦게 잠들었다. 이십 년은 훌쩍 지난 감독 경력이라 해도 그 시간보다 더 중요한 건, 사람들의 눈에 차는 작품을 얼마나 많이 그리고 꾸준히 해왔느냐. 그러니 생의 굴곡만큼 뜻대로 되지 않는 시절에도 버겁게 작품을 이어 나가야 했다. 뭐든 쫓기듯 하고 싶지 않아 틀에 박힌 업을 갖지 않게 된 건데, 그야말로 틀이 없으니 종일 매달려도 이상할 게 없는 악독한 직업 형태가 되어버렸다.

어쨌건 이사네 뭐네 하며 그간 미뤄두었던 작업에 대한 갈증을 풀듯 요 며칠 광적으로 시나리오를 집필하며 새벽을 보내던 참이었다. 아무 때건 잠이 깨어버리면 애써 잠들려 하지 않고 책상에 앉는다. 때를 알 수 없는 조도에 시작해 새벽의 빛이 이는 시간까지, 창 너머 경관이 경이로울 만치 다가오는데도 해원은 그 속을 들여다볼 여유도 없이 상상 속 인물에 선을 그리고 색을 입힌다.

작품에 대한 집중과 헌신, 그러한 것들은 이처럼 정형화되지 않은 시간 속에서 만들어지곤 했고, 그렇게 쌓아가다 보면 어느 상황에 있건 스스로 충만한 사람이 되어 세상의 일원으로 남을 수 있었다. 볼썽 사납게 벌어진 하품. 푹 자도 좋으련만 침실로 향할 수 없었다. 뜬 눈으로 지켜보는 아침, 신경 쓰였다. 메시지 하나가 유독.

#규원

나만 아는 비밀스러운 이야기지만, 실은 공모전에서 연락이 올까 종일 휴대전화만 붙잡고 있는 중이다. 이번 주가 드디어 결과 발표. 조금 일찍 연락주면 좋으련만 하던 것이 하루씩 지나자 이젠 괜히 수상자에게 연락할 수 없는 협회의 이례적인 상황까지 떠올리게 된다. 아무리 늦어도 어젠 연락이 와야 마땅한데…… 여긴 뭐랄까 약간 괴짜 같은 구석이 있어 발표 당일 날 아침에 알려주기도 한다고. 물론 확실한 건 아니고 커뮤니티 사람들이 그랬다. 출품할 때 분명 상금부터 눈여겨 볼 만큼 원래 내 것인 양 자신 있게 도전했으면서도 왜 이렇게 모양 빠지게 조바심으로 시간을 축내고 있는지. 최근 누군가의 전화를 이토록 기다린 적이 있었나.

-띠링.

간결한 핸드폰 알람에 사료 소리를 들은 고양이 마냥 잽싸게 튀어 올라 핸드폰을 낚아챈다. 안녕하세요. 서 규원님. 이번 저의 공모전에서는커녕 동네 슈퍼에서 온 문자다.

"이 빌어먹을!"

그래도 결코 미워할 수 없는 마트 행사 문자. 소중해. 난 여기 마트를 참 좋아한다. 사장님이 좋으셔가지고. 아니 근데 아무리 그래도 오늘은 좀 아니지 않나? 지금 내가 간절히 원하는 건 이 행사 말고 다른 행사라고 좀 제발! 플리즈!

그동안 소규모 단체에서 진행한 공모전 상위권은 모두 내 차지였다. 소정의 상금이라는 정말 소정의 것들을 방울방울 모아 목을 적셨지만, 거창한 건은 이번이 처음이라 이에 관해서는 아는 바가 전혀 없다. 수상을 하면 무슨 말을 하는지, 어떤 절차로 연락이 오는지, 한 번도 겪지 못한 일이라. 문자로 오는가? 아무렴 전화겠지! 그렇담 며칠 전에 오는 거지, 온다면 무슨 말을 건네고. 어떤 어조로 계좌를 불러야 하지. 아니, 통장 사본을 보내라겠지 부르긴 뭘 불러. 흡. 민망해 주변을 둘러보며 피식거린다.

"어허! 속도 없이 방방 뛰면 되나……."

여하튼 잘 모른다. 그러면서도 상상만 하면 스윽 올라가는 입꼬리. 뭐 어때, 어차피 상상인데. 난 말야 이런 상상의 힘으로 작품을 이어온 사람이라고. 근데 내가… 상은 무슨 상……. 마음을 접지도 펴지도 않고 우왕좌왕하는 속내에 멀미가 날 지경이었다.

이렇게 묵묵히 삽질만 하는 나를 보며 주변에서는 가끔가다 연락이 와서는 한심스러운 눈초리를 보여주었다. 밑이 없는 독에 줄줄 흘려보내는 건 아니냐며, 당장에 국밥 한 그릇 값도 건네지 않는 것들이 안

쓰럽다며 돈도 안 되는 소릴 하고 간다.

하지만 내 입장에서는 그들의 생이 부럽지 않다는 사실. 내가 지금을 못 벗어나는 연유에는 그대의 평범함도 몫을 차지한다는 걸 왜 모르실까. 서로 개울만 다를 뿐, 수면 위로 빼꼼 머리만 내민 처지란 걸 아는데. 말 나온 김에 묻고 싶다. 당신은 세상 위대한 일들이 시작부터 반짝거렸을 거라고 믿는가. 그렇다고 나의 결과가 정해진 건 아니겠지만, 정해지지 않았으니 걸어갈 수 있는 거라고. 어떤 때는 밑이 없다 해도 부어야 할 물이 존재할지도 모른다. 독 밖으로 빠져나온 물들이 마른 땅을 적셔 푸릇푸릇한 풀과 꽃을 펼칠지도 모르니까.

"이게 범인이 알지 못하는 비범이라고!"

딱 여기까지다. 여기까지가 내가 믿는 나의 미신이자 용기.

작년으로 떠나 볼까나. 나를 호명해 주길 기다리던 12월 공모전의 포근한 밤. 빠질 것 같던 목이 뽀각, 꺾여버리기까지 한 것은 대상을 받겠다는 욕심 때문이 아니라, 우수상은 받겠지 했던 안일함 끝에 남은 건 빈손이었다는 사실. 순간 정말 드라마 속 음향효과처럼 두두-웅 북채 없이 머리통으로 들이받은 것 같은 느낌으로다가 골이 데엥 데엥 울려 퍼지는 중이었는데, 침대 옆 잔잔한 오르골이 쓸쓸히도 멜로디를 속삭이고 있었다.

발표일 무렵일수록 입을 굳게 다물어버리는 나의 전화기여. 녀석의 낯빛이 앞으로 내가 익숙해져야 하는 광경이 무엇인지 알려주고 있었다. 하지만 나는 아직 기대를 버리지 않았다. 인간은 절대 절망에는 적응 못 한다. 왜냐? 적응하고 싶지 않으니까!

"휴우, 통보 아직 안 갔을 거야. 나한테 연락 안 왔잖아?"

9시 59라는 숫자가 드디어 10으로 바뀌었다! 오! 이쯤이면 직원들이 출근해 전화를 돌리겠지? 나는 자리에서 일어나 주섬주섬 겉옷을 챙기기 시작했다. 안 되겠다. 이대론 도저히.

오늘도 나는 공원으로 도망친다. 갓 잠에서 깬 듯 멍한 상태로 개와 새들을 지나며 터덜터덜 입구에 도착했다. 탁한 잡념에서 나를 쉬게 해주던 숲과 어디서 들리는지 모를 새 소리를 지척에 두고서 벤치에 철푸덕 앉는다. 미관상 주기적으로 바꿔 심어놓은 색색의 꽃들이 오늘따라 아주 먼발치의 안개처럼 몽환적이게만 느껴진다.

두 손으로 머리를 움켜쥔 나는 다급히 휴대전화를 꺼냈다. 다른 방도가 없었다. 지금은 그저 나처럼 외로이 떨고 있는 이들을 만나고 싶을 뿐이다. 무언가 홀린 듯 터치. 곧장 커뮤니티로 들어간다.

-결과 발표 났네요?

"뭣이라?!"

게시물 제목을 확인하고서 튕기듯 벌떡 일어났다. 헙! 재빨리 링크를 눌러 결과발표 창으로 빨려 들어간다. 이동하는 찰나 불필요한 동작이란 없었다. 전파에 방해될까 숨도 쉬지 않았다. 나는 우두커니 그 자리에 있었다.

"어! 규원아!"

애는 왜 연결음이 시작되기도 전에 받아버린대. 내 전화가 뭐라고.

"저기…… 결과 발표 났어요. 나, 떨어졌어."

푹 꺼진 얼굴로 최대한 담담해 보려고 한다. 나의 좌절이 이 사람의 시작까지 끌어 내릴 수 있으니 말이다.

"어……. 났어요? 발표?"

그 잠깐 사이 그가 놀라줘서 내심 고마웠다. 내 남자의 목소리를 이렇게 쓰고 싶진 않았는데, 여러모로 안타깝네.

낮은 음색, 차분한 말의 속도. 연인을 선택할 수 있다면 수화기 너머로 상대의 목소리를 잠자코 들어보라고 했다. 얼마나 오래 들을 수 있는 음성인지 가늠해 보라는 의미로다가. 그는 가만 듣고 있어도 내내 편안해지는 목소리였다. 어쨌든 그는 내게 그렇다.

─솔직히 난 너 걱정 안 해. 규원이 영화 참 잘 만들거든. 준비된 사람에게 기회가 찾아오지만 시점은 제각기 다른 법이니까. 그러니 나는 너 믿어. 아니, 내 안목을 믿어.

내게 힘이 돼주었던 목소리에게 언제 한 번 그 힘을 다시 건네주려나. 사랑스러운 연인을 떠올리자 절망감에 눈꺼풀이 깊게 잠긴다.

"어디야? 지금?"

"공원."

"보통 낮에 가지 않아?"

"뭐, 집중도 안 되고 그래서, 일찍 왔어!"

"아……, 그래?"

밝은 척하는 나에게 기헌은 무슨 말을 건네야 할지 눈치를 살피는 것 같다. 쳇, 바보! 한두 번도 아니면서 새삼스레 왜 그러냐.

염려스러웠다. 나의 아주 가까운 사람들이 차차 그래 왔던 것처럼, 그 역시도 나의 실패에 적응하는 중이 아닐까. 잦은 실패가 곧 나라는 그림이 되어선 안 되는데. 욕심일까.

"이제 들어가려구."

"산책은 다 했고?"

"아니, 어… 뭐, 응응. 너두 잘 들어가."

"어딜 들어가."

"이제 그만 일하러 가라구요! 으허헝. 미안해! 바쁠 텐데 끊을게. 어쨌든 뭐……! 그랬다고 난! 어찌 됐건 결과는 알려줘야 할 것 같아서. 수고해요!"

"아니야!"

"어?!"

"나 사무실에서 나왔어. 지금 복도야."

"복도는 뭐, 회사 아니야? 들어가. 사실 나 지금 별로 할 말이 없네. 히히."

정적 사이를 때우듯 웃어본다. 별 뜻 없다구. 정말.

"거기서 오 분이면 집인데, 가는 동안만이라도 잠깐 통화하자."

"지금…… 통화할 수 있는 상황이야?"

"그럼."

기헌의 나지막한 음성을 듣고 있자니 돌연 응석을 피우고 싶어졌다. 너가 이러니 난 어디서도 숨기던 꼴을 보이고야 말잖아. 세상도 당신처럼 부디 낮은 허들로 나를 넘겨주었으면, 얼마나 좋을까?

"생각해 봐, 이상했거든. 어제 운세에서도 꼭 붙는다 그랬단 말이지. 맞잖아? 너두 봤지! 내가 캡처 해준 거. 기억나?"

"그러게."

그답지 않게 성의가 없다. 모든 감정을 끌어올려 날 받아준대도 내가 맹신하는 일일 운세에 관해서는 꽤나 단호한 입장. 순간 민망해진 바람에 가는 숨이 툭 하고 멈추었다. 집안에 기쁨을 몰고 온다는 제비는 결국 다른 지붕으로 가버렸나. 아님 지붕이 없어 그러나. 창문이라도 열어 놓을 것을 그랬다.

통화를 마치고 들어온 나는 화장실로 달려가 수도 레버를 바짝 올린 채 세수를 시작했다. 눈에서 물이 떨어질 타이밍에 잔뜩 끼었어버리기. 하루 세 번 양치질 할 때마다 목이 뜯어져라 퀙퀙 거리는 옆집 할아버지 때문에 집중이 깨어진 적이 한두 번이 아니었지! 이 영감탱이! 가뜩이나 못마땅했는데 참는 데엔 한계가 있다고!

평소와 달리 수선을 떨며 거대한 소음을 만들어내기 시작했다. 정신이 미쳐버린 거라면 지금이라도 늦지 않았다고! 서규원! 방향을 틀어 버려! 푸욱-! 받아둔 물속으로 얼굴을 집어넣는다. 속에서 번쩍 뜬 눈. 희뿌연 시야. 그래. 이게 바로 지금 네 앞길이야, 규원아?

"파-아!"

스스로 뿜어내는 매몰찬 말을 더는 감당할 수 없어 곧바로 얼굴을 꺼내버렸다. 턱선을 따라 가슴으로 쉴 새 없이 내려가는 물줄기들. 기분 나쁘게 흩어지는 선명한 움직임을 손으로 꾹꾹 누르며 바로 없애버렸다. 젖은 바닥에 털썩 주저앉는다.

어느 한 뮤지션이 공연을 앞두고 몇 주 내내 쪽잠밖에 자지 못했다며, 땀으로 얼룩진 얼굴 한가득 미소 짓던 장면이 아직도 눈에 선하다. 그래도 행복하다는 말을 숨처럼 내뱉으면서.

-한 번의 인생을 살며 저를 이토록 행복하게 만들어주는 직업을 가졌다는 것만으로도 큰 행운이죠. 안 그래요? 그렇게 살기 쉽지 않잖아요.

"맞아요⋯⋯, 그렇게 살지 않아요, 난."

한껏 몰아친 일을 마치고 퇴근한 날. 조용한 집이 싫어 가방도 내려놓지 않은 채 TV부터 켜는 게 습관이었지만, 나는 그때가 꼭 운명 같았다.

새빨갛게 붉은 피가 든 병의 마개는 꾹 잠가놓고서, 뱅글뱅글 컨베이어 벨트 위로 다가오는 무채색 도시락을 배급받으며, 씹고, 삼키고, 배출하는 내게 주는 일종의 경고, 운명의 지령. 화면은 그 뒤로 줄곧 바뀌었지만, 나만 얼빠진 채로 방금 지나간 뮤지션의 한 마디만 내내 곱씹었다. 안 그래요? 그렇게 살기 쉽지 않잖아요.

언제나 번뜩이는 아이디어를 쏟아내도 그대로 직속 상사 몫으로, 회사의 브랜드로 시간이 지나도 척척척, 잔잔한 흙이 되어 아래로 묻혀들어가는 것에서 나의 지인은 지나친 공허를 느꼈었다.

"분명, 이 공간에서 참으로 살았던 것 같은데, 어쩜 내 게 하나도 없냐."

고개를 끄덕이면서도 내 것? 풋. 그게 뭐라고, 월급만 챙겨 가면 되지. 아직도 꿈이란 걸 꾸는 언니가 그래도 등 따신 사람이라고 여겼었다.

그 뒤로 수년이 지나 나는 같은 꼴이 되었다. 얼마 안 가 회사는 기울어졌고, 때마침 사장은 돈을 들고 훨훨 날아 물 좋은 곳으로 도주해 버렸으니까. 그래도 완벽히 날랐다기에는 애매할 정도로 대략의 돈은 챙겨주었는데, 어찌 됐건 받을 돈을 다 받진 못했으니, 찝찝한 마음으로 시간을 축내야만 했다.

그래. 사장아. 너는 그런 정신으로도 나보다 잘 살아가겠지. 조만간 좋은 때에 펼칠 재출발을 꿈꾸며 말이야. 네가 이룬 부는 누군가에게 마땅히 주어야 할 몫을 회피하고, 떼어내고, 무법마냥 얻어낸, 네 것 아닌 네 것이겠지. 그러고서도 아무렇지 않았으니 넌 도망칠 수 있었던 거야. 어딘가 한적한 곳에 짱 박혀 운이 따라 주지 않았으니 하며 목구멍으로 한 잔 털어내면 그만인 일. 어떻게 아냐고? 원래 그래. 남의 마음에 상처 줄 수 있는 기생충은 대충 그렇게 살거든.

하루아침에 직장을 잃게 되는 상황이란 한 사람의 생계를 뒤흔들

만한 일이었지만, 사회에서는 그리 대단한 게 아닌 듯싶었다. 숙인 고개로 가슴을 내려다보는데 말이 사라졌다. 이렇게 뻥 뚫린 심장으로 또다시 직장을 구하러 나서야 한다고?

"어른의 상처쯤은 아무도 돌봐주지 않는 건가?"

커뮤니티. 처음엔 저 사람들이 인터넷상에 왜 모여 있는지 도무지 이해할 수 없었다. 대체 한심스럽게 저런 건 왜 하는 거야들? 이방인의 이름표로 주위를 맴돌았다. 하지만 본격적으로 이곳 생활을 시작하게 된 건 숨이 막혀 죽을 것 같던 어느 날이었다. 주변 아무에게도 닿지 않는 편지를 쓰고 싶던 날, 아주 자연스럽게 합류하게 된 것이다. 그때야 알았다. 여기 있는 사람들은 모두 답답한 사람들이다. 속이 답답해 모여 버린 것이다. 흘려버려도 아무렇지 않을 말들을 하는 것 같아 보이지만 겹겹이 포장된 마음 저변에는, 이제야 내게 투명하게 비춰 보이는 것은, 그들이 품고 있는 실낱같은 소망이었다.

물이 뚝뚝 떨어지는 얼굴로 핸드폰을 움켜쥐었다. 젖은 손이라 화면 터치가 제대로 되지 않자 수건걸이의 타월을 신경질적으로 잡아당기며 겉면을 슥슥 닦았다. 좌변기 뚜껑을 내리고 그 위로 털썩 앉아 본격적으로 공식 홈페이지로 들어가 본다. 다시 봐도 내 이름은 수상자 명단에 없다.

"리얼이야? 정말?"

젖은 손으로 머리를 쓸어 올리며 눈을 감는다. 지금 내게 떠오르는

다각적인 질문들을 누군가 꼬집어 묻는다면, 나는 결코 아무 대답도 들려줄 수 없을 테다.

홈페이지에 머문 시간은 그리 길지 않았다. 곧장 커뮤니티로 향한다. 새로 고침을 누를 때마다 연신 새로운 게시글들이 추가되고 있다. 조금 전 발표가 나며 전국의 슬픈 영화쟁이들이 앞다투어 쏟아내는 중이다. 체면치레라 할 건 없지만, 비속어까지 섞어가며 격 떨어지게 오열하는 모습을 발견하자, 열렬히도 그들과 동종 부류가 되고 싶지 않았다. 하지만 그럼에도 오늘 난 이 공간을 쉽게 빠져나올 수 없을 것 같았다. 이중 붙은 사람이라고는 있을까. 오우, 그럴 리가. 그렇게 아무에게도 들을 수 없는 진솔한 수상 후기를 제쳐놓고서 쓸데없이 결속력만 높여가며 서로 위안이 되는 우리였다. 잠시나마 내가 머문 곳이 낙오자의 회동임을 확인하며, 또 한 번 절망을 감출 수 없었다.

"왜 그러냐, 너네들 진짜……."

그러나 같은 높이에서 보이는 그들은 전과 다른 것 같았다. 영화를 즐겨 본 사람, 쉼을 모르고 작품을 제작해 온 사람, 현장 작업에 있어 무엇보다 진심인 사람, 영화와 스토리를 더 없이 사랑하는 사람. 쿵 쿵 쿵.

발표는 났지만 아직도 평정을 찾지 못했다. 별다른 감정도 없는 무색무취의 매일이라고만 여겼는데, 지금 이 충격이 가져다준 절망이란 또 다른 결의 무감각이었다. 그리고 보면 어제는 참 우스운 날이었다.

#

-띠링.

문자 메시지에 물 마시던 도중 잽싸게 달려갔다.

"그래……, 요즘엔 슈퍼도 쉬운 일이 아니지."

매일 때맞춰 보내오는 동네마트들의 불붙은 마케팅 전쟁. 이젠 그들의 노고 또한 대수롭지 않아 보인다. 고된 만큼 세상이 보이는 걸까. 확신 없어도 최선을 다해보려는 노력을 미약하게나마 짐작할 수 있다. 이른 아침부터 받은 마트 문자만 해도 벌써 세 개째.

"쉬운 게 없네, 쉬운 게."

느슨하게 폰을 쥐고서 이불 위로 벌러덩 누워버린다. 전원 버튼을 누르려다 멈칫, 이번 주 운세로 손이 간다.

당신의 노력에 하늘도 탄복한 것일까요? 그동안 소득 없이 쏟아붓던 일에 대한 결과가 보입니다. 즐거운 소식을 물어다 줄 제비가 당신에게로 기쁘게 향하는 중입니다. 묵묵히 노력을 다했기에 시샘 받을 일도 없을 겁니다.

처절한 비극은 여기서부터 시작된 거다. 것 봐, 대체 누가 나에게 돌을 던질 수 있겠어. 내가 말도 안 되는 꿈을 꾸고 기대를 품으며 밑도 끝도 없이 오만을 품었던 것도 다 여기부터겠지? 뭐? 즐거운 소식을 물어다 줄 제비? 방은 어둡다. 끔뻑끔뻑 맥없이 움직이는 눈꺼풀 사이로 회색 천장이 보였다 말았다 한다.

"분명 온 우주가 도와주는 느낌이었는데⋯⋯."

품었던 기대가 오로지 나만 알고 있던 환각이었던 것처럼, 홀연히 머물다 사라진 신기루 앞에서 떠나지 못하는 한 사람이 있다.

–요즘은 보통이 아니야, 산다는 게.

무더운 날, 슈퍼 앞 평상에 앉아 살얼음 낀 식혜를 마시던 양치질 할 아버지는 목에 걸친 수건으로 연신 땀을 닦아냈다. 마침 그 앞을 지나던 나는 헤드폰 사이로 그 말을 들어버리고선 반복해 걸음마다 짓눌렀다.

정말 과거에 비해 많은 것들이 어려워졌을까. 시대마다 존재했던 경 이로운 천재성에 해당 사항이 없어 부리는 한탄일까. 지금 내가 멀리 해야 할 나약의 언어, 합리화를 구걸하기 위한 방패를 두고서 자꾸만 멈추게 된다. 스스로 인정할 만한 작은 성공도 누리지 못한 이는 누군 가 속엣말을 대신해 주는 양 싶으면 덜컥 여지를 줘버리기도 하니까.

지난 한 달간 불안에 휩싸였다. 무관의 결과에서 절망할 내가 너무 나도 선명히도 보여서. 하지만 나름 괜찮았다. 생각보다 눈물이 나지 않았으니까. 결과가 마땅찮다면 정말 무슨 맘을 품을지 몰라 미리 속 을 다져둘 정도였는데. 아무도 없는 집, 볼 사람 어느 하나 없는데도 눈물 한 방울 없이 무사히 파도를 지나는 중이었다.

"보기보다 너⋯⋯ 아주 용맹한 아이로구나?"

또다시 커뮤니티로 향한다.

"어제부터 끊으려 했는데, 썅! 상 받고."

아쉽게 입맛을 다신다. 기대에 찬 어제와 달리 달라진 게 없는 일상. 패드에 손을 얹은 채로 가지각색의 푸념을 읽어가고 있다.

품어온 마음에 비례해 절절한 분노가 이글거리는 공간. 비리가 있네, 한심스러운 영화사다, 요즘 같은 시대에 뒷배가 얼마나 중요한 줄 아냐, 심사위원이 대체 누군데, 같은 학교 출신 아니냐? 근데 쟤가 뭔데 심사를 봐? 하나 떴다 이거지. 배달될 곳을 잃은 택배 상자들이 새로 고침을 할 때마다 턱턱 소리를 내며 쌓여가고 있다.

"대목은 대목이네."

코를 파며 화면을 쭉 내려 보았다. 어디를 향해 돌팔매질하는지 효용 없는 일에 매진하는 사람들. 결과를 쉬이 인정할 수 없다는 자부심으로 꽉 찬 인간들, 꼴 보기 싫은 군상들이지. 나는 어디에 있나. 나도 이 속에 있네. 언제 한번 참여하지 않았지만 열심히 건너보았고, 옮겨진 하소연들이 나 같아 보였으면서도 대중의 모양새를 하고서 뱉고, 뱉고, 뱉어낸 말들이 어느새 부메랑처럼 메아리쳐 내내 나의 가슴을 저리게 만들었다.

나보다 많은 도전을 하고 낙하한 사람들. 그들은 어떻게 몇 번씩이나 타들어 가면서도 여적 숨이 붙어 있단 말인가. 난 기껏해야 두 손에 꼽을 정도인데. 그래도 마음 같아서는 오늘 정말 개처럼 울어버리고 싶다. 울음의 굴곡이 산등성이를 넘어 되돌아올 때까지 서럽게 윙윙 짖고만 싶었다.

목표가 생기면 지난 고생쯤은 기억에서 소멸하고, 그러다 보면 저

만치 앞서 걷고 있는 내 나이를 만나게 된다. 나는 또 얼마나, 멀찍이 떨어진 꿈을 향해 떠나는 걸까. 하지만 나만큼이나 암담한 사람들이 지금쯤 마르지 않은 눈으로 다음 계획을 세우고 있을 것이다.

"인간의 정신력이란…… 실로 대단하지요?"

끓고 있는 피. 피는 교체를 꿈꿔본 적이 없다. 순수하게 본디 태어난 대로, 좋아하는 것을 좋아하라는 사명대로 사는 것이 곧 운명이라지.

오늘은 이상하게도 중심축 없어 보이는 무리에게 조소를 보낼 수 없다. 유희적으로 받아들이는 현실, 진지함 하나 없어 보이는 비아냥들, 몇 번을 맞아도 아무것도 모르는 나사 빠진 동네 바보들처럼 희희낙락해 보여도 열심히들 무표정들이겠지. 이 바보들아. 계절을 못 느끼고 후일을 기약하고도 아쉬운 줄 모르고 살아야 한다고, 이 부족한 것들아. 생계로 감독을 한다고? 그게 어디 가당키나 한 일인 줄 알어? 이 분수를 모르는 것들아! 거울을 보고 말했다.

#해원

해원은 서재를 둘러보다 가장 마음에 드는 공간으로 다가간다. 이사와 함께 마련한 선반. 원래라면 합판으로 칸칸이 나눠놓은 오래된 책꽂이를 그대로 데려올 참이었는데, 가구를 들어내고 나니 벽면은 물론이고, 뒤판이 곰팡이로 엉망이 돼 있는 게 아닌가. 하긴, 저렴한 녀석을 이곳저곳 옮기고 다니긴 했으니까. 세월이 실감이 났다.

태어나 처음으로 가구점에 들러 공간에 맞춘 짜임새 있는 가구를 구경했다. 다양한 품종의 나무들이 목수의 감각에 따라 독특한 모습으로 조명돼 품위 있게 제 몫의 자리를 차지하고 있었다. 서재에 놓을 가구 하나 보려는데 어느새 매장 분위기에 압도되어서는 뚝뚝 끊기는 발길로 자꾸만 멈춰 서는 게 아닌가. 하지만 아크릴판에 꽂혀있는 보고도 믿을 수 없는 가격을 보며 서툰 미소로 걸음을 뗄 수 있었다.

"원목과 철재로 디자인된 고급 선반?"

하나를 응시하자 곧바로 점원이 따라붙으며 설명을 이어 나간다.

"나무를 선택하셔야 해요."

이런, 나무 선택이라니. 그녀는 생각지 못한 물음에 난감해졌지만, 태연한 듯 질문을 이어가다 보니 유독 끌리는 하나를 골라낼 수 있었다. 이 소재는 멀바우라고 해요. 멀바우? 이름 웃기네. 하지만 잠깐 머무는 웃음기도 사라질 만큼 녀석의 특징은 귀 기울일만했다.

"원목도 저마다 색감과 무게, 질감과 유연성 같은 특징들이 상이하거든요. 멀바우는 특히나 내구성이 눈여겨볼 만해요. 온도, 습도에 따라 수축, 팽창이 적은 건 물론이고요, 모든 충해에 강하다는 것 또한 특징입니다."

단연코 해원의 관심을 끄는 것은 상황과 환경에 쉽게 변형이 일어나지 않는다는 부분.

"다만 작업하기엔 가시가 많다고 느껴질 만큼 결이 다소 거칠어요. 전문가의 손길이 꼭 필요하죠."

해원은 코팅된 가구의 표면을 매만졌다. 은은한 암갈색의 결을 따라 어딘가는 완벽한 갈색, 또 어딘가는 흑색, 그러다 모서리 어느 틈에는 어두운 오렌지빛을 띠고 있었다.

다행히 고마운 부분은 이 가구가 여기에서는 제법 하위 가격대에 자리한다는 것이다. 그럼에도 그녀가 잡아놓은 예산에서는 한참 위지만 말이다. 동일 제품을 전국 최저가로 샀다는 보장은 없다. 하지만 비교하고 싶지 않았다. 집에 돌아가서도 굳이 검색해 보지 않으면 좋겠다. 집착에 가까운 서치를 하지 않은 적은 이번이 처음 아닌가. 결제를 마치자 속 깊이 무언가 울컥 올라오더니 흥분되기까지 한다. 이래서 인테리어를 즐기는 사람이 있는 건가? 에라, 모르겠다. 다른 것도 장만하고 싶었다. 집 평수는 생각지도 않고 죄다 쓸어 놓고만 싶었다. 취향이 없는 줄 알았는데 마음 가는 게 무언지 비로소 깨달았다.

그녀는 거대한 층고에 압도되어 웅장한 산맥의 능선을 살피듯 둘러보게 되었다. 경험하지 못해 누리지 못하는 것들이 얼마나 많을까. 그러한 사실을 자각하자, 다음 작품에 박차를 가해야겠다는 열성까지 생겨난다. 생전 느껴볼 수 없던 소비 후의 두근거림을 만끽하며 해원은 힘겹게 발을 돌렸다.

그때 그 대단한 가구점에 있던 녀석이 이젠 그녀의 집, 그것도 해원이 가장 심혈을 기울인 공간에 있다. 특별한 일이 없어도 들어와 멀찍이서 바라보다 다가가 살펴본다. 몸을 웅크려 아래 칸까지 보자 이제야 제법 제대로 된 인사를 한 것 같다.

앉은 자세에서 구석으로 팔을 뻗었다. 지금 보면 다소 민망해질 법한 이십 대의 습작. 나름 관리한다고 했는데도 시나리오 위엔 또다시 먼지가 진득이 앉아서는, 닦아도 닦여지지 않는 빛바랜 종이가 되었다. 세상에 나만 한 작품은 없을 거라며 힘을 다했던 시절. 괜찮다 싶던 것도 민망한 웃음으로 번진다. 대사가 이게 뭐야, 그땐 이런 감성이었으려나.

각본은 어떻고 영상은 어떤 건지 배우고 싶어 푼푼이 모아 도착한 아카데미. 전공 학과를 나오지 못해 뒤늦게 기초부터 코스를 밟아가며 미약한 꿈을 키워나갈 무렵이었다. 그러나 아니나 다를까, 거기서 만난 동료들마저 무리 지어서는 유학이라는 선택지를 택해버렸다. 집으로 돌아온 해원은 작은 방에 앉아 물음을 던진다.

예술은 무엇이고 잘 찍는 사람이란 도대체 뭘까. 배움이 어느 정도 되었다 생각했는데, 더 깊이 배우려는 이들을 보니 괜스레 잡생각이 많아진다. 그럼에도 불구하고 해원은 잠깐 사이 또 스토리가 될 게 없나, 주변을 눈으로 찍어가며 소재를 떠올리고 있었다. 살며 부러운 것이 생기게 되면 그만큼 악착같아지라고, 그녀는 그녀만의 방식으로 더 쓰고, 자주 그려내다, 제법 찍게 되었다.

해원은 단지 알지 못하는 어느 한 사람의 메시지 때문에 희미해질 법한 습작의 시절을 떠올리고는 가볍게 넘기지 못하고 있었다. 그때만 해도 차마 뒤를 돌아볼 여유가 없어 자꾸만 교차하는 매일이라고만 여겨졌는데, 시간이 벌써 이렇게 돼 버렸다. 안개처럼 사라진 세월, 한 편으론 긴 현재 같기도 했다.

차분하지만 울부짖는 듯한 그녀의 메시지는 솔직한 말로 전부 이질감 없이 해원에게로 스며들어왔다. 지금 와 생각해 보면 해원 역시도 '어디 근본도 없는 게'라는 말끝에 놓여있던 인물 중 하나다. 그래서 뭐, 정답이 뭔데? 해원에게 쥐어진 유일한 방패는 묵묵히 제작하는 것이었다. 해원은 어릴 적부터 프레임에 담아낼 법한 컷들을 모아 스토리를 구상하는 것에 몹시 흥미가 있었다.

어쩜 모든 사람의 인생이 영화일 수도. 세상은 인구수만큼의 영화가 실시간으로 펼쳐지는 공간일 지도 모르겠다고. 그러니 지나가는 사람들을 관찰하는 순간 역시도 해원의 심장엔 불씨가 작동하고 있었다. 시선이 곧 영감, 무엇이 담겨야 대중을 집중하게 할까. 무엇보다 영화란 혼자 만드는 것이 아니기에 더욱 간절했다. 해원은 이 일을 하면 할수록 더욱 깊은 물음에 잠기는 것 같았다.

그리고 삼십 대 중반이 되자, 떠난 친구들이 하나둘씩 돌아오기 시작했다. 드디어 그날이 오긴 오는구나. 반가움도 잠시, 떠난 시간만큼 친구들은 친밀해서 돌아오고, 해원은 그들 사이에서 배려는 있지만 겉도는 대화를 하고 있음을 느끼게 되었다.

자신의 일화를 쏟아내길 좋아하는 곽은 말하기 바빴다. 그곳에서 우연히 초대를 받았는데, 알고 보니 그 친구 아버지가 유명한 영화감독이었다고. 그러다 보니 자연스레 동석하게 된 이들 또한 이름만 대면 알 수 있는 프로덕션 사장과 메인 스태프들이었다고 한다. 그날의 감격을 다시금 떠올리는 듯 곽은 한껏 들뜨기 시작했고, 그런 자리라면 다음에 불러달라며 서로 엉겨 붙어 차례차례 번진 웃음들로 가득 찬 식탁이었다.

해원을 쓴웃음 짓게 만든 건 그뿐만이 아니었다. 그녀는 인지하지 못한 해외 작은 영화제들을 거론하며 수상까지 했다는 게 아닌가. 믿지 못할 쾌거까지. 그들 이름 옆에 추가로 채워 넣을 한 줄이 생겼다는 사실에, 해원은 도무지 목이 까끌거려 음식이라고는 넘길 수 없었다. 버티는 호기만으로는 해결되지 않는 무거운 심정, 그러나 환경 차이를 냉큼 순응해 버리고 싶지 않았다. 안될 이유를 깊이 새긴다면 머물 이유를 설명할 수 없기 때문이다. 비틀거리는 정신으로 돌아온 그녀는 어두운 방에서 영화를 틀었다.

"뭐가 그리들 좋으신지."

옷을 하나하나 벗을수록 볼멘소리가 진해진다. 평소답지 않은 불평. 대중 영화를 이끌어가는 트렌드라고 하는 것은 하필 해원의 취향이 아니었다.

"아! 그럼 안 된다고, 해원아."

쿠션으로 등 기울기를 조절하다 빼버리고 벌러덩 누워버린다.

"그럼 난…… 대중이 아닌 건가."

답답한지 머리를 마구 문지른다.

"예술은 그런 거지, 남에게 열심히 취향인 것이, 나에겐 열렬히 취향이 아닐 수 있는…… 그것."

방구석 영화관에 상영 중인 감독의 이력을 찾아보았다. 나무 위키에 친절하게 그려져 있는 감독의 생애.

"나도 유명해지면 이렇게……."

잔잔한 글이 빼곡히도 박혀있는데 누군지, 어지간히 팬인 것 같다.

"내 것도 써주는 날이 오려나."

읽어도 읽어도 끝이 없는 내용. 어릴 적부터 스웨덴, 스페인, 터키 등 세계 각지를 주기적으로 여행하며 살아온 감독이었다.

"그래서 더 독특했던 거구나."

해당 감독의 작품에선 특유의 기백이 풍겨왔다. 어디로 튈지 모르는데도 결국엔 유쾌하게 풀어내는 전개. 작품은 감독의 생애를 닮는다고. 순간 잘 알지 못하는 이에게서 경외심이 느껴졌다. 서른을 넘어서자 알 수 없는 불안으로 격차가 무엇인지 사뭇 실감하게 된다. 많이 보고, 다양하게 익히며, 우습고 진지한 일들을 무한대로 경험해 본 이들의 시야에 관해서.

낙심한 손길로 얼굴을 비비며 정지버튼을 누른다. 일시 정지된 화면을 물끄러미 바라보다, 그만 TV 전원을 꺼버렸다. 일어나 맥주 한 캔을 꺼내오더니 장식장 조명을 켠다. 캔 마개를 기울이자 스-윽 탁! 시원하게 열린 구멍 사이로 산뜻한 향이 번져온다. 뿜어져 나오는 차가운 거품을 급하게 들이키자 상쾌한 신맛과 고소한 향, 입안 가득 퍼져가는 곡물의 풍미가 갓 휴양지에 도착한 것처럼 오늘은 그만 쉬어도 좋다고 외치는 것 같았다. 부드러운 조명에 흐리게 뜬 눈.

"에이…… 아무것도 모르겠구~ 난 몰라~ 잠이나 잘란다. 에휴."

목구멍으로 시원하게 감겨 들어가는 맥주를 삼키며 등을 기댄다.

"하아……."

품었던 기원이 빗나가면 점차 떠오르는 자조 섞인 느낌 반쯤은 누군가에 대한 시기일 것이고, 나머지 반은 무능에 대한 자각일 테다. 이럴 때마다 해원이 느꼈던 가장 비극적인 느낌은 자신과 대중이 멀어지고 있다는 두려움, 쉬이 넘길 수 없는 비애감이었다.

"난 무지 겁나고 있어."

그날 밤, 바닥에서 꼬박 잠들어버린 해원은 불편한 자세로 새벽을 맞이하게 되었다. 이른 시각 잠이 깬 게 무색할 정도로 몇 시간째 눈만 껌뻑이고 있는 그녀. 어두운 방, 창문 하나로 보이는 사람들의 바쁜 걸음새. 오늘 세상에 무엇이 펼쳐질지는 예측할 수 없지만, 적어도 이 방에서 벌어질 자신의 하루쯤은 알 것만 같다.

"밤엔 비가 왔을 거야."

습한 기운이 가득하다.

"하루 콱 쉬어버릴까."

해원은 기운 없는 몸을 뒤척이다 반대로 방향을 바꾸어 누웠다.

"비 오는 날을 쉬이 믿으면 안 되는데."

역시나, 말 끝나기가 무섭게 조도가 급격히 변하고 있다. 창문 너머로 옅은 햇살이 넘어온다.

"이 봐."

해원은 돌아누웠지만 바깥의 변화를 주시하고 있다. 눈앞에 환하던 벽지가 다시금 어두워진다.

"날씨 한번 참 지랄 맞고요."

수도 줄을 쥐고 있는 하늘의 신이 누군가와 다투고 있는 게 분명하다. 꼭 미치광이처럼 왔다 갔다 하는 게 휘말리고 싶지 않아도 휘둘리고 있는 걸로 보였다.

"날씨도 이 정돈데, 나라고 왔다 갔다 하지 않겠어?"

듣고 싶지 않아도 들리는 주변의 이러저러한 성공담들이 계속해 편두통에 먹이를 주고 있었다. 못난 마음이었다.

"별수 없지. 견뎌야. 당연히."

허리를 빳빳이 펴고 앉는다.

"당연히."

일어나 한 칸짜리 방을 가로질러 나간다. 어느새 동네 한 바퀴를 걷게 된 해원은 공원의 낙엽을 쓸고 있는 노인을 발견했다. 바닥에 결을 만들어 가듯 빈틈없어 보이는 비질. 푹 눌러쓴 남색 모자 사이로 노인의 잿빛 머리칼이 투박하게 삐져나왔다.

–다들 열심히 일을 한다. 할아버지는 봄엔 벚꽃잎을 쓸고, 가을엔 느티나무 낙엽을 쓴다. 그리고 나는 노동인지 뭔지 모를 것을 한다.

해원은 노인에게 대뜸 말을 걸었다.

"힘드시겠어요. 계절마다 비질하신다고요."

노인은 슬며시 웃다 잠깐 멈추고, 먹구름 낀 하늘을 바라보았다.

"그래도 시절을 탓할 수가 있나요."

만면에 띤 웃음으로 멈춘 비질을 다시 시작한다. 자신감만큼은 잃지 않았었는데, 해원은 이젠 수시로 자신이 없다. 낡지도 않았는데 가라앉았다. 이러저러한 말 못 할 상황들로 엎어진 촬영만 해도 벌써 몇 번째인가.

"난 아직 닳지 않았단 말이야. 그러니 너무 상처 주지 마."

해원은 과연 자신 앞에 원더랜드란 있을까 문득 질문하고 싶어졌다.

–아무 감정 없이 매일 써 내려가라. 넌 아직 부족한 사람이니까.

해원이 하고 있는 노력이라고는 자신에 대한 요행의 씨를 뿌리지 않는 것이다. 포기하지 않기 위해 가장 낮은 곳에서 다져보는 마음. 불필요한 기대에 엮이지 않도록 찬찬히 그리고 잔잔히. 그것이 조급함을 누그러뜨리기 위한 임시적 조치일지라도 분명한 건, 미래를 위한 과정이라는 것이다. 매일 하루가 시작된다는 게 얼마나 찬란한 일인데, 새 아침에 감사하지 못하고 여윈 일상을 만들어 버리고 있나. 집으로 가는 길, 해원은 공원 건너편에 보이는 화려한 영화제 전용 건물을 피해 더 먼 길로 돌아서 간다.

#규원

심사위원들은 대체 뭘 보고 싶은 거지? 나에게 말해 줄 순 없을까. 내 작품이 무엇이 문제인지.

–네. 작품이 정말 문제네요. 뭐라 말할 것도 없이.

그런 말?

–좋긴 한데요, 이번 저희가 추구하는 콘셉트하고는…….

아님 이런 말?

것도 아니라면 이미 내정된 사람이 있는 거지. 그리고 나는 그 아래서 단단히 받쳐주는 중인 거고. 맞아, 이래야 적당하지. 그래야 내 것이 멀쩡하다는 결과가 도출되니까. 하지만 발칵 뒤집어질 만한 얘기가 숨어있다 해도 먼저 선수 쳐 이따위 셈을 하고 싶진 않았다. 구차하게도.

"사람은 인정받지 못하면 끝없는 생각을 하게 되고, 구석구석 음울해지는 거야."

자신을 주인공이라고 여기는 커뮤니티 속 사람들처럼 이해할 수 없는 말을 하고, 포기해야 할 시점도 모른 채 봉지째 싸여가는 거지. 어느 분야건 타인과 같아지지 않는 게 중요하다 했는데, 몽땅 담고 팔아도 전혀 문제 될 게 없는 그런 떨이에 껴있는 것 같다. 지금 내가.

"Somewhere…… over the rainbow……."

방안에 들어온 화려한 빛줄기. 눈부신 끝자락에서 사락, 무지개가 피기 시작한다.

"신기하단 말이지."

분할되지 않고도 다른 색으로 번져가는 오묘한 경계. 무지갠 어디이고 무지개 너머는 또 어디일까. 커뮤니티 속 주인공들은 일체가 도드라지고 기묘해 보였지만, 정작 우리가 커피 한잔할 기회로 서로 마주할 상황이 온다면, 나는 그 누구도 찾지 못하고 헤매겠지. 내 앞에 푹 모자를 눌러쓰고 걸어오는 당신? 그게 아니면 앞의 사람이 떨어뜨린 책을 몸에 밴 매너로 주워준 당신? 것도 아니라면……

주인공들아. 당신들은 어떻게 삽니까. 대체 어디서 살고 있습니까. 켜켜이 쌓아둔 마음을 어찌 그리도 잘 숨기고 있나요. 나는 결코 주인공을 찾지 못할 것이다. 세상 어디에 있어도 아무렇지 않을 지극한 평범함 때문에.

#

두 번의 버스 환승 그리고 도보 십여 분. 그곳에 친조카가 산다.

"어? 왔어? 잘 왔네."

나에게 하나 있는 새언니는 항상 내가 놀러 가면 "잘 왔네." 말부터 건넨다. 날 반가워하는 말이라니. 어릴 적부터 줄곧 봐오던 새언니는 서로 막역한 사이라 오빠가 없어도 어두운 안색으로 자주 방문할 수 있는 곳이었다.

조카는 내게 무언가 기대하는 눈치로 슬금슬금 걸어왔고, 나는 등 뒤에 숨겨둔 과자를 짠! 하며 매우 요란스럽게 꺼냈다. 실은 바스락 소리에 이미 확인도 전에 눈치챈 상태였으나, 눈앞에 펼쳐지는 꾸러미를 발견하자 그제야 방방 뛰어주는 녀석이다. 근래에 없던 뿌듯함이 밀려온다. 봉지 가득 안고 뜯어보는 조카를 물끄러미 보며 이 돈으로요 꼬맹이가 날 좋아해 줄 수 있는 시간이 얼마나 남았으려나, 눈동자에 그늘이 내린다. 더 커서 비싼 장난감을 사달라면 어쩌지? 최신 휴대폰을 갈구하는 눈빛이면 또 어쩌고. 같은 질문만 수십 번 째하다 보니 어느새 이만큼이나 자라주었다.

"고모! 오늘은 꼭 나가야 해요! 놀이터가 더 좋아졌단 말예요!"

조카가 내 손을 감싸고 잡아당긴다. 체력도 없으니 질질 끌려가서는 결국엔 푹신한 바닥 위에 덩그러니 서게 되었다. 대체 녀석은 왜 이렇게도 재미없는 고모를 좋아해 주는 걸까. 하긴, 나도 별것 없는 삼촌의 방문을 손꼽아 기대하곤 했었으니까. 휘황찬란한 놀이터에서 고개를 들어 높은 건물을 올려다본다. 이런 집에 살 수 있는 날이 나에게도 올까. 그야말로 아득한 높이다.

"고모! 빨리 올라와요!"

맑은 부름에 금세 미소 머금은 얼굴로 변한다. 굳이 저 높은 미끄럼틀을 타자고 하네. 쪼끄만 게 겁도 없이. 불신을 거두지 못한 채 툴툴거렸지만, 결국엔 성화에 못 이겨 올라간다. 그러자 조카 녀석이 더욱 신이나 고함지르며 날뛰고 있다. 그 바람에 나는 당장에라도 구조물이 무너질 것처럼 난간을 쥐고서 넓은 보폭으로 고릴라가 되어 쫓아야만 했다. 육아엔 도무지 취미라곤 없는 내가 이걸 바라고 온 건 아니지만 작은 조각이나마 퍼즐 속에 남는 고모가 되고 싶었다.

"고모 빨리 내려와요! 나부터 갈게요! 그럼?"

애써 올라왔더니 이제는 미끄럼틀 속으로 쏙 사라져 버린다.

"어라? 너 괜찮아?"

동그란 구멍에 대고 아래를 향해 외친다. 소리는 울리고 울려 구불거리며 내려갔다.

"아니 무슨……, 아이들 게 이렇게 높이 여러 번 꼬여 있대?"

"빨리 와요! 고모!"

야박하게도 혼자 가버린 조카. 봄에 돋은 나뭇가지 같은 손을 잡아준 때가 아직도 생생한데. 시간 참 거세게도 빠르네. 언니는 아주 큰일을 해낸 거야.

"저기요?"

옆구리를 꾹꾹 누르는 느낌에 굽어진 등이 단박에 펴졌다.

"응?"

양 갈래머리의 노란 원피스. 개나리 같은 꼬마가 고개를 높이 쳐든 채 말을 건넨다.

"어른이에요? 어른 아닌 거 아니에요?"

말투에 서려 있는 의심. 그래, 이해해. 아이의 눈에는 어중간하게 커버린 내가 달리 보일 수도.

"나, 어른 맞는데?"

"근데 왜 이렇게 작죠? 어른이?"

컥, 말문이 막힌다.

"어른이라고 다 큰 사람만 있는 건 아니거든? 키가 작은 어른도 있거덩?"

불쾌함과 당혹스러움 사이로 눈썹에 불룩한 힘이 들어간다.

"그래요, 뭐. 근데 어른은 이거 타면 안 되는데요?"

"왜."

"이거 어른은 타면 안 돼."

이미 나에 대한 스캔이 끝난 건지, 개나리가 곧바로 말을 놓으며 미끄럼틀 입구에 걸터앉는다.

"안 탈 건데?"

나는 탈 예정이었으나, 탈 용기가 없었는데, 마침 타선 안 된다는 얘 때문에 재빨리 물러설 수 있었다. 명분이 생겼으니 다행이긴 하다만, 뭐가 이리 찝찝한 건지? 오기 비스무리한 감정이 스멀스멀 피어오르기 시작하고선,

"너무 높아서 조카 데려다주러 온 건데?"

일단 반박해 본다.

"조카 어딨는데요?"

동그랗게 뜬 눈으로 대답을 기다리고 있는 개나리에게 나는 그만 기분이 상해버렸다. 입을 떼려다 만다. 요즘 들어 아이들의 말에 자주 말문이 막히곤 한다. 얘는 지가 세상 똑똑한 줄 알겠지? 내가 그랬던 것처럼.

"쳇, 이게 뭐가 무서워!"

노란 원피스는 찌릿한 눈빛을 남기고는 순식간에 사라져 버렸다.

"어후! 여기 아이들은 진짜!"

아무도 없는 구멍에 대고 거듭 놀란 눈으로 훑으며 내려 보았다.

"빨리 내려와요! 고모! 어어! 온다! 우잉? 아니네? 우리 고모 아니네?!"

아래에서는 조카가 기다리고 있다. 어쩌나. 보나 마나 개나리가 감시하고 있을 게 뻔한데. 하는 수 없이 올라왔던 길을 되돌아 내려간다. 기세로 따지자면 철저한 참패. 나는 순식간에 낭패감에 휩싸였다.

"고모 여기 있어요……."

달려와 와락 안기는 조카. 나는 눈을 감고 녀석의 등을 툭툭 두드려 주었다. 안은 건 난데, 정작 내가 안긴 것만 같다. 말주변이 부족한 것도 아닌데 이상하게도 대꾸할 여력이 없어진다. 저 노란 원피스는 물론이고 백기 들 때까지 매달려대는 친조카한테서까지도.

한마디도 지지 않겠다며 달라붙는 아이들이 고민돼서라기보다는 어릴 적 어른들에게 한 치 양보 없이 따져 들었던 내가 비쳤기 때문이다. 손 아래 세상을 둔 것처럼 쏘아붙이던 모습이 얼마나 얄미웠을까.

뭐? 어른 맞냐고? 허 참, 어이가 없네, 쪼끄만 게. 나는 두리번거리며 개나리를 찾는다. 초점을 맞추며 다부지게 찾아대는 눈빛. 미안한데 개나리야? 나는 성자가 되지 못했단다. 분주히 재촉하는 걸음에 스스로 놀라 멈추고는 꽉 쥔 주먹을 응시한다. 그러다 스륵, 힘을 풀었다. 신나게 놀고 있는 아이들을 등 뒤에 두고서 모퉁이 화단에 가 쭈그려 앉는다. 조카가 잘 놀고 있는지 중간중간 체크하다 자그마한 꽃에 시선이 머문다. 바람 사이 흐드러지게 핀 꽃. 개양귀비.

"활짝 폈네, 넌."

눈부시게 쨍한 색이 곱기도 하지. 어쩜 이리도 가냘픈 줄기로 큰 꽃 잎들을 떠받치고 있을까. 어긋난 잎이 깃꼴로 갈라져서는 덧없는 아름 다움을 뽐내는 중이었다. 꽃은 말이 없다. 흔들리면서도 꺾임이 없이.

"치이……, 용맹하게 버틸 자신은 있니."

강풍 주의보를 끼고 온다는 긴 봄비는 당장 다음 주의 일이었다. 뿜 은 숨을 허전하게 흩어내며 솜털이 박힌 줄기를 매만져준다.

"대체 그런 걸 왜 보냈느냐고요. 거들떠보지도 않을 걸 뻔히 알면 서."

그 사람이 지금의 이름난 지성인이 되었다 한들, 대중에게 잘해줘 야 할 의무가 생기는 것도 아니고. 아 그리고 말이야, 막상 답장이 온 다 해도 한참을 난감해할 거 아니겠어? 혼자 늘어놓았다 뿐이지, 대화 할 자신이란 없는 거잖아. 그런 메시지를 보내는 사람이 어디 한둘이 겠어? 거기다 보태긴 왜 보태. 민폐를 끼친 거야 너는.

"나빴다. 나쁜 짓 했다."

바닥에 널브러져 있는 나뭇가지를 가볍게 잡고는 자동차 와이퍼처 럼 휘휘 반원을 그린다. 행운을 전해주는 기쁨의 소식을 받으려면 대 단한 운기란 게 필요할 것 같은데, 일생에 그런 거라곤 있었나? 눈을 가늘게 떠본다.

"무엇하나 얻으려면 꼭 바닥부터 시작해야 하는 거야? 모두가 그렇게 사는 건 아니잖아!"

씨를 뿌리고 물을 길어 오는 일을 한참을 반복하고서야 기껏해야 열매 하나를 얻어낼 수 있었으니, 그게 아니고서야 그냥 쉬이 오는 게 그리도 없었으니. 대체 기회란 건 무얼까.

#

제목: 동화 같은 이야기

오늘은 주인공이 동화책을 만들어보았다. 동화책 이야기가 TV에서 그림이 되었다. 주인공은 한 번씩 생각하는데 이야기를 만드는 멋진 사람이 되어 보는 것도 좋은 것 같다.

"알고 있었어? 네가 이런 거 쓴 거?"

기헌은 꽤 놀란 눈치다.

"아니? 전-혀. 썼다는 자체도 기억나지 않는걸."

내가 쓴 일기가 이토록 생경하다니. 실낱같은 기억 한 줄도 없다.

"어릴 때부터 이야기 만드는 걸 좋아했었네, 내가. 웃기기도 해라."

"표현 너무 근사하지 않아? 이야기가 그림이 되었다잖아. 대단하다, 자기."

언제부터 이런 생각을 품은 걸까. 빛바랜 종이를 만지작거리며 어린 날 작은 아이를 가위로 오려 지금 내 옆에다 붙여본다.

　-우리 4학년 2반 친구들은 한 명 한 명 모두가 다 주인공이에요. 주인공들은 언제든 힘이 날 거예요. 어떤 길이든 헤쳐 나가야 하니까요.

"담임선생님이 그랬지 아마? 우리보고 주인공이라 불러주셨어. 반 아이들 모두가 주인공이라고."

　숱한 인물들을 눈여겨보면서도 집안 구석 삭아가고 있는 나의 어린 날은 들춰볼 겨를이 없었던 거다. 기껏해야 꼬맹이가 써 내린 대충의 하루 이야기겠지, 넘겨짚곤 했다.

"것 봐, 헛물켜고 있는 거 아니라니까? 어린 나이에 동화라니."

"내가 이런 글씨체로, 이런 생각을 했었네."

　그러나 마치 지금인 것처럼 선명한 구석들이 존재했다. 나를 괴롭혔던 몇몇 무리, 그 역시도 꼼꼼히 남아있었다. 딴엔 속상한 날이었을 텐데도 침착하게 남겨놓은 기록. 일기가 무어라고 진심을 쏟았던 걸까. 조그마한 장기와 키, 눈과 귀로도 슬픈 날의 울렁임, 지극한 아픔을 고스란히 품고 있었다. 자리에 멈춘 채 글썽일 수밖에 없었다. 어린 날의 꼬맹이와 지금의 나 때문에.

　어릴 적부터 골 성장에 어려움이 있었다. 평균보다 짧은 팔과 다리. 불균형으로 인한 확연한 저신장이었다.

　-야 너는 비율이 왜 그러냐? 난쟁이 아니야? 안 그래 얘들아? 너무

227

웃기지? 얘 봐.

수치를 주려는 목적임을 인지하고 있었지만, 우연히 들이닥치게 되는 공격에는 대항할 시간을 놓치는 게 다반사였다. 맘 같아선 정말 패 버리고 싶은데. 저것들을 어쩌면 좋나. 그렇게 한 달이고 두 달이고 귓바퀴가 뜨거워지는 회상을 거듭해야 했다.

"난 말이야, 단 한 번도 다른 사람의 부족함을 눈여겨본 적 없거든."

그 때문인지 방어처럼 펼쳐야 할 나의 공격은 언제나 무력했다. 개학이 있으면 방학이 존재하듯, 차차 하루씩 보내면 될 일이다. 그러면 비참한 구석도 서서히 흘러갈 테지. 나는 달아오르는 심장을 품에 안고서 후후 식히며 시절을 지냈다.

첫 출근을 앞두고 통굽 하나를 장만했다. 누가 봐도 과한 높이였지만 나름의 선포이자 다짐이었다. 어쩌겠어. 보면 보라지. 간혹 발목을 접질리는 사고가 있긴 했지만 아프지 않았다. 지나야 할 과정이었다. 업무를 보며 특별히 군소리는 하지 않았지만 나도 모르게 드러나는 피곤한 기색 때문이었을까. 사장님은 인력을 보충해 주겠다는 말만 재채기처럼 반복하곤 했다. 하지만 글쎄, 환경은 줄곧 변함이 없었다.

그렇게 시간이 흘렀다. 해내는 일이 늘어날수록 사람들은 더는 나의 팔을, 나의 다리를, 감당하기 버거워 보이는 높은 신발을 유심히 보지 않았다. 점차 내게 부탁이란 걸 해왔고, 보다 정중한 태도로 각종 마실 것과 간식거리를 건네며 내려다보지 않았다. 그만큼 되기까지 난 수도 없이 주문을 걸었을지도 모른다. 남보다 여러모로 무뎌져야 할 것에 대해서.

왜소한 불씨를 꺼뜨리지 않기 위해 닦아내는 마음. 살면서 곰곰이 떠올리지 않으려는 태도는 살기 위한 방편과도 같았다. 자그맣게 서 있는 나를, 야박한 환경과 틈마다 어린 소외를 말이다. 그런 내게 난 문득 물음을 던져보고 싶어졌다. 나는 나를 사랑하였는가, 존중해보 았는가, 그리하여 진정 원하던 결과를 맞이하였는가.

그사이 계절은 수도 없이 반복되었고, 나는 여러 회사를 경험하게 되다, 어느덧 회사 밖에 존재하는 사람으로 남게 되었다. 이제야 통굽 에서 내려와 본다. 나의 맨발을 볼까. 무릎에 잔뜩 인 긴장이 풀어지 자, 몸의 비율이 나쁘지 않아 보인다.

"이제야 비로소 편안하네."

나의 심연을 들여다보았다.

어린 날의 꼬마, 동글동글 귀엽기도 하지. 나도 금세 따라 웃는다. 녀석은 구름을 건너 신이 나게 뛰어다닌다. 그러다 맨발로 힘을 주고 서 한 번에 팡 경쾌한 소리로 다음을 향해 떠올랐다. 아무리 그래도 조 심해야 할 텐데. 노파심에 뗄 수 없는 시선. 구름 덩이들을 사뿐 지나 지 않는다면 한없이 긴 낙하를 경험할지도 모르는데.

것 봐. 내가 뭐랬니. 휘청하다 아래로 뒹굴어버린 꼬마는 놀랐을 텐

데도 가뿐히 몸을 일으키는 중이었다. 짜식, 대견해 보이기까지 하네. 당연하지. 지혜로운 사람은 두려움이 길지 않거든. 낙하한 주인공은 또다시 위를 향해 올려다보았다.

#해원

삼각김밥 하나 사면서도 백 원 이백 원 가격에 들었다 났다 하던 해원과 그녀의 친구 장이 있었다.

"해원아, 혹시 그런 생각해 봤어?"

"무슨 생각?"

"빛을 보지 못하고 오래 묵은 감독들은 말이야. 어두워도 넘 어둡다? 예술이랍시고 실은 속을 게우는 거지. 알게 모르게."

"글쎄. 처음 작품이 그런 컨셉이라 그 기조를 따라 다음도 죽죽 찍어대는 걸 수도?"

"흠, 그것도 아니라면 말이야, 아마 굉장히 용기 있는 건지도 몰라. 왜, 예술이란 게 그렇잖아. 하고 싶은 걸 한다는 게 더 힘든 거. 살아남으려면 남들이 좋아할 만한 걸 해야 하니까."

그렇게나 예술을 들먹이기 좋아하던 장은 애 저녁에 현역을 때려치우고 영화사 막내로 들어갔다. 삼십 대임에도 어딜 가도 막내가 될 수밖에 없었고, 그게 영화사라 해도 별반 다르지 않았던 것 같다. 갖가지 사무 포함 온갖 걸 도맡아 한다며 푸념을 늘어놓던 장 앞에서 해원은 가슴이 뜨거워지는 선포를 받은 듯했다.

그러고 보면 같은 구름결을 걸었어도 장과 해원은 다른 결론이 나곤 했다. 언제나 현실적인 대안을 찾아내던 장의 성향은 작품을 빚는 과정에도 고스란히 녹아 있었고, 그걸 보며 해원은 자신이 가지지 못한 점을 눈여겨보기도 했었다. 그러던 어느 날, 조용히 버티는가 싶던 장이 만취한 채 찾아와 그녀에게 주정을 부렸다.

"해원아, 나 우리 감독이 중구난방 던지는 순 잡담 같은 일만 하다 왔거든? 그것도 한-가득! 그 새끼 아주 못 써먹을 인간이야. 빌어먹을 놈이라구! 마이크 들고 인터뷰할 땐 그렇게 안 보이지? 다들 입 모아 사람 좋다고만 해. 근데 같이 일 안 해 본 사람은 모른다. 나도 영화 만들고 싶어 해원아. 왜 쟤는 주인공이 될 수 있고, 난 될 수가 없는 거지?"

장은 후두둑 떨어지는 눈물을 소매로 닦아냈다.

"근데 도저히 엄두가 안 난다. 이 바닥에 조금이라도 발 들일 자신이 없다고."

해원은 아무런 대꾸도 않은 채 장의 등을 두드려주었다.

"평생을 갉아먹을까 봐."

느리고도 깊은 두드림은 서로만이 알고 있는 응급처치였다.

"내가 여기서 꿈 더 키우면, 울 엄마 죽는 거야."

처음 듣는 장의 이야기에 해원은 아랫입술을 질근거리며 다음 말을 기다렸다.

"울 엄마 지금 많이 아프거든. 언제 그리 늙었는지 불쌍해, 울 엄마. 엄마도 날 보며 그런 감정일까?"

해원은 멈춘 고개로 눈동자만 가라앉았다.

"영화사 출근한다 해도 썩 좋아하질 않네, 우리 여사님. TV에 잘 나가는 자식들 보더니 잘 키워주지 못해 미안하다나 뭐라나."

태아가 된 듯 장은 웅숭그리며 해원의 품으로 파고들었다.

"그래도 꿈은…… 취미처럼 할 게 아니잖아."

그녀에 관해 꽤 많은 걸 알고 있다 여겼던 해원은 갑작스러운 이야기에 침몰하는 기운이었다. 밑바닥까지 곤란해질수록 가장 손 벌릴 수 없는 대상이 가족이라는 것 또한 해원도 같았기 때문이다.

"어! 해원아. 왔어? 미안하다. 여기로 오라 그래서."

간단한 먹을거리를 준비해 장의 회사로 들어가는 해원.

"그러니까. 밖이 낫지 않아?"

해원은 마땅한 공간이 없어 남은 의자에 대충 가방을 올려놓는다.

"이동할 기운이 없다. 요새 종일 바빴거든."

"고생이다. 너도."

"너는 어때? 요즘 괜찮아?"

장은 의자에 눕듯 축 처져 해원에게 묻는다.

"힘든 게 어디 나쁜이겠어요? 멀리 안 가도 있네. 바로 내 앞에."

장과 함께한 세월만 해도 벌써 십 년이 훌쩍 넘어가고 있다.

"너를 봐, 너부터. 네가 힘들면 세상은 사라지는 거야."

장은 탕비실 냉장고로 향한 후, 탕그르르 소리를 내며 과일 음료 두 병을 가져온다. 작지만 단단한 유리병. 손목 스냅에 따라 따-악! 명료한 소리로 마개가 열린다. 순식간에 퍼지는 싱그러운 과일 향.

"남한테 위로받는 게 익숙하지 않아서 그렇다. 우리가."

뚜껑을 딴 주스를 해원에게 건네며 장이 말했다. 해원은 코를 가까이 대고 냄새를 맡는다. 턱 끝이 찡하게 아려오며 침샘을 자극하는 느낌. 장의 토마토 주스는 이미 절반이 사라졌다. 병 속에는 규칙 없는 불그스름한 흔적이 남았다.

"하-아 좋다!"

"좋아? 원래 맛있어. 여기 오렌지 주스가."

"응. 그리고……."

"그리고?"

"아, 아니다."

"뭐야, 싱겁기는. 말해."

"아냐."

"뭔데 그래."

"비웃지 마."

"어."

"좋아. 네가 그렇게 물어봐 줄 때."

해원이 씨익 웃자 장은 이해할 수 없다는 듯 고집스레 쳐다보았다. 그렇지만 약간은 놀란 기색. 둘은 분명 친구 사이였지만 한쪽으로 기울어진 관심인 것만 같아 종종 고민이곤 했다. 하지만 왜인지 알 것 같았다. 자신이 왜 해원의 곁에 머물고 있는지를.

"참 순수해요. 넌."

살다 보니 그런 친구도 있었다. 괜히 챙기게 되고, 한 번 더 들여다보게 되는 친구.

"막내도 참, 쉬운 일이 아니지?"

"막내? 풉, 웃긴다. 우리 나이랑 막내라는 단어가."

"그렇지. 어딜 가도 막내가 아닌 나이니까. 벌써 마흔이야, 마흔!"

"마흔이면 뭐해! 사람을 뽑아주질 않잖아, 이 망할 회사가!"

"어쩌겠어. 마음을 다스려야지. 막내는 문이라고 생각해."

"문?"

"응. 모든 사람에게 활짝 열려야 하고?"

"싫어……."

"누구나 지나다니지만, 그 존재를 염두에 두지 않지!"

"맞네, 그야말로 처량한 게 딱 문짝 같네. 내가."

"무슨 일 있어?"

"아니? 그냥……. 그래도 해원이 넌 연출부 촬영부 요리조리 껴서 해놓은 거라도 많지. 나는 여태껏 뭐했나 싶다. 그냥 산다는 말 있지? 정말 그 말 같이 살어. 어쨌든 때가 되면 월급을 주잖아. 많진 않아도.”

장은 창가로 가 유리 너머를 바라보며 속삭인다.

“빛이…… 나네.”

가득 찬 어둠. 하지만 진실한 어둠이 맞는지, 밖은 화려한 모습으로 눈을 뗄 수 없는 야경을 뽐내고 있었다.

“나도 한땐 찍고 싶은 사람이었는데.”

조명 사이로 저마다의 웃음이 머무는 것처럼 일렁인다.

“네 눈엔 내가 어떻게 보일는지 모르겠지만, 지금 내가 버티고 있다 해서 나중도 그럴 거란 보장은 없어.”

해원의 말에 쩝 소리를 내며 돌아서는 장.

“꿈? 내 것까지 네가 다 가져가라!”

“너 공부하는 애들 사이에서 언제 가장 비참해지는지 알아? 놀지도 쉬지도 못하구 주야장천 궁둥이 붙이고 있는데, 성적이 영- 시원찮을 때야. 내가 그랬어, 지금 그렇고.”

“해원이 나 위로하는 거야?”

“넌 달라 보여서. 왜 있잖아. 무대에 오르고 싶던 사람이 무대를 만드는 것처럼, 꿈을 향해 가다 또 다른 길을 만난 지도 모르지.”

“해원아?”

“응.”

“세상에 회사원이 꿈인 사람이 몇이나 되겠니. 내가 주체가 되고 싶지, 부속품으로 돌아가는 걸 원하는 사람이 있다고? 그건 애초에 꿈이라 할 수 없어. 생계를 위해 가능할진 몰라도. 내가 말했었나? 여기서 뭐 하는지. 잡부야. 그것도 개 잡부. 영화? 이 동네를 못 벗어나고 아직 지긋지긋한 꼴을 지켜보고 있네. 아주 먼발치에서!"

되돌릴 수 없는 선택임을 아는 친구의 눈빛에 해원 역시도 한참이나 쓰리게 되었다.

"누군가에겐, 내가 빛나 보이기도 하나 보네."

주변과 더불어 날카로운 자신의 눈으로 보기에도 좋은 평을 내렸던 작품마저도 이렇다 할 소득이 없고, 시도한 것마다 어그러지는 소리에 해원은 다음 작품이 세상에 나오지 못할 거란 불안이 스멀스멀 피어오르기 시작했다.

스스로 두려워 새것을 만들 수 없을 거라는 확신. 남이 아닌 순전히 자신의 공포 때문에 말이다. 마치 대단한 감독이라도 된 것처럼 왜 이리 고뇌만 늘어 가는 건지. 기대에서 멀어지는 족족 해원은 자신의 작품을 알아봐 주지 않은 알 수 없는 이들에게까지 미움이 싹트기 시작했다.

집으로 돌아온 그녀. 샤워를 하려는데, 지난주까지만 해도 상쾌했던 샤워기 물줄기가 며칠 밤사이 화들짝 놀랄 만큼 차갑게 느껴졌다. 움츠린 채 까치발로 나와 보일러를 살펴보았다.

"이러다 곧 겨울이겠는데?"

산들바람 사이로 거니는 게 좋았는데 동시에 떠오른 온수 시그널. 경고등처럼 번쩍이는 게 해원은 벌써 부담이다. 나이 들면 차차 이런 걱정과는 멀어질 줄 알았는데.

"많이 서늘해졌단 말이지……."

샤워를 마친 후, 서랍장에서 먹다 남은 과자를 꺼내와 철푸덕 앉았다. 속상할 때면 과자 한 봉씩 먹어 치우며 TV를 보곤 한다. 그리고 한숨 푹 자면 돼. 값싼 위로에도 회복 가능한 자신이 해원은 고마웠다. 달달한 비스킷이 사각사각 씹히자 농축된 듯 진한 행복이 번지는 동시에 쓰흡, 쓰흡, 훌쩍이는 소리가 방 안을 채운다. 해원은 이런 날이 많아졌다. 어둠 속에 유일하게 반짝이고 있는 모니터 불빛과 마우스 커서. 구강 운동이 기계적이다.

"헉!"

바닥에 앉아 있던 해원은 급하게 기어가 탁상달력을 끄집어 내린다. 손을 멈춘 채 눈동자를 굴린다. 그러고 보니 한참 전에 출품한 공모전 결과 발표가 지나도 한참은 지난 것이었다. 마음먹었었다. 딱 이번까지라고.

"이런."

이젠 돈도 없고 뭣도 없다.

"난 정말 잘해. 시간을 허투루 보내는 데에 있어서는."

코끝에서 느껴지는 달콤한 풍미. 달달함이란 처음만 강렬할 뿐 오래 지속되기 힘드니 숨을 불어넣어야 했다. 잊고 싶지 않으니까. 처음 그 달콤함을.

바라던 곳은 어쩌면 화려한 무지개가 아니었을까요. 누구나 꿈을 꾸지만 꿈을 향한 여정은 계산에 포함하지 않으니까요. 그야말로 김새는 소리지요. 실은 제가 그러곤 했거든요. 너그럽게 허용될 미래를 떠올리며, 희미한 두려움을 기우로 넘겨버렸으니까요. 그러고는 체감하고서 뒤늦게 놀라곤 했습니다. 하염없이 발끝만 내려다보며 깊이 빠져버리고는. 물론 어디까지나 제 생각이죠. 이해를 바라는 건 아닙니다.

#규원

한동안 방문하지 못한 영화도서관에 들렀다. 국내외 발간 영화 관련 서적과 역대 출품작 시나리오 같은 수만 점의 영화 자료들. 어릴 때부터 도서관이라는 장소를 애정해 왔다. 들어서는 입구서부터 퍼지는 고서와 신간의 그윽한 향.

창작의 기반은 상상이지만 그걸 잘 구현해 내려면 탄탄한 기획력과 시나리오, 꼼꼼한 계산이 필요했다. 어느 장면을 어떻게 묘사할지 영상화하는 작업, 그러니 떠올리고 써 내려가는 걸 즐기는 나의 성향은 어쩌면 정해진 수순처럼 영화로 향하는 길이 아니었을까. 아직 아무것도 분명해지진 않았지만, 이 거대한 서재에 서면 자주 그런 기분이 들곤 한다. 그러고는 굳세진다. 멈추지 않는 신간의 향연처럼 나 또한 세상에 내 것을 서둘러 내보여야 한다고.

"응, 나 도서관이야……."

무음의 전화기가 번쩍이자 하던 일을 멈추고 전화를 받는다. 기어 들어 가는 목소리였지만 금세 시선이 모이는 걸 느끼며 황급히 열람실에서 빠져나간다.

-띠띠띠띠!

요란스럽게 울리는 도난 경보음.

"어머나!"

조급한 마음에 책을 그대로 안고 나와 버린 것이다. 더욱 주목되는 순간, 다시 열람실로 가 한쪽 책장에다 자료를 두고 문자를 한다.

-미안 기헌아 나 도서관이야. 문자 보냈었네. 책 고른다고 못 봤어.

-놀랐잖아. 답장도 없고! 집에도 없고!

-일하고 있지 않아?

-반차 냈어요.

잠시 멈칫했다.

-도서관으로 데리러 갈까?

약해지기 싫어 눈을 빠르게 깜빡거렸다.

#

"저기…… 안녕하세요. 상담 한번 받아보려고 왔는데요."

기헌을 처음 만난 건 실업급여 상담창구가 있는 어느 취업센터였다.

"언제 한번 상담받고 싶었어요."

내게 맞는 지원이 뭐가 있나 알고 싶었기 때문인데, 그러다 보니 아무래도 수치스러운 현재 사정과 무수입의 상태를 털어놓아야만 했다. 입 밖으로 꺼낼 수밖에 없는 상황에 자괴감이 들었지만, 허심탄회하게 터놓고 나니 혼자만이 느끼는 친밀감이 감돌았다.

'이름이 기헌이구나.'

나갈 때가 되어서야 창구에 부착된 그의 이름을 인지하게 되었다. 때마침 눈에 띈 이름이 특별했다. 바뀐 일상이란 없었지만 왠지 모르게 가벼워진 걸음. 생각지 못한 지원 항목도 알았고, 그나마도 받기 위해선 번거로운 과정들도 남아있긴 했지만, 어찌 됐건 부단히 걷다 보면 입안에 잠시 머금을 캔디쯤은 얻을 수 있다는 교훈을 얻게 되었다. 부끄럽지 않게 살아온 나 자신이 새삼 대견하게 느껴졌다.

나이가 들수록 홀아버지에게도, 간간이 연락하는 두세 명의 친구들에게도 내놓을 수 없는 이야기가 늘어갔다. 하지만 그는 다르다. 완벽한 남이지만 피붙이보다 나를 더 아는 사람, 우습기도 한 모순이었다. 시원찮은 경제 사정에 관해 생을 마감하는 날까지 누군가와 대화할 일이 없다고 여겼는데. 나이대별로 얼마쯤은 모아두어야 한다는 매스컴 속 그래프는 나를 한참 어린 나이까지 들여다보게 했으니까.

"오늘이 마지막이네."

상담이 조건이었던 만큼 고정 스케줄로 되어있던 일정.

"규원 님? 이해가…… 잘 안되시나요?"

"네? 아, 아뇨. 듣고 있었어요. 무슨 말인지 이해했어요."

뼛속까지 드러내고 나니 무색무취했던 그의 첫인상과는 달리, 눈 코 입 그리고 음성까지 다르게 느껴졌다. 어느 날 어쩌다 내가 사라지는 상황이 온대도 이 사람만큼은 나의 피치 못할 상황을 다 알고 있겠지. 맞아, 그럴 것이다.

인사를 마치고 의자를 제자리에 집어넣는데, 그 짧은 찰나가 매우 길게 느껴졌다. 이젠 정말 안녕이구나. 그 길로 상담은 종료되었고, 그는 감사하게도 내게 도움 될 만한 정보를 건네기 위해 가끔 문자를 보내며, 나의 문의에는 언제나 그렇듯 적당한 친절로 따스하게 알려주었다. 일 잘하네, 예쁨 많이 받겠어. 몇 살인지는 모르겠지만 마치 후배를 멀찍이서 응원하는 선배의 심정과 같이 그를 바라보게 되었다. 잊을 만하면 발송되는 문자는 하나의 응원 메시지와도 같았고, 새삼스레 든든해진 마음에 어쩌면 그동안 가져온 자존감은 허상에 가까운 것인지도 모르겠다는 생각이 들었다. 하긴, 가장 중요한 순간마다 자주 움츠러들곤 했으니까.

차차 시간이 지나 그는 자신의 휴대전화로 연락이 오곤 했다. 그럴 때마다 나는 꿀꺽 침을 삼키느라 늦게 받아버렸다. 번쩍이는 화면에 주저하며 "설레발치지 마. 그런 거 아니니까." 가슴을 내리치며 목을 가다듬었다. 오래 의심했고, 그게 일면 타당해 보였다.

그러나 내가 그에게 정을 뗄 수 없었던 마지막 이유가 하나 더 있었다. 그는 나란 사람을 유심히 훑은 적이 없다는 사실. 누가 봐도 훤히 눈에 띄는 상황에서 애써 무언가를 바라보지 않으려면 재빠른 판단과 상대에 대한 배려가 순발력처럼 작동해야 했다. 어찌 보면 그런 시도가 부자연스러울 수도 있겠지만, 나는 그 마음만으로도 충분하다고, 어찌 되었건 당신은 고마운 사람이었다고. 그런 태도로 그와의 거리를 두었던 것이었다.

그의 눈빛을 두고 어떠한 정서가 놓여있는지를 고민하며 경계가 모호한 사이를 혼자 걷곤 했다. 하지만 그는 내가 하는 하등의 가능성을 가지 치듯 툭툭 잘라내 버렸다. 한쪽에서 의심하는 일이 무력해질 만큼 오래 흔들림 없는 태도. 그는 원래부터 그러한 마음씨의 사람이었다. 그래서 나는 당연한 손길처럼 그를 옆에 두고 살아가고 있다.

#

헐레벌떡 뛰어오는 저 남자. 뛰지 말라 손사래 치며 그에게 느긋하게 다가간다. 독립영화 제작에 빠져 살던 지난 4년 중, 출품해 본 경험이라고는 기껏해야 얼마 전이 처음이었지. 그동안 무얼 했느냐고? 용기가 없어서였어. 열심히 상을 차리고도 정작 대접하려면 초라해 보이는 식탁처럼, 손잡이만 비틀면 열릴 문을 앞에 두고서도 몇 번을 주저하며 미완이라 낙인찍었지. 기헌아, 너는 그때 더없는 용기를 내게 주었는데, 덕분에 나의 것들이 집 밖을 온전히 나갈 수 있었던 거야. 뭐든 당신 때문에 아니, 당신 덕분에. 다가와 맑게 웃는 그가 몹시 사랑스러웠다.

"이 책을 다 보겠다고?"

기헌은 손을 뻗어 내가 안고 있던 책들을 자신의 품으로 가져간다.

"아니, 괜찮아. 조금은 내가 들게."

남은 책을 놓치지 않으려 손에 힘을 주었지만, 그는 고개를 절레절레, 끄덕끄덕 반복하며 나머지도 마저 가져갔다.

"손목 안 좋잖아. 집에서 좀 쉬지."

그는 아쉬운 표정으로 내 머리를 쓰다듬는다.

"당분간 작품 생각 안 하려고. 마구 읽기만 할래!"

기헌이 주는 책을 한 권씩 받아들며 도서 소독기에 집어 놓고는 문을 닫고 몸을 돌려 그를 바라보았다. 아까의 빛은 어디로 사라졌는지 그는 한 뭉치 안던 책이 한가득 근심인 듯 보였다. 못 본 척 시선을 거두었지만, 이제껏 그런 표정은 처음이라 당황하긴 했다.

"아무 생각하지 말고 읽어. 결과 발표 난 게 바로 지난주라구."

단지 무게만 나눠 드는 일은 아니었다. 줄곧 이어져 온 상황과 더불어 앞으로도 그럴 것 같아 조급했다. 그에게 벅찬 영광을 가져다줄 수 있을까. 희미한 자신감이 깜빡이고 있다.

집으로 와 노트북을 켠다. 전에는 내가 원하는 방식에 따라 영감을 그려냈지만, 요즘엔 누군가의 니즈가 충족되어야 한다는 강박에 정리하는 일이 잦아졌다. 하지만 이렇게 규모 있게 사고하는 것도 필요한 부분이었다.

"짜잔!"

눈앞에 등장한 컵 아이스크림.

"앗? 이건 뭐야! 내가 좋아하는 스트로벨~리 앤드 췔~리 맛이잖아?!"

혀를 꼬아 발음하며 과장된 반응으로 들썩거렸다. 텁텁한 하루에 달달한 향이 비집고 들어온다면 고민도 밀어두어야 하는 법이니까.

"나 때문에 괜히 아까운 반차 쓰고."

"월차 쓰려다 반차 쓴 거야. 볼 시간을 반나절이나 늦춘 건데?"

"구우-래?"

기헌은 웃음으로 끄덕이며 아이스크림 스푼을 잡는다.

"당분간 공모전 안 넣는다 하지 않았어?"

"데드라인이 있으면 목적의식도 생기고 좋잖아~ 일정에 빠져들다 보면 감을 확 잡을지도 모를 일이고."

그럴듯한 설득인 것 같았는데 싱겁게도 반응이 없다. 머쓱해 눈치를 보다 입술에 힘을 꽉 주었다.

"손 놓고 있는 거보단 낫지 않을까?"

작업 일정을 두고 그의 뜻을 물을 건 아니지만 괜히 살피게 되는 안색이었다.

"자, 아-."

곧바로 입을 벌리고 한 스푼 아항 받아먹는다. 부드러운 감촉, 고소한 유지방의 향. 달큰하게 씹히는 과일 칩들이 식도를 지나 온몸 구석구석 빠짐없이 전달되기를. 기헌은 내 어깨를 감싸며 모니터를 바라본다.

"다시 보게?"

기헌은 분석하듯 입술을 꽉 깨물며 말했다.

"더는 편집할 게 없을 것 같던데."

어쩜 립스틱을 바른 것도 아닌데 이토록 맑고 붉은색일까. 예쁘게 주름진 그의 입술을 멍청히 바라보았다.

"그런 건 없어."

입을 맞추어 버렸다.

"어?"

"더 이상 손 볼 게 없는 상태란 없다구. 창작자에게는."

그의 목을 감싸며 껴안는다.

"생각이 계속해서 샘솟거든."

땀 흘리며 서 있는 아이스크림. 기헌이 내 손에 스푼을 건네며 더 먹으라며 손목을 까딱인다. 나 역시도 흐뭇한 턱짓을 한다. 엄마 생전에도 이런 모습이었는데. 항상 먹을 것을 두고 엄마부터 챙기던 아빠를 보며 나는 과연 우리 아빠 같은 남자를 만날 수 있을까, 막연하기만 했다. 그러나 소망은 조용히 눈앞에 이뤄진 채로 머물러있기도 한다.

"분량 때문만은 아니고, 분량 때문이기도 해서."

가끔 내 것이라 편부터 들어주는 건 아닐까. 내심 그런 우려가 있었다. 그래서일까. 스치는 칭찬도 흘려듣게 된다.

"나, 일부러 좋다 해주는 사람이 아니야! 인생이 걸린 일인데 그럴리가."

결백을 증명하듯 그의 목소리 톤이 조금 높아졌고, 이어진 몇 초간의 정적에 그는 어렵사리 말문을 틔웠다.

"물론 처음엔 말이야…… 그냥 응원만 했었어. 내가 아끼는 사람이고 소중하니까! 꿈이라 해도 경이롭잖아, 존중해줘야지. 하지만 완성본을 보고 나니 숨겨 놓았던 불안이 사라진 거야. 진심이야."

"분위기가 모던한 걸 넘어 우울한 면이 있는 것 같기도 하고, 그런 걸 버려야 하는데."

"왜? 왜 버려야 하지?"

기헌은 편하게 자세를 고쳐 앉고 진지하게 궁금하다는 얼굴이었다.

"원하는 작품을 끄집어 내야 또 다른 결의 창작이 가능한 거 아니겠어? 하나만 하고 말 거 아니잖아."

"그건 맞지. 시간을 되돌린대도 이 작품이 내 첫 번째라는 건 달라지지 않으니까."

#

날마다 걷던 거리에서 친오빠가 사망하는 사고가 벌어졌다. 범인은 우울증, 조울증, 피해망상 같은 각종 병명을 주저 없이 꺼내 들었다. 나는 그를 보도하는 TV를 멀거니 보며, 범인에게 똑같이 되갚아주는 상상을 했다. 진짜 아픈 사람들을 위해서라도 생각 없이 말하면 안 되지. 범인의 심신미약 주장은 받아들여지지 않았지만, 이듬해 어머니는 돌아가셨다. 세상이 평소처럼 움직이는 듯 보였지만, 우리 집에는 있어서는 안 될 하루가 박제되어 버린 듯했다.

생애를 공들여 놓은 보물이 하루아침에 사라져 버린다면, 인간은 어디에서 희망을 찾을 수 있으려나. 끝없는 노을처럼 저물기만 했던 허전한 거실. 그 주황빛 사이로 문득 엄마가 보고 싶어졌다. 지금쯤 엄마는 어디에 계실까. 지독한 협곡을 지나 평안의 길로 들어섰을까.

지난달 오랜만에 아버지를 찾아갔다. 우리는 소담히 차려놓은 밥상을 사이에 두고 뉴스를 시청했다. 시간이 아주 지난 지금도 TV는 여전한 소식을 전하고 있었다. 아버지는 젓가락질로 반찬을 꼼꼼히 씹으며 담담하게 말씀하셨다.

"세상엔 상상 이상으로 억울한 일이 많다."

가라앉은 어깨가 그동안의 대답같이 느껴졌다. 아버지는 이 마음으로 지금까지 버텨온 것이라고. 상상 이상, 상상 이상으로 억울한 일.

"그러니 할 말은 하고 살아야 하고, 네가 꼭 틀렸다고만은 생각지 마라."

쉽게 언급할 수 없던 시간, 이제야 비로소 아버지, 아버지는 요즘 어떠세요. 뚫어져라 보아도 잘 보이지 않던 아버지의 마음. 잔잔한 호수처럼 깊숙해 쉽게 요동치지 않던 분의 한 마디였다.

"무엇이건 제 목소리도 내 가며. 그래야 주변도 널 존중하니까."

남겨진 아빠는 아빠 몫의 터널을 소란스레 지나고 계실 테니까, 난 내가 만들어 놓은 길을 잘 걸어보겠노라고. 대뜸 밀어붙일 용기가 생겨버린 것이었다.

"우울한 걸 드러내려면 규원아, 한 인간의 속이 깊이 비쳐야 하는 법이야. 잘 봐. 가슴부터 배꼽까지 주-욱 그어낸 것만 같잖아. 이번 작업을 통해 넌 앞으로 다각적인 감정을 더욱 잘 그려낼 거야. 작품이란 숙명과도 같은 일이니까."

어쩌면 나는 이 대답을 기다리며 기헌과의 대화를 시작한 것일지도 모르겠다. 힘들 땐 자신의 신념마저 의심하게 되는 법이니까.

"누구나 들춰보면 제각기 우울한 면이 있다고 생각하거든. 그런 걸 담고 싶었던 거야. 나는 어…… 사람들에게 힘이 되어주고 싶거든! 세상에 자극적인 주제가 넘쳐난다 해도 나는. 푸흡."

대단한 연설 도중에 그만 뜬금없이 웃음이 나와 버렸다.

"감독은 무슨……. 뭐 과거처럼 대단할 게 있으려나. 누구나 창작할 수 있고, 더는 국내 작품만이 차지하는 시대가 아니게 됐는데."

남들은 아무것도 하기 싫을 때 TV를 본다고 했다. 하지만 나는 TV를 보면 도리어 머리가 지끈거리곤 했다. 이렇게 쏟아지는 컨텐츠 속에서 어떻게 살아남아야 하나. 이미 만들어지지 않은 것이라고는 없는 이 바다에서.

"기헌아?"

나직이 그의 이름을 불러본다. 그 앞에 서면 나는 마땅히 갖춰야 할 방어벽마저 없어 보인다. 천천히 기댄다. 어쩌면 나는 그의 짐작보다 더욱 끔찍하게 그에게 마음을 주고 있을지도 모른다. 사랑은 원래 그런 거니까. 의지보다 더 깊이 빠져버리는 것.

"알지? 나 엉덩이 싸움 잘하는 거. 가만히, 앉아서, 묵묵히!"

소망 같은 볕이 방안을 비추었다.

#해원

시간이 흐르고, 해원의 친구 장은 차차 영화인의 주변인으로서의 처지를 받아들이기 시작하며 이를 악물고 버텼다. 그 계기는 다름 아닌 처음 느껴본 적금 만기의 쾌감. 장은 자그마한 안정감을 위해 꿈을 위한 시간을 지불한 셈이다. 그렇게 시간은 흘렀고 나름의 매니징 실력으로 자리 잡게 될 즈음, 그녀는 늦은 결혼까지 골인하게 되었다.

그런 친구를 곁에 둔 것만으로도 해원은 오랜 시간 골머리가 아팠다. 아니라곤 하지만 남겨진 느낌은 피할 수 없었다. 수년 전 도망치듯 내달리던 장의 길은 비상구 같아 보였기에 가엾고 처연하게 느껴졌지만, 이제 와 생각해 보니 비상구는 언제나 그린 라이트였다.

"자! 생일 선물."

"허헛. 혹시 이…… 54라는 숫자가."

"당연하지!"

"고맙다. 덕분에 내 나이 알았어."

얼마 전 장은 해원의 집에서 연거푸 마시다 그만 식탁에 놓여있던 잔을 깨뜨린 것이었다.

"그래. 웬일인가 했다. 우리 사이에 생일 선물이라니."

"명분이란 많을수록 좋으니까. 겸사겸사 생일도 얹었지."

"고맙다. 잘 쓸게."

"왜? 어디 촬영 나가?"

"아, 친구가 영상 하나 필요한 거 있다고 와서 보여 달라네."

"혹시 그때 그 사람?"

"누구 말하는 거지?"

"지난번 회사 복도에 놓을 영상 달라던, 왜, 우리 술 마시고 있을 때 대뜸 전화 와서 그랬잖아. 맞지? 그놈이지?"

조금 전과 다르게 장의 눈매가 싸늘해진다.

"해원아, 내가 늘 말하잖니. 이럴 땐 작업실로 불러야지. 본인이 와서 상담도 좀 하고. 이리 와라, 저리 와라, 내놔 봐라. 새벽이고 밤이고 이게 뭐니, 무슨 영업사원도 아니고."

"무게 잡을 필요 없잖아. 어차피 기분대로 찍은 건데."

"기획부터 머리 싸맨 거 나 다 알거든?"

"무드가 안 맞아서 쓸 데가 없더라."

"돈은?"

"받지. 당연!"

"또 퉁쳐서 농산물로 받고 그라지 마라."

"어머니가 농사짓는다고 하시잖아."

"그게 뭔 상관이지? 전국노래자랑이야?"

"헐값이라도 팔면 가치가 있으니까. 두면 아무것도 아닌 거고."

장은 이미 불룩 나온 입이었다.

"어떻게 된 게 해원아, 세상엔 아무렇지 않게 그냥 해 먹으려는 인간들이 많을까?"

바퀴 달린 의자에 쏠린 몸으로 기댄 채 빙그르르 회전하는 장.

"내 친구 경호 있잖아. 뮤지컬 쪽에서 일하는 애 말이야. 걔한테 글쎄, 티켓 좀 달라는 진상들이 그렇게나 많다네?"

장은 이마에 손을 얹고 말한다.

"그뿐이래? 축가 쓰기 아까워서 와서 가볍게 한 곡만 불러 달라 그런다더라. 지겨워~ 가만 보면 지인이라는 것들이 더 해요. 그래 놓고 뭐? 지금 이 순간? 뭔 놈의 결혼식에는 죄다 지금 이 순간이래."

"멜로디가 웅장하잖아, 가사도 극적이고."

"그렇게 생각해? 난 뮤지컬 덕후로서 도저히 용납이 안 되는데?"

"예술은 던져진 이후로는 대중의 몫이잖아, 물론 노래만큼 내용이 알려지지 않아서 그런 거지만."

"그래서 뭐, 너도 지금 이 순간으로 하겠단 말이야?"

"아이구, 왜 화살이 나에게……."

"이제 쉰 넘었어요, 감독님. 쉰 중반!"

해원이 무거운 장비를 빤히 바라보자, 장이 다가와 함께 들어 옮긴다. 팔뚝에 닿는 무게에 허윽, 기합처럼 호흡이 나온다.

"너도 너그러운 척 좀 그만해라. 친구라서 이러는 게 아니라, 남의 노력을 아무렇지 않게 거저 달라고 할 수 있는 상황이 우스워서 그러는 거야. 여기 사무실을 봐. 어디 남아있길 하니? 지금 이 세상은 말이야, 출퇴근 1분도 치밀하게 지키는 시대라고!"

"<u>흐흐흐흐……</u>."

해원은 끌끌 소리 내 웃기까지 한다.

"이 나이 먹도록 아직도 이렇게 솔직하다니, 넌 대체 언제까지 흥분 안 가라앉힐 거니. 혈기도 좋다, 부럽다. 친구야!"

할 일이 산더미인데 일 절만 하라고 말리기도 이미 늦은 상황이다.

"너, 그게 왜 그런지 알아?"

해원은 욱신거리는 팔목을 만지며 말했고, 장은 잠깐 허공을 응시하며 생각하는 모습을 보였다.

"꿈을 이루지 못해서야. 두고 온 너의 꿈 때문에."

해원은 벽에 기대고선 미소 짓는다.

"너, 네 꿈 참 좋아했구나?"

형광등에 고정된 장의 시선. 아련히 눈을 깜빡거린다.

"어쩌면 네가 더 사랑할지도 모르겠다. 영화."

둘이 했던 그간의 노력, 시절들이 사방으로 튀어 오른다.

"괜찮아. 무지개는 언제나 저 너머니까. 인간은 발 닿은 곳은 늘 천국이 아니라고 여기거든."

해원은 씩 웃으며 말을 하고서, 다시 몸을 펴 할 일을 찾아간다.

"창작의 과정은 눈에 보이지 않는 법이라 노력 값에서 소외된다는 거, 반드시 기억해."

장은 비장한 어조로 내뱉었다.

"기획이든 아이디어든 큰 힘을 가지고서도 잔뜩 힘을 잃는다는 거. 너 누구보다도 잘 알지? 그러니 아껴줘야 해, 너만이라도 네 능력을."

해원은 그 말을 곱씹듯 깊숙이 웃으며 끄덕였다. 그러다 손에 들고 있던 것을 잠시 내려놓고 다가가 장의 얼굴을 감싼다.

"난, 네가 있어 그동안 잘 버텼던 것 같아."

장은 강제로 고정돼 버린 얼굴에 살짝 민망해져 눈동자만 굴리다 뿌리쳐버린다.

"아우 왜 이러냐! 안 하던 짓을 하고. 얘가."

이렇게 대신 역정을 내줄 때면 해원은 속이 뻥 뚫린 듯 쾌활해져 맘껏 웃다가도 금세 비참해지는 기복을 만나곤 했다. 애써 입 다물고 살고 있는데, 꼭 수문의 빗장을 열어 버리는 친구라니. 이럴 땐 어쩌면 좋나. 해원은 쏟아져 내릴 것만 같았다.

#

열세 살 해원은 학교에서 받은 여섯 번째 상장을 북북 찢어버렸다. 받고 싶었던 칭찬은 "어머나, 하루도 안 빠지고 일기장을 채웠구나."가 아닌 "잘 그렸네. 우리 해원이!" 였다. 가장 먼저 손들고 우기며 나갔던 사생 대회에서도 참가상 아니면 기껏해야 장려상, 해마다 받는 상이라고는 개근상과 다름없는 그녀의 꾸준함을 칭찬하는 것이 대부분이었다. 계속하기만 하면 받을 수 있는 상? 찢은 조각을 가만 내려다보았다. 그러나 지금까지도 끊임없이 쓰고 그리며 상장처럼 지내는 해원이다. 작은 인정을 위해 분투하는 매일의 노력, 그 저력은 다름 아닌 그녀의 생의 밑그림이 되었다.

그래서였다. 늘 모두가 나가버린 공간에 뒤늦게 들어와서는 혼자 우두커니 버티고 있는 것 같은 느낌. 무엇보다 두려운 건, 아무리 열심을 해도 세상이 나를 알아봐 주지 않을까 봐서였다. 나는 애쓰며 버티는 중이지, 버티는 걸 잘하는 사람은 아니니까.

#

"자자! 지금 둘도 없는 기회! 세일입니다! 폭탄세일! 바로 지나가신다면 집에 가자마자 후회하실 걸요?! 그러고 다시 오면 있나요? 없습니다! 운 좋게 지금 딱! 이곳에 있는 분들을 위한 찬스! LA갈비를 한정 수량가로 모십니다!"

해원은 소란스럽고 분주한 소리로 걸어 들어간다. 갈비를 가득 담아놓은 비닐 뭉텅이. 명절을 앞두고 원래 값보다 한참 세일 된 가격이지만, 무얼 기대했는지 급작스럽게 눈빛이 시들해진다.

"비싸."

포장 안의 고기 줄기를 세어본다.

"뭐, 맛있긴 하겠네."

붉은빛이 도는 냉장고 매대 때문인지 양념육인데도 빛깔이 예사롭지 않다. 해원은 검증을 마쳤는지 살포시 비닐을 내려놓는다.

"오늘 말고 다음에 먹어야지. 좋은 일 생기면."

#규원

냉동실 문을 닫으려다 멈칫한다. 요즘 들어 냉장고가 자꾸 말썽이다. 손으로 훑어보는 안의 물기. 물방울이 맺히기 시작했다. 몸의 무게를 실어 단단히 누르며 닫아두었다. 냉기가 빠져나오고 있는지 손바닥을 스윽 갖다 대본다. 아직은 괜찮다. 다행히 버틸 만해. 방으로 들어와 누웠다. 그러자 기현도 그 옆으로 눕는다.

"기현아."

"응?"

"넌 요즘 어때?"

"뭐가?"

"일할 때 힘들지 않아?"

"괜찮은데, 난."

그와 연애란 걸 시작한 후로 그의 안녕에 관해 물은 적이 있었던가. 단지 공무원이라는 이유로, 내가 가지지 못한 안정감을 지녔단 이유

255

로 그저 넘겨짚은 날이 많았다. 필요에 의해 사람이 모이는 곳, 함께 업무하는 환경은 결코 수월치 않다는 걸 잘 알고 있으면서도 그의 곤란을 배제해 왔다.

"난 차차 나아질 거야."

"그럼."

"규원이 걱정은 하지 말라구."

그 말에 그가 씨익 웃는다.

"에잇! 안 되겠어! 당장 옷 입어! 나가자!"

순간 반전된 분위기. 난 무언지 모르는 채로 벌떡 따라 일어났다. 우린 이런 타이밍의 순간이 잘 맞았다. 그가 푹푹 내지르는 때에 기꺼이 응해주는 모습으로.

"어서! 시간 없어, 빨리!"

기헌은 나의 가벼운 외투를 챙긴 채 이미 현관에서 재촉하는 눈빛으로 서 있었다. 갑작스러운 출동 명령이 떨어진 대원처럼 아무런 신호도 주고받지 않은 채 절도 있게 차에 탑승하는 우리. 히죽히죽 웃음이 피어나온다. 이 사람을 만나지 않았다면, 나의 우울한 하루는 여느 때와 같이 저무는 노을 사이로 어둡게 자리 잡았을지도 모르겠다. 서둘러 벨트를 당겨 매는 기헌의 몸짓이 믿음직스럽다. 날 위해 언제나 기운을 차려보는 남자.

우리는 한 시간가량을 말없이 내달렸다. 영화 속에 으레 등장하는 계획 있는 배낭여행이 아닌, 대책 없이 출동하기로는 최고인 두 사람이 꽤 길게 달려가는 중이었다. 대체 어디로 향하는 걸까. 앞만 보며 전진하는 그를 향해 슬며시 고개를 돌려 바라보았다. 흠, 자기도 예민 하면서 매번 나만 살피네. 어쩔 땐 꼭 나를 위해 태어난 사람 같다니까. 그게 아니라면 혹시, 그 역시도 다른 공기를 찾아야 할 만큼 고된 하루였을까. 순간 그가 내 손목을 가볍게 잡는다.

"피곤하면 한숨 자. 가는 동안만이라도."

두근, 두근, 두근. 만난 지 얼마인데 순간마다 설레는 걸까. 나는 한참이나 그를 생각하다 서서히 창문 밖으로 시선을 돌렸다. 침묵이 불편지 않은 사이. 풍경을 실컷 느낄 수 있었다.

순간을 뇌리에 칸칸이 저장할 수 있다면 얼마나 좋을까. 바쁜 와중에도 그가 챙겨주는 세상이 워낙 넓고 깊어, 나는 모조리 껴안을 수 없었다. 그래서인지 이 행복감을 어디론가 품어놓고 싶다. 두 손 모아 밀폐용기에 꽉 잠가 놓고 싶다. 지금의 풍경, 하늘의 조도, 달리는 속도와 오르는 내 감정까지도. 핸드폰으로 촬영을 시작한다. 설정 버튼을 눌러 다양한 세부 기능들을 조정하고 지금을 저장하기에 애써본다. 기헌은 차의 속도를 일정하게 유지한 채로 운전한다.

둘이 되면 반드시 혼자와는 다를 법한 일들이 생기곤 한다. 그리하여 우리는 거듭 확장을 거치게 된다. 기헌과 인연을 맺기로 마음에 가닥이 잡힌 후로, 나는 평소처럼 작업하는 와중에도 머릿속에 그를 비운 적이 없다. 조용히 깊게 하는 사랑. 어쩌면 이러한 방식으로만 혼자 쭉 사랑하고 있었는지도 모르겠다. 나의 마음이 얼마만큼 전해지고 있을까. 답답함이 밀려왔다. 닫힌 창문이 내려가기 시작한다.

"마셔봐. 공기."

난 속마음을 들킨 것처럼 놀라 굳어버렸다.

"왜?"

그런 내 표정에 그는 어리숙한 얼굴로 묻는다.

"아, 아니에요."

들판 위, 큰 새 두 마리가 날아간다. 널찍한 날개를 펴고 어딜 향해 떠나는 걸까. 몇 차례 도약을 거친 뒤, 새들은 아주 먼 곳으로 날아 차차 시야에서 흐려지고 있었다. 한차례 봄비가 지난 땅은 온갖 차갑고 축축한 것들을 흠뻑 머금고 있다. 선선한 바람의 싱그러움.

"자, 내려! 다 왔다!"

우리는 차에서 내리며 접혀있던 몸을 쭉 펴기 시작했다.

"네가 오고 싶어 했던 청보리밭이야."

청보리밭! 말로만 들었지 직접 와본 적은 없다. 나의 입이 다물어지지 않자, 기헌은 본인이 저질러 놓은 이벤트가 만족스러운 듯 주차장을 나와 앞장서 걷기 시작한다. 높은 건물을 완벽히 벗어난 세계, 주차장의 울퉁불퉁한 자갈 위로 걸음마다 돌 구르는 소리가 난다. 감격을 품은 채 주변을 둘러본다. 그리고 얼마 가지 않아 펼쳐진 푸른 기운.

"우와!"

연둣빛으로 바짝 솟아난 풀들로 어딜 봐도 초록인 세상. 경이로울 만큼 아름다운 광경이다. 나는 풀 사이를 비집고 들어가 원을 그리며 걷는다. 비록 나는 영상 하는 사람이지만, 렌즈로 담을 수 없는 순간이 넘쳐난다는 사실을 여지없이 인정해 버리곤 한다. 촬영 중인 찰나마저도 아쉬울 만큼 말이다. 지금도 그랬다. 연신 쏟아지는 감탄으로 건너보는 시간들. 푸른 초원 위로 아주 조그맣게 점이 된 우리였다.

"예전에 그랬잖아. 너!"

한가운데서 멈춘 걸음으로 기헌이 외치기 시작한다.

"청보리밭 한번 가보고 싶다고!"

작년이었다. 나는 고개를 끄덕이며 어깨 위로 동그라미를 만들었다. 작은 동그라미를.

"데리고 오고 싶었어!"

날 흔드는 삶의 파동에서 마음은 늘 서늘했지만, 어느 한 사람, 그 존재 덕분에 난 몇 번이고 물살을 가를 수 있었다.

"난…… 아무렇지 않아."

떠나간 친오빠는 아무렇지 않다는 말을 습관처럼 내뱉는 나에게 그건 좋지 않다고, 당신이 아닌 다른 누구에게라도 마음을 털어놓을 수 있었으면 좋겠다고, 그런 친절한 바람을 건네곤 했었다. 내겐 없는 침착함과 온화함을 품고 있던 오빠.

"거짓말이 아니고 오빠…… 정말 아무렇지 않을 것 같아, 이젠."

무엇보다 내 인생에 이렇다 할 전문 분야가 없어, 사는 게 이토록 고된 건지. 결실 없는 길에 가까운 이의 존중이 없다면, 쉬지 않고 걸어

왔대도 아무 길도 나서지 않은 사람이 된다. 그 어디서도 정착하지 못하는 나를 보며 주저 없이 머물러 준 사람. 그는 나의 발자취를 짚어주는 존재이자 잊지 말라 새겨주는 사람이었다.

"바람이 불어! 초록색 바람!"

더 이상 패배의 감정을 덧붙이지 않으려 한다.

"날아가! 모두 날아가 버려라!"

함부로 절망하면 안 된다. 그러면 멈춰 서기 때문이다.

#해원

해원은 집안을 둘러보는 게 여전히 어색하다. 새집은 아무리 봐도 낯설다. 취향의 최선은 아니지만 형편의 최선이랄까. 그래서 마루, 벽, 천장, 문 어느 하나 귀하지 않은 부분이 없다. 젊음이 생의 큰 환희라지만, 해원은 돌아가기 싫었다. 이름이 얼추 알려지고 대중에게 어딘가 모르게 익숙한 이름이 되기까지 겉만 번지르르한 몹쓸 명예로움으로 모멸감이 든 것만 해도 여러 차례, 하지만 그런 중에도 속상하게 다음 작품을 그려가는 것이 그녀의 운명이었다.

해원은 자신이 선구자도 그 무엇도 아니라고 생각한다. 다만 이 생업을 남들보다 더 미워하며 지독하게 다가선다는 것뿐이다. 강연장 곳곳에서 해원은 젊은이들이 하는 찍어놓은 듯한 질문에 시원스레 답하지 못한다. 상대가 충분히 영민한 젊은이로서의 역량을 가지고 있다 해도 그러했다. 지난 시간이 자꾸만 해원을 붙잡았다.

젊으니 부딪혀 보라고요? 잦은 실패도 꼬박 앓아보라고요? 어떻게 그렇죠. 어떻게 그런 말을 아무렇지 않게 할 수가 있어요. 온전히 견뎌보는 게 본디 젊음의 것이라는 말은 해원을 스쳐 간 어른들의 것이었다. 입만 열면 조언하기 바쁜 어른들의 말을, 해원은 마른 가지처럼 빨아들였지만, 쏟아낸 그들은 방관하였다. 그런 말 자체를 언제 내뱉었는지도 까맣게 잊고서 말이다. 그러니 그녀는 고스란히 복제하고 싶지 않았다. 젊은 날의 해원은 그 언제고 괜찮은 날이 없었기 때문이다.

그녀는 결국 몇 차례 주저하다 답하지 못했다. 답신의 의무는 주어지지 않았으나, 마감이 정해진 것처럼 속까지 조여 오곤 했던 며칠간이었다. 생전 엄마가 해줬던 갈비가 떠올라 몇 달이고 정육 코너 앞을 서성였으면서도, 그러다 운 좋게 할인하는 날을 마주하고서도 나중에, 나중에. 후일로 미루기만 했던 자신을 돌이켜보며, 어떤 꿈은 좇을수록 자신의 욕망과는 멀게만 살도록 내버려둘지도 모른다고.

"슬픈 자화상이 내가 되어서는 안 되거든."

해원은 무심한 표정으로 화장실 선반을 정리하며 허탈하게 웃는다. 적어도 극심한 가난을 겪어본 이는 타인에게 무엇도 함부로 권할 수 없을 것이라고, 적어도 한 번쯤은 주저해야 마땅한 게, 그녀가 생각하는 어른의 형상이었다.

샤워를 마치고 따끈한 차를 들고 침실로 향한다. 조명등 아래 한 모금 입을 적신 해원은 양팔과 다리를 쭉 펴고 침대에 눕는다. 누군가는 자신을 지켜보며 원더풀 월드에 머문다고 짐작할지도 모르겠으나, 기어코 얻어낸 수입으로 다음을 향해 가야 하는 것은 지금의 자신이 되었어도 변하지 않는 현실이라는 것.

　과연, 명성이 허기를 채워줄 수 있을까. 해원은 청년들이 숱하게 어려웠음에도 거듭 빈손일 것을 걱정했다. 부디 당신만은 다른 길을 걸어가 주기를. 작은 얼룩조차 없는 말끔한 침실에서 눈을 떼지 못한다.

　"묵묵히 이뤄낸 근면 성실의 대가는 받을 수 있을 거예요. 허나 노력은 배반하지 않는다는 말이 늘 적용되는 건 아니라는 생각엔 변함 없습니다. 칭송해 주신 작품들은 예술에 취해서 쓴 건 아니었어요. 기다리기만 하는 상황이 영 고역이라 마침내 지금에까지 왔네요. 좌절하다 보면 자신에 대한 의심을 품게 돼죠. 하지만 고통의 터널을 지나 큰 상을 거머쥐게 된 건, 영화 시작하고 나서 이십 년은 훨씬 지난 때였어요. 믿음이란 게 완전히 틀린 건 아니라며, 그날 밤만은 깊숙이 웃었답니다. 해낼 거라 믿어요. 믿음, 그거 하나 있으면 할 수 있고, 없으면 아무것도 거칠 수가 없으니까요. 적어도 그래요. 좋아하는 일이라는 게."

#규원

기헌을 향해 두 팔을 활짝 펼친 채, 그 자리에서 기다렸다. 먼 초록빛 사이에 선 남자가 내게로 달려온다. 환한 얼굴로 나를 번쩍 들어 올리는 남자. 있는 힘껏 그의 어깨를 감싸 안았다. 그는 나에게 좋다, 예쁘다는 말보다 멋있다는 표현을 건네곤 하였다. 그건 성별도 관계도 떠나 한 인간에게 건넬 수 있는 뜨거운 찬사였다.

애초에 가지고 있던 자신은 어디로 가버렸는지, 어쩌면 오늘의 마음도 언제 그랬냐는 듯 허무하게 사라져 나를 눈물짓게 할지도 모르겠다. 그러나 분명한 건, 두려움 역시도 차차 새로움으로 가는 초입일 거라고. 우리를 둘러싼 푸른빛이 마음에 쿡 점을 찍어주었다.

"야-호!"

나는 그에게 나라는 더 넓은 세계를 보여주고 싶다. 명확히 확증하고 싶다.

"규원아! 넌 너무 멋져!"

나는 결국 내 작품을 믿는, 아니, 나를 믿는 사람이다.

"사랑해! 기헌아! 내 인생에서 가장!"

우리는 서로를 품에 안고 연둣빛 공기를 쉼 없이 마셨다.

#
서울에 새 눈이 내리고
내가 적당히 가난하고
이 땅에 꽃이 피고
내 마음속에 환상이 사는 이상
나는 어떤 비극에도 지치지 않고 살고 싶어질 것이다.

예상치 못한 함박눈이 쏟아지던 날.
홀린 듯 들어간 미술관에서
한낮의 젊은이 원은 멈춰버렸다.
화가이자 문필가였던 예술가 천경자 화백의 글이
벽면에 전시돼 있었다.

「한낮의 젊은이, 원」 작업을 마치며

규원의 짧은 시간, 해원의 긴 시간을 기반으로 이루어지는 **「한낮의 젊은이, 원」**은 분할의 분할을 거치는 이야기로, 뒤로 갈수록 각자가 누구인지 구분이 무색할 만큼 하나로 연결되는 스토리입니다. 무언가에 대한 간절함 사이에는 그만큼 완벽한 공통분모가 존재한다는 의미이기도 했는데요.

꿈을 향한 모든 움직임에는 그 열망을 감당할 수 있을 만큼의 경의와 사랑이 바탕일 거라고 봅니다. 소리가 없다 해서 무력한 것은 아니듯, 여린 불씨만으로도 완벽한 어둠은 존재할 수 없습니다. 주인공이 비출 미래를 기대하고 있겠습니다.

네 번째 이야기

터널 안의 태양

넓은 침대 안의 두 사람은
마치 몹시 좁은 공간에 갇힌 것처럼
품에 서로를 가득 안았다.

챗 베이커의 나른한 멜로디. 회현은 멍한 눈으로 줄어드는 타이머를 바라보며 자신도 모르게 콧노래를 흥얼거리고 있다. 전자레인지 앞에 서는 기껏해야 오 분 남짓 되는 시간도 결코 짧지가 않다. 그사이 다른 무어라도 할까 싶다가도, 식사 전 할 일이랄 게 뭐 있을까. 싱크대로부터 멀찍이 떨어져 상체를 기울이고 팔굽혀펴기를 시작한다. 하나, 둘, 셋. 숨과 함께 불어넣는 구호. 이 역시 별다른 이유랄 건 없지만 그나마 할 수 있는 나름의 효율이었다.

오후 여섯 시, 이제 곧 출근이다. 회현은 손님에게 색색의 칵테일을 만들어 주는 일을 한다. 정말 이 직업이 지극히도 마음에 들어 멀쩡히 잘 다니던 외국계 기업에서 퇴사하고 우회할 만큼의 애착이 있었다. 선택을 주저할수록 더욱 운명 같다는 느낌이었다.

"스물, 스물하나, 스물둘……."

지금처럼 기분 좋게 몸이 데워지면 무슨 운동이든 당장 할 수 있을 만한 컨디션이 되지만, 출근 전은 체력 안배가 우선이니까. 이 직업에 있어 단점이라 하면 단연코 이러한 생활 패턴과 리듬에 관한 부분이었다. 회현은 짝다리를 짚고 잠시 머물던 아쉬움을 거둔다. 위로 쭉 팔을 펴는 스트레칭으로 마무리, 전자레인지 앞으로 성큼 다가간다.

그래도 남은 십일 초 남짓. 줄어드는 숫자에 그냥 오픈 버튼을 눌러 버린다. 김이 풀풀 나는 포장 안으로 잘 데워진 인스턴트 볶음밥, 별다른 조리 없이 데워놓은 닭가슴살도 있다. 이대로 통째로 먹을까 하다 나름 큰 접시를 잡아 꺼낸다. 뜨거워 흐늘거리는 포장지 양 끝을 조심히 잡고 내용물을 들이부으며 그 위로 미지근한 닭가슴살을 얹어둔다.

회현은 소파로 걸어가 유리 테이블 위로 그릇을 놓는다. 아, 젓가락. 반쯤 앉다 선반으로 가 챙기고선, 드디어 털썩 앉는 소리. 뭘 했다고 이렇게나 노곤할까. 회현은 기역자 카우치형 소파에 앉아 건너편 리모컨을 향해 몸을 기울이며 힘껏 움켜쥐었다.

딸깍, 전원 버튼에 이어 곧바로 음 소거를 누른다. 돌릴 때마다 아무 연관 없이 뒤바뀌는 소리가 싫었던 그는 채널을 정하지 못했을 땐 음량을 한껏 줄여버리곤 한다. 잠잠한 채 요란스럽게 전환되는 화면. 꽉 쥔 숟가락 아래로 뜨거운 김이 피어오르고 있다. 탁탁, 젓가락을 바로 세우며 닭가슴살을 찍어 누르고 기계적으로 씹는 회현이다. 전엔 빈틈없이 관리했는데 이젠 자연스레 흐릿해진 복근만이 남게 되었다.

운동을 제대로 하려면 동기부여라는 게 필요한데, 그게 무얼까. 몸무게는 전과 다르지 않았으나, 근육이 줄고 딱 그만큼의 지방이 차지하게 되었다. 큰 키와 적당히 붙은 살집에 정장을 입으면 그의 매력이 더욱 부각되는 듯했지만, 정작 본인은 조였다 풀었다 반복되는 상태에 지친 기색이었다. 반쯤 남은 음식 위로 수저를 그만 내려놓고 헤드레스트에 기댄다. 오물거리는 입안에는 짭조름하게 조미된 볶음밥의 향미와 고기를 덮고 있던 허브향이 머무른다.

-왜 그렇게 바닥에서 먹을까. 없어 보이게 정말 오빠는.

터덜터덜 걸어오며 쏘아보는 한 여자. 구석에 세워진 작은 접이식

상을 꺼낸다.

　-대충 먹으면 돼. 잠깐이면 되는데.

　회현은 슬리퍼를 끌며 다가오는 여자의 못마땅한 얼굴을 부스스 웃으며 바라보았다. 쭈그려 앉은 그녀는 탁탁탁탁, 상다리 네 개를 펼쳐 세운다. 마트에서 만 원 남짓 주고 산 부실하기 짝이 없는 밥상. 그마저도 살까 말까 진열대에서 고민했던 두 사람이다.

　그에게는 오래된 연인 주연이 있었다. 하지만 이직 후 전과 다르게 부모님의 어떠한 지원도 받을 수 없게 된 회현은 그녀와 함께하는 많은 것들에 있어 제약이 따르게 되었고, 그것이 연애의 새로운 국면으로 이어지게 되었다. 그래도 하고 싶은 일을 하며 살고 있으니 불만이랄 건 없었지만, 그녀를 보면 지금 이게 맞을까, 혼자라면 생기지 않을 법한 고민들이 들끓어 답답하기만 했다.

　-자, 젓가락. 오빠는 늘 이러더라?

　회현은 TV에 고정된 눈으로 민망해하며 그녀의 손목을 잡아끈다.

　-에잇! 장난치지 말고.

　그녀가 맥없이 웃자, 회현은 그녀를 응시하며 따라 웃었다.

　정말 뜬금없이 그랬다.

　가끔 이렇게나 문득, 회현은 한참 지난 전 연인이 떠오르는 것이었다. 닭가슴살 한 덩이쯤은 두세 입에 곧바로 끝내버릴 식사였지만, 유독 질겅질겅 씹히는 날에는 이상하게도 그날의 풍경이 떠올랐다. 그녀가 생각날 때면 회현은 꼭 붙잡을 수 있었던 기회를 놓쳐버리고는 두고두고 기다리는 처지에 놓인 것만 같았다.

소란스러운 마지막이 아니었던 두 사람. 회현은 소파 깊숙이 몸을 파묻은 채 그녀를 그려보았다. 그러다 손끝이 빠르게 움직인다.

-뭐해?

이미 전송돼 버린 문자. 두 손은 갈피를 잃었고 구레나룻에서 식은 땀이 나기 시작했다. 고양이가 전신을 늘리듯 기지개를 켜보지만, 들리는 건 머릿속 잔잔한 음률뿐. 답장은 없겠지? 저녁엔 결코 보내주지 않았으니까. 회현은 그게 무슨 의미인지를 안다. 원치 않는 그림이었는데 늘 이런 짝이 돼버리고 만다. 알면서도 보낸 거다.

주연은 몇 달에 한 번씩 받는 회현의 주기적인 문자에 곧장 대답한 적이 없었다. 답장한대도 그가 잠든 훤한 대낮일 뿐, 회현이 원하는 시간, 쾌락이 솟구치는 신기루와 같은 깊은 밤의 대화는 꺼리게 되었다. 과거 그의 연락을 기다리던 때란 실제로 있었을까. 그 기억이 간밤의 꿈, 아주 찰나의 환상이었나 싶을 정도로 그의 연락은 이미 가치를 잃은 듯 보인다. 주연은 정말 어느 날의 말대로 구는 걸까.

-오빠! 난 연인 아니면 다 2순위다. 알어? 근데 말이야. 2순위란 건,

없는 거나 마찬가지라는 뜻이야. 왜냐, 가장 중요한 건 언제나 첫 번째 니까. 나머지는 곁들어질 뿐이지.

"나머지는…… 곁들어질 뿐이지."

나름 철학이 확고한 여자였다. 일면 불친절한 면모가 괜한 미움을 살 수도 있었지만, 신기하게도 주위에 매정한 눈은 없었다. 보이지 않는 유리 벽을 두었다 해도 잠깐 생각해 보면 대개 상식선에 있던 것들이었으니까.

그날 밤, 새벽이 꼬박 지나도록 회현의 휴대전화는 고요하기만 했다. 번호가 바뀌었나, 아님 차단? 그녀의 연락을 간곡히 기다리는 중인지, 누군가를 바라보는 일에 중독되어 버린 건지. 울렁이는 두근거림에 머물러 사는 회현은 규칙 모를 발작처럼 행동이 앞서간 채 이미, 이미, 이미 보내버린 연락들이 늘어나게 되었다. 남녀 사이에는 간혹 이런 엉뚱함이 행운에 도달하기도 하니까. 하지만 이번은 아니다. 회현은 사물함을 열어 핸드폰을 던져 놓으며 외투를 걸친다.

"그럼, 저는 가 보겠습니다."

이른 새벽, 일을 마치고 나온 회현은 지워지지 않는 1이라는 숫자에 무척이나 집중하게 된다. 정말 무슨 일이라도 있는 건 아니겠지? 곱씹어 생각할수록 한쪽 구석만 공허해진다. 숨결이 새벽 공기 중으로 그대로 드러난다.

쌀쌀한 기운이 가득해도 나름 따스함이 감도는 하루가 있다. 오늘

볕이 그렇고, 공기가 그러했다. 밝은 새벽으로 가는 길은 비장하리만치 넋을 나가게 하는데도, 텅 빈 마음엔 그저 높아만 보이는 하늘이다. 구름이 사라진 하늘의 여백. 겨울은 이 큰 부재를 어떻게 감당하려나.

　이제 바닥에서 음식을 먹는 일도, 좁다란 원룸 한쪽에다 세워둔 상을 굳이 가져와야 하는 일도 없다. 물론 다 차려놓은 음식 앞에 꼭 비어있는 젓가락의 자리로 그녀를 찌푸리지 않게 만들 자신은 없지만. 회현은 쓸쓸하게 웃는다. 마음의 근원이 미움인지 그리움인지, 무어라 딱히 이름 붙일 수 없다. 각자를 분리해 네임 태그를 달아 둔대도 변할 현실이란 없을 것이기에, 혼자라도 굳이 성가신 일을 벌이고 싶지 않았다.

　길에 멈추어 단념한 듯 머리를 쓸어 넘긴다. 안 되겠다. 운동하고 가야지. 계획에도 없던 새벽 운동을 일정으로 잡아버렸다. 유년 시절 여행지마다 상황이 허락하는 한 빠뜨리지 않았던 운동, 스쿠버다이빙. 처음 느꼈던 그때의 희열을 고스란히 간직한 회현은 얼마 전 수영이나 하러 갈까, 장소를 물색하다 퇴근길에 위치한 프리다이빙장을 발견하게 되었다. 대단지 아파트 근처 수영장과는 비교할 수 없을 정도의 고요함. 회현은 프리다이빙의 매력에 푹 빠지게 되었다.

　다이버 슈트를 챙겨 입은 회현은 몸의 곡선이 적나라하게 드러나자 오히려 자유로운 느낌이 들었다. 이런 감정 때문인지 그는 지쳐가는 날이라도 방문한 날만큼은 계획대로 트레이닝을 소화해 내려고 한다. 입구서부터 짙게 풍기는 염소 냄새. 푸른 수영장과 잘 어울리는 듯하다. 소독 향 가득한 깊은 물 속에 들어갔다 나온다면, 무언가 개운한 구석이 생기겠지.

풍덩! 마음과 달리 공간을 울리는 경쾌한 소리. 귓가를 메우는 보글거리는 소리와 산산이 부서지는 시야. 용기 내어 눈을 부릅뜨면 막연할 것 같던 세상이 새로이 펼쳐진다. 회현은 물이 튀기며 퍼지는 소리를 좋아한다. 생활 속 싱크대에서 나는 소리는 물론이고, 주변을 축축이 젖게 하는 빗소리와 칵테일 셰이커에서 마구 흔들리는 알코올까지도. 어쩌면 좋아하는 감정은 너머너머로 연결된 것일지도 모른다.

회현은 눈을 감고 근육을 이완하는 준비운동을 시작으로, 자신이 가장 안정을 되찾을 수 있는 것들을 떠올려보았다. 프리다이빙은 공기통 없이 맨몸으로 잠수하는 무호흡 운동이라, 꼼꼼한 사전 운동과 안온한 심리 상태가 중요했다. 이 과정이 빠져버린다면 호흡이 들쑥날쑥해 아찔한 사고가 벌어질 수 있기 때문이다.

아니나 다를까, 두 달 전쯤 회현은 이러한 과정을 제대로 수행하지 않은 채 훈련에 뛰어든 적이 있었다. 이제 좀 익숙해졌다는 호기 탓일까. 혼란스러운 마음으로 대충 들어가 버린 그날의 다이빙에서 예상치 못한 발작이 발생했고, 아무런 저항도 못 하고서 풀 아래 깊은 원통에서 기절한 채로 발견돼 구조되었다. 마음을 다진 날과 그렇지 못한 날의 격차를 뚜렷이 느껴버린 사건으로 무엇보다 매 순간의 단단한 집중이 필요하다는 사실을 몸소 깨달았던 것이다. 그때를 회상하니 물 안에서도 손끝이 찌릿할 만큼 전율이 인다.

차분한 눈으로 숨을 컨트롤해 본다. 쉽게 내뱉는 게 호흡이었는데 본격적으로 해보니 이 또한 쉬운 일이 아니었다. 가끔 진짜인지 아닌지는 모르겠으나, 회현은 본인의 심장박동을 수차례 감지하기도 했었다. 의지로 움직이는 게 아닌 심장근, 혼자 부지런히 뛰는 기묘한 장기. 그래서 불수의근이라고도 불리는 녀석은 가만 생각해 보면 기특함을 넘어 가히 경이로운 수준이라 할 수 있었다.

쿵, 쿵, 쿵.

구령 같은 박동에 맞춰 전신에 힘을 빼고서 유연하게 자신을 밀어넣어본다. 하-합! 꼬르르륵…….. 물속으로 고개를 집어넣으며 짤막한 사전 잠수를 시작한다. 주변이 온통 새하얘진 채로 아무런 생각이 들지 않는 순백의 30초, 1분… 2분…….

프-합! 더는 참지 못하고 고개를 내밀어 버렸다. 얼마나 됐지. 이런, 전보다 떨어진 기록에 손바닥으로 얼굴의 물기를 강하게 닦아내며 타이머를 재확인한다. 움직임마다 찰싹거리는 소리. 풀장 밖에 선 버디가 조금은 아쉬운 표정으로 괜찮다며 고갯짓을 한다. 마음에 들지 않는 게임을 마친 듯 아쉬움이 단번에 몰아친다. 버티고 버티다 빠져나온 찰나가 자꾸만 신경을 건드렸다.

본격 입수를 앞둔 후 회현은 살짝 겁이 나 다시 머릿속을 재정비하기 시작했다. 모든 게 괜찮다 해도 이건 스스로가 바라보는 자존심의 문제였다. 또다시 헝클어진 채로 널브러져 물속에 잠들고 싶지 않았던 것이다. 들숨 날숨 이산화탄소를 미리 빼두는 작업을 통해 심장 가득 산소를 채울 준비를 완료, 하였다.

문득 처음 마주했던 이곳의 모습이 그려진다. 평범해 보이는 푸른색 안으로 몹시 깊은 하나의 원, 그것은 마치 거대한 블루 홀을 옮겨 놓은 듯 아찔해 보이는 깊이였다. 해저 동굴처럼 어둑해서는 별안간 등골이 서늘해지던 순간, 숙인 상체로 고개만 내민 채 자꾸만 뒷걸음 질하던 날이었다. 그야말로 동경하면서도 가늠할 수 없었던 첫 만남이라고 할까.

물이란 매번 다르게 느껴지는데, 어느 날엔 반가워 몸에 착 달라붙는 듯하다, 또 어느 날에는 안쪽 깊숙이 무언가 숨겨놓은 듯 어둑하게 두려운 날도 있었다. 그러나 막상 들어가면 그 깊이도 잊은 채 흠뻑 빠져서는 아주 느리게 느리게. 상황을 금세 인지하게 되는 건, 기묘하게 다가오는 수압 때문인데, 전신이 조여 올수록 생각을 비우고, 호흡을 가다듬으며, 한 차례 불안을 거둬 내는 것에 온 힘을 기울여야 한다.

나름의 마인드 세팅을 마친 회현은 다이빙 지점으로 걸어가 망설임 없이 입수했다. 풍-덩! 잠시 주저하던 모습과 달리, 깔끔한 다이빙으로 유연하게 물결을 가르는 모습. 팔다리 움직임에 부드럽고 긴 자유로움이 생기자, 경직된 근육들이 한결 풀어진다. 어느새 네모난 풀장 바닥을 터치한 회현은 곧 펼쳐질 아래 홀을 향해 다가간다.

동그란 구멍 가운데 덩그러니 장치된 빳빳한 로프를 더듬어 부여잡는다. 이제 이 녀석이 그의 길을 책임져줄 동아줄이다. 손에 힘이 들어가는 동시에 절실함도 발현된 건지, 단단한 줄에 미세한 흔들림이 생기기 시작했다. 생생하게 느껴지는 촉감, 그 팽팽함에 의지한 채로 그대로 수직 하강에 돌입하였다. 속도가 붙는 순간 갖은 감정이 사라지고, 단지 남아있는 하나의 줄에만 집중한 채로 기다란 발길질을 일으키며 내려간다. 수심 5미터, 10미터, 15미터.

점차 살갗에 가해지는 압박에 회현은 코를 잡고 압력을 낮추며 살살 이동해 나아간다. 밖에서 들여다본다면 아마 흔적조차 알 수 없을 만큼 자취를 감춘 상태일 테다. 한 팔, 한 팔 혼자 감당해야 할 고독을 거쳐 가는데, 차곡차곡 지나는 깊이는 과거엔 하나의 꿈이었고, 또 하나씩 이룬 현재다. 그리고 떠오른 다음 목표, 오늘 그의 꿈은 23미터이다. 잠수의 깊이를 측정하는 센서가 팔목에 장착되어 있어 로프를 잡은 온몸이 깊게 잠겨 드는 것이 중요한데, 그만큼 회현은 팔을 곧게 뻗으며 한 번에 쑤욱 내려갔다.

드디어 다다른 목표 지점! 얼굴에 미소가 안착하는 동시에 요란스러운 전신의 박동이 뚜렷한 흔적을 남기기 시작했다. 숨이 모자라다는 걸 감지하면서도 아닌 척, 모자람에 집중하지 않고 평정을 유지하는 것이야말로 프리다이빙의 매력이었다.

마침내 되돌아갈 차례. 반동을 통해 튕겨 오르듯 턴. 우아한 반원의 곡선을 만들어내고는 다시 로프를 부여잡고 원통 사이를 오른다. 무사히 성공한 오늘의 완주. 회현은 희열 대신 안도로 두 눈을 감으며 떠오르기 시작한다. 한계를 극복한 후 만나는 자유로운 유영. 팽팽한 긴

장이 거둬지니 마침내 진정한 평안을 마주한 것 같다. 작은 물고기가 몸을 말아 헤엄치듯 진정한 물아일체가 되어 놀아본다.

높은 건물에 설치된 대형 풀장인 만큼 물속에는 바깥을 훤히 비추는 창문이 마련돼 있었다. 울렁임 사이로 투과된 빛이 각자 다른 푸른색이 되어 흔들리며 부서진다. 사선의 새벽빛. 몽환적이고도 투명한 풍경에서 몸의 날을 세우며 반짝이는 흐름 속을 지난다. 수면을 바라보는 단단한 시선, 잠든 물속을 깨우지 않고 잠잠히 가로질러 나가는 몸짓 같았다. 족히 성인 상체 길이는 넘겨버릴 오리발 롱핀이 만들어내는 기다란 아름다움으로 흔들리는 물의 결을 통과하였다.

푸-하! 참았던 숨을 길게 내뺀다. 이리도 숨통을 조이고 나서야 비로소 가지고 있던 것에 대한 감사를 되새기게 되다니. 얼떨떨한 얼굴로 두리번거리자, 그를 기다리고 있던 버디가 회현의 등을 찰싹 두드려주었다.

"오랜만인데 그래도 잘했어!"

보기만 해도 기분 좋아지는 깊은 입매를 보며 회현은 힘이 풀린 팔로 하이파이브를 건넸다. 하지만 금세 쳐지는 시선, 힘껏 세수하듯 물살에 얼굴을 비빈다.

대체 이별한 지 몇 년인데 여전히 남아있는 기억이 그녀일까. 이러니 뭐든 늦어진 그녀의 마음도 납득 못 할 일은 아니었다. 마음을 맴돌며 살 수밖에 없는 유난히 느린 사람이 있다. 사랑에 잠식당해 침전하는 것도, 수면 위로 부유하듯 다시 떠오르는 것도.

-어제 문자했었네? 무음이라 몰랐어.

-요즘 어때? 잘 지내?

-잘은 아니고 그럭저럭?

-밥 한번 먹어야지.

-그러게.

-요즘 바빠? 다음 주 시간 어때?

-흠… 다음 주엔 선약 있고 이번 주라면 될 것 같긴 해. 오빠 언제 쉬지? 낮이면 다 되는 건가.

-아니, 휴무 있어. 네 시간에 맞춰보려고.

-아, 그래? 그럼 이번 주 토요일 2시는 어때?

뚝, 뚝, 뚝. 물기를 머금을 축축한 머리카락 아래로 아주 선명한 보조개가 생겼다.

그토록 기다리던 만남이었지만 막상 도착하니 회현은 담배가 당겼다. 하지만 냄새나겠지? 이유 모를 미소로 차에 기대 서 있다.

"오빠!"

이마를 걷어 올리며 걸어오는 그녀를 발견하자 회현은 두 손을 말아 쥐며 다가간다. 표정 관리를 해야 하는데, 생각보다 쉽지가 않다. 하지만 그는 알고 있었다. 무던한 척 애쓰려는 부자연스러움이 외려 상대에겐 우스워 보일 수 있다는 사실을.

"에그, 미안. 좀 늦었네."

회현의 눈동자에 머리부터 발끝까지 한 여자가 담긴다. 예쁘네. 말하려다 들이는 숨으로 삼켰다. 꾹 참아낸 스스로를 느끼며 회현은 다행스럽게도 좋은 시작인 것 같았다.

"얼굴 좋아졌다?"

대신 맞지 않은 말을 불쑥 던져버렸고,

"사람 제대로 보지도 않고 무슨."

주연은 빤히 쳐다보더니 금세 부서지는 웃음으로 차 문을 연다.

"어째 집 앞에 데리러 왔는데도 이렇게 늦었을까나? 안 그래? 민망하게 말이야."

멋쩍은지 조수석에서도 같은 말을 꺼낸다.

"난 학교 앞에 사는데도 항상 지각했었지."

회현의 거드는 말에 주연은 짧게 코웃음을 친다.

"너 안전벨트……."

순간 회현은 몸을 기울이려다 다시 원래 자세로 돌아와 핸들을 말아 잡는다.

"벨트 맬 줄 알고 있었구나. 너?"

"뭐래, 장난해?"

주연은 황당한 표정을 짓다 웃어버렸다. 그녀가 해맑은 얼굴이 되면 회현은 자신이 대단한 사람이 된 것 같은 자신감에 쓸모없이 우쭐해지곤 했었다. 하지만 오늘 그의 표정은 약간 어정쩡하기만 하다. 다소 경직되었다고나 할까.

회현은 하나부터 열까지 자신이 챙기지 않아야 하는 것도 살폈고, 그걸 너무나도 자연히 받아주던 그녀가 자신과 퍽 맞는 운명이라고 여겨왔다. 이게 뭐라고 대뜸 아쉬워지는 걸까. 아니 아니지, 이런 기분을 그녀가 느끼게 해서는 안 되는데 회현은 다시 몸에 힘을 바짝 줘본다.

"뭐 먹을래?"

그의 질문이 끝난 순간, 주연의 얼굴엔 약간의 성가신 표정이 스쳐 갔다. 정하고 제안하는 게 좋을까, 아예 선택권을 넘겨버리는 게 좋을까, 그 부분은 여전한 물음으로 남아있다.

"흠, 샤부샤부? 나 아는 곳 있는데."

곧바로 정리되는 주연의 얼굴. 그녀도 알고 있을 것이다. 과거와 지금 달라져야 할 태도에 관해서. 당연하게 바라던 것들이 이제는 기껏해야 배려이고, 그게 아니더라도 딱히 논쟁거리가 되지 못한다는 서로의 입장을 말이다.

"샤부샤부? 좀 더 맛있는 거 먹지. 골라 봐, 비싼 걸로."

나긋나긋한 어조, 다정한 말투. 주연은 예기치 않은 순간 문득 연애 시절이 떠올랐다. 몹시 멀게만 느껴지던 때가 하필 다가오는 순간이라니.

"지금은 이게 당기네? 그 매장 듣기만 하고 안 가봐서."

민망한 회상 때문인지 주연은 벨트를 만지작거리며 앞을 봤다. 방문의 목적을 듣자 회현은 대충 납득이 가는 듯 차를 출발시킨다.

"날씨 좋네."

주연은 목을 빼고 유리창 밖을 본다.

"그러네. 죽이네, 날씨가."

정확히 토요일 낮에 어울리는 날씨였다. 회현은 흩어지는 대답을 하고서야 뒤늦게 하늘이 보인다. 정말 그녀 말대로 잔잔히 부서지는 햇살이 더없이 좋아 보이긴 하다. 바람결을 마주하지 않는다면, 앙상히 뻗은 가지 끝을 발견하지 않는다면 더욱 포근해 보일 날씨로.

데이트를 하는 데에 있어 신경 써야 할 것 중 하나가 날씨겠지만, 그에겐 부담이 아니었다. 주연은 쨍하게 맑으면 맑은 대로, 그어대듯 쏟아지면 쏟아지는 대로, 금세 신이 나곤 했기 때문이다. 어떻게 그럴 수 있었을까. 그녀에겐 하루하루가 제각기 다른 기준으로 높게 가치가 매겨지는 듯했다. 오늘은 참 맑다.

"일은 어때? 잘 돼가?"

회현은 그녀의 안색을 살피며 슬쩍 질문을 던진다.

"뭐, 그냥 그렇지. 별다를 게 있겠어."

주연은 등을 기대며 두 발을 쭉 뻗어 앉는다. 회현은 어쩌다 건너 들어 알고 있었다. 주연이 얼마 전 회사를 그만두고 이직했다는 소식을.

"괜찮아?"

"뭐가?"

"아니, 뭐…… 회사 이런저런 생활 괜찮냐고."

"월급은 그대론데 일만 죽어라 늘어난다고나 할까."

"일이 그렇게나 많아?"

"눈치 게임이라고 해야 하나. 왜 그런 거 있잖아. 하나라도 덜 맡으려고 어찌어찌 해서 힘없는 사람한테 밀어내는 꼴이랄까."

"이런."

"당연한 것 같기도 해. 직장에선 누구나 어른이 되길 포기하니까."

회현은 슬쩍 몇 마디 흘려듣기만 해도 그녀가 고민스러운 사정에 처해 있다는 게 짐작이 간다. 그럼에도 그는 아는 척하지 않았다. 집 앞 슈퍼에 들러 작은 우유 하나 사는 때에도 주연은 습관처럼 회현에게 문자 보내곤 했었다. 그래서 함께 있지 않은 시간에도 그녀의 동선을 빤히 꿰뚫을 만큼 그대로 그려지곤 했었는데. 그러나 지금 그는 그녀에 관해 모르는 혹은 모른 척해야 하는 사실이 많다. 주연의 시선이 계속해 차창 밖에 머물러 있자, 회현은 그런 그녀를 힐끔거리게 되었다.

"오빠는? 계속 일하고 있고?"

"응."

"아직 거기서?"

"어."

"그렇…구나."

주연은 턱을 쭉 빼고 힘없이 끄덕인다.

그러고 보면 둘 사이에는 단 한 번도 직업에 관해 진지한 대화를 나눌 기회가 없었다. 하지만 회현은 그녀가 그의 직업을 마음에 들어 하지 않는 것쯤은 미묘한 징후로 알고 있었다. 그녀가 4라면 그녀의 어머니가 6의 비율로 말이다. 그의 친구들이 대개 그렇듯 회현 역시도 평생을 정해진 수순대로 살아왔고, 또 그렇게 살 줄로만 알았다. 대학을 마치면 대학원 혹은 스트레이트로 유학을 떠나는 것을 과정으로 삼고, 오래 유념한 대로 이름만 대면 알만한 굵직한 회사에 들어가 제각기 역할을 해내는 것으로. 그러니 지금 같은 현실은 매우 다양한 선택지에도 존재 않던 셈이었다.

의지를 관철하기 위해서는 각오 이상으로 고된 과정이 산재해 있었다. 가령, 극구 말리는 부모를 벗어나 몇 해는 보지 않고도 살아갈 정도의 강수를 두는 것부터가 우선이었다고 할까. 오래 아팠다. 유복한 환경에서 지원받는 것이 당연했던 그에겐 부모와 벽을 둔다는 것 자체가 여러모로 수월치 않았던 선택이었다. 그러나 어느 쪽으로도 수그러들지 않는 양측의 논쟁에서 언제나 수긍만 하며 살아왔던 시간들이 어찌 보면 그에게는 상처였고 아픔이었다. 자신의 인생에 관해 자꾸만 물음표가 잇따랐지만 외면한 채 걸어왔다는 것. 그러니 한 번쯤은 마음이 떠오르는 순간에 시도라는 것을 해보고 싶었다.

하지만 이는 끝이 아닌 시작이었다. 회현의 진로 변경 이후, 그는 연인과 등을 돌리는 일이 잦게 되었다. 아무리 봐도 주연에겐 그의 직업이 젊은 시절 잠시 스쳐 가는 돈 벌 구실로만 느껴졌는데, 그는 자신의 모든 걸 갑작스레 포기하며 거의 천직에 가까운 정성을 들였으니. 지켜보는 이로서는 당혹스러울 수밖에 없었고, 회현 역시도 그 나름대로 서운한 내색을 감출 수 없던 것이었다. 곳곳에 균열이 일자, 두 사람은 깊이 생각할 여유도 없이 이별로 향하게 되었고, 결국 그는 혼자가 되어버렸다. 멈춰선 걸음, 고립감이 밀려왔다.

"못 보던 옷이다? 웬일 이래 오빠가. 옷을 다 사고."

주연은 운전하는 회현을 훑어보며 그의 팔뚝을 살짝 터치했다.

"지난번에 하나 샀지."

"어제가 아니라?"

묘한 웃음기가 서려 있는 주연의 얼굴.

"무슨 소리야. 나도 옷 많아."

그녀의 짓궂은 물음에 회현은 팔을 들썩이며 항의하듯 쏘아붙인다.

"왠지, 색깔별로 샀을 것 같아."

먼 곳을 보며 희미한 웃음으로 말하는 주연에게 회현은 멈칫, 허어어 새어 나오는 소리를 그대로 흘려버리게 되었다.

"셔츠는 두고두고 입으면 되니까. 잘 샀어."

주연은 무료한 듯 하품을 쩍 하며 휴대전화를 꺼내 고개를 숙이고 엄지를 움직인다. 전과 다른 차 안의 공기, 그가 품고 있던 무언가의 기대를 저버리게 했다. 틈틈이 찾아오는 둘 사이의 적막은 모아봤자 십 분도 채 안 되는 시간이었지만, 회현은 그녀에게 따분한 데이트라는 인상을 주고 싶지 않았다.

　헤어진 후 그녀는 노골적이진 않지만, 말의 뉘앙스나 주제 선정, 더는 안 된다는 묘한 느낌으로 그를 차갑게 대했다. 회현 역시도 그에 크게 벗어나지 않으려 했다. 하지만 그녀가 그렇게 했기에 따라 했을 뿐, 멀어지려는 의도는 없었다. 그러나 선명하게 느낄 수 있었다. 잘 되리라 여기는 틈새도 쉽게 주어지지 않는다는 사실을.

　"그러고 보면 오빠 참 능력자야. 한 군데에서 오래 일한다는 거, 알고 보니 대단한 거더라고."

　말 사이 깊은숨을 내쉬고는 주연의 시선이 조금씩 식어간다.

　"능력은 무슨. 다른 데 적응하는 게 버겁잖아. 하는 수 없이 버티는 거지."

　"버티는 건, 어디 쉽고?"

　그녀의 외로운 웃음이 허전하게 머물다 사라졌고, 시선은 그대로 밖으로 향했지만 그냥 눈을 두기만 한 것 같았다.

　"묵묵히 머문다는 게 왜 그런지…… 난 참 힘겹더라고? 유별난 앤가 봐, 내가. 옛날엔 몰랐는데 말이야."

　차 유리창이 하나의 액자라면, 액자 속 그림은 바뀌고 바뀌며 또 바뀌는 중이었다. 처연하리만치 영락없는 겨울의 풍경들. 회현은 낭만은 몽땅 집어치운 것만 같은 투박한 길이 야속하기만 했다.

　"난 달라진 거 없어 주연아……, 정말 아무것도."

　회현은 입가에 맴도는 말로 중얼거린다. 그런 그의 목소리를 들으며 주연은 사색에 잠겨 들어갔다.

　어떤 길이든 결과를 만들어내는 그를 지켜보며, 그녀는 여러 감정
이 교차하곤 했었다. 이번뿐만 아닌 매사 그래온 남자. 그와 교제하는
동안 미래에 관해 논의하지 못한 게 아쉬웠지만, 그녀의 궁극적인 의
도는 설득에 있었기에 한마디 얹는다는 게 쉽지 않다. 사랑은 분명
함께하는 것이지만, 한 사람의 생이란 우선적으로 당사자의 것이니,
사랑을 앞세워 자신의 몫인 양 맘껏 휘두르고 싶지 않았기 때문이다.
　그러나 주연은 상처받았었다. 이토록 갑작스러운 진로의 변화를 거
치면서도 자신에게 먼저 의중을 묻지 않았던 이유는 그녀를 존중하지
않아서라고. 집 안에 큰 물건을 들이면서도 상의도 없이 덜컥 구매해
버린다던가, 당장의 내일에 관해 더불어 고민하지 않는 느낌은 깊숙
한 미래를 꿈꾸지 않으니 가능할 수 있는 일이었다고.
　조금씩 토라지다 굳게 잠겨버린 문, 하지만 그때 당시 그녀는 아무
것도 갖추지 못한 상태였다. 그에게 어떠한 도움도 줄 수 없는 상황만
수년째 이어지는 모습으로, 타인의 꿈에 훼방이라니. 차마 떨어지지
않는 입. 위축된 그녀는 비참하게 남겨진 자신을 보게 되었다.

　"오빠 집 아직 거기지?"
　"아니, 이사 갔어."
　주연은 멈춘 얼굴이 되었다.

"이사? 이사를 했다고? 어디로."

떨어진 시간에 비해 거주지를 옮기는 것쯤은 아무 일도 아닐 텐데. 회현은 의아했다. 매사 손바닥에 둔 것만 같은 태도에 괜한 반발심이 든다. 너만 아니야, 나도 언제든 변해 널 떠날 수 있다고. 경색된 흐름에 그의 표정은 뾰로통한 얼굴이 되었다.

"그냥 그 옆에 아파트로."

"아파트?"

어쩌면 이 질문을 기다렸는지도 모르겠다. 자신에게 일어난 변화를 미약하게나마 전달하는 일. 붉은 신호등. 핸들에 엄지를 걸고서 곡선을 따라 툭툭 치고 있는 회현은 온통 그녀에게 의식이 쏠려있다.

"근데 오빠가 왜 벌써 아파트가 있지? 아버지가 해주셨어?"

"그동안 모아둔 거랑 이래저래, 나머지는 은행 거지."

물론 부모님의 도움이 없다고 단언할 순 없지만, 그는 무슨 생각에선가 그런 대답은 하고 싶지 않았다.

"이야, 대단한데?"

"은행 거라니까."

"요새 은행 거 아닌 사람도 있어? 대출도 아무나 안 해줘."

그는 흠칫 놀랐다. 갓 스무 살을 넘어 언제까지나 보듬고 쓰다듬어 주기만 해야 할 것 같던 신입생 같던 모습이 확연히 사라졌다.

"작은 거야. 평수도."

"어쨌거나 대단한 거지. 칭찬해, 아주."

소위 말해 억억거리는 세상에서 왜 그리 돈이 모이지 않는지, 주연은 오래도록 자신에게만 먼 돈일 것 같았다. 좌석 기울기를 조정하며 편히 기댄 모습. 회현은 내리간 시선으로 비스듬히 쳐다본다.

"하긴, 오빠는 워낙 자신에게 돈을 안 쓰니까. 입던 옷 또 입고, 이차도 나 만날 때 그대로고. 그렇지?"

지난 시간이 느껴지는 작은 공간. 그녀는 어느새 구식이 돼 보이는 차량의 대시 보드, 핸드 브레이크, 선바이저를 쓱 훑어보며 그때를 떠올렸다.

"근데 오빠 그거 알아? 한결같이 걸치고 다녔어도 냄새 한번 난 적 없다는 거."

주연은 회상처럼 웃는다.

"그랬어? 내가?"

"신기하더라고. 섬유 유연제를 때려 붓는 거 아닌가? 그런 생각까지도 했었다니까? 요즘도 집 가자마자 빨래부터 하려나."

지레짐작으로 쏟아붓는 말들은 싱겁게 대부분 맞아떨어졌고, 맑은 주연에 비해 회현은 갈수록 어두워지고 있었다. 그녀는 정말 아무렇지 않아 보인다. 그건 마치 지금 당장 버리지도 못할 큰 돌덩이를 안고 산을 오르는 것과도 같았다.

"아무거나 시켜 오빠. 나 화장실 좀 갔다 올게. 자리는 사람 없는 안쪽 자리로!"

회현은 핸드백을 팔에 끼고 화장실로 들어가는 주연의 뒷모습을 멍하니 바라보다 매장을 두리번거렸다.

"아무거나라……."

낮은 목소리로 혼잣말한다.

"여기서 제일 비싼 코스는 어떤 거죠?"

"보시면 맨 앞에 나와 있는 한우 샤부 프리미엄 코스입니다."

"이걸로 두 사람 할게요."

"알겠습니다. 음료나 술은 뭐로 드릴까요?"

"사이다로……."

"곧바로 준비해 드리겠습니다."

돌아서는 직원과 교차하며 걸어오는 주연. 롱 펌의 긴 머리칼 사이로 손가락을 찔러 스윽 훑어 내린다. 그 순간 회현에겐 그동안의 그녀의 모습들이 교차되기 시작한다. 찰랑거려 눈길을 사로잡던 단발, 가는 목덜미가 돋보였던 묶은 머리, 또렷한 이목구비와 어울렸던 짧은 헤어 컷. 얽힌 장면들 사이로 환하게 웃는 그녀가 다가오고 있다.

"핸드백 이리 줘, 이쪽에다 둘게."

"아냐 괜찮아. 여기 두면 돼."

주연은 딱 잘라 말하며 방긋 웃었고, 회현은 재빠르게 손을 거두었다.

"그럼 식사 준비해 드리겠습니다."

테이블 위로 색색의 음식들이 호화롭게 채워지는 중이다.

"예쁘네요. 여기 상차림이?"

식탁 위로 팔짱을 올리고 내려다보던 주연은 직원을 향해 싱긋 웃었고, 서빙 직원은 자신이 주방장이 된 것처럼 눈썹을 끌어올리며 뿌듯해한다. 회현은 그런 주연을 보며 밝은 표정이 번져 나온다. 행복이 짧게 머무는 것 같았다.

"음료는 이쪽으로 준비해 드리겠습니다."

직원은 테이블 한쪽에다 사이다를 놓는다.

"오, 사이다~"

"넌 콜라 안 마시니까."

주연은 회현을 흘끗 보다 큭큭거리며 큰 컵에 솟아오르는 탄산을 지켜본다.

"그럼 즐거운 시간 되십시오."

그녀는 차려진 만찬 앞에서 환히 웃음을 지었고 회현은 끝에 놓여 있는 집게를 덥석 든다. 재료들이 데쳐지는 동안에 주연은 등받이에 기대 창밖으로 고개를 돌렸다. 손톱보다 작아 보이는 사람들. 각자의 속도, 저마다의 이유로 움직이고 있다. 그녀는 오후 햇살 사이로 금세 사라질 이름 모를 사람들을 텅 빈 눈으로 지켜보았다.

"뭐 보고 있어?"

무의식의 조각을 깨듯 주연은 잠깐 멈칫하다 고개를 저으며 아, 아니, 아무것도. 말을 흐리며 식탁으로 시선을 끌어왔다.

"자, 이거 먹어. 고기는 잠깐 데치면 돼."

집게는 수차례 주연에게로 향한다.

"아이참, 오빠도 먹으라니까. 나만 주지 말고. 누가 보면 엄만 줄 알겠다.”

“어머님 안 그러시잖아.”

“흐흐.”

주연은 잔잔한 웃음기를 머금은 채. 채소와 고기를 건져 그의 접시 위에 놓아준다.

“오빠도 어서 먹자.”

회현에게 음식을 건네고서 주연은 그를 빤히 바라보았다. 지난날 그녀는 돌고 돌아 그의 마음을 자주 챙겨 보게 되었다. 그가 건넸던 일상적인 배려들이 어쩌면 아주 특별한 경우에 해당할지도 모른다고. 그녀에게 그가 거의 처음에 가까운 연애 상대였기에 그게 사랑의 평균인 줄로만 알았다. 하지만 사람은 누구나 겪어봐야 알고, 알게 된 시점은 꽤 늦을지도 모른다.

“이거 맛있다.”

주연의 말에 회현은 그녀의 젓가락 끝을 보았다.

“여기서 만들었나 봐. 재료가 독특한데?”

주연은 그릇에 놓인 반찬을 유심히 보며 말했다.

“음식을 자세히 보면 말이야, 정성이 얼마나 들어갔는지 알 수 있다? 이 때깔부터 담음새까지.”

그 말에 회현은 그녀가 차려주었던 밥상이 떠올랐다. 아무것도 할 줄 몰랐던 때부터 서로의 입맛에 길들여질 때까지 말이다.

“갓으로 만든 피클인가 봐! 어머나. 오빠 한번 먹어볼래? 자, 이렇게 해서 먹어봐. 나도 다음에 한 번 도전해 봐야겠다."

주연은 회현의 고기 위로 반찬 한 점을 살포시 올려 말아준다.

"식감 좋은데? 아삭아삭한 게."

"그치."

"저기요."

회현의 요청에 홀 중앙에 있던 직원이 성큼 걸어와 기다린다. 말릴 새도 없이 이미 도착한 아까 그 종업원이다.

"이것 좀 더 주시겠어요?"

"갓 피클 맛있지요? 여수 돌산에서 공수한 갓으로, 저희 매장에서 직접 만들고 있는 피클입니다."

주연의 밝은 표정에 부응하듯 점원의 친절한 설명이 오래 이어진다.

"그렇군요. 남김없이 잘 먹을게요."

"감사합니다. 그럼 바로 준비해 드리겠습니다."

방금 전까지 해맑게 말하던 주연은 직원이 멀어지자 고개를 바짝 숙이며 속삭인다.

"아직 조금 남아서 나는……."

"맛있다며? 그럼 더 먹어야지."

"추가해 놓고 남기면 좀 그렇잖아. 오빠."

"괜찮아. 내가 다 먹으면 돼."

"……그래? 그래."

주연은 분주히 움직이는 점원의 뒷모습부터 매장 전체까지 한 번 더 둘러보게 된다.

식사를 마치고 나온 두 사람. 바람은 산들산들 불어오고 배는 적당히 부르다. 뜨끈한 음식과 따뜻한 매장, 양질의 서비스 덕분인지 바깥의 쌀쌀함도 상쾌하게 느껴진다. 때마침 눈앞엔 너른 광장이 펼쳐져 있어 기분을 한층 북돋아 준다.

"주연아, 좀 걸을래? 저기 공원인데."

"나 구두야."

"아, 그럼 바로 갈까?"

"아무래도 그게 좋을 것 같네."

회현은 자신보다 앞서 걸으며 한 발짝씩 멀어지는 그녀를 은은히 바라보았다. 성큼 다가온 겨울에 그녀의 도톰한 스커트 자락이 날리고 있다. 슬쩍 옆을 보며 혼자인 걸 알아챈 주연이 뒤돌아보자 회현은 어색한 미소로 따라 걷는다.

"안전벨트 맸지? 음악은 뭐 들을래? 아냐, 네가 틀어 그냥."

회현은 자신의 휴대전화를 무심하게 넘긴다.

"잘 먹는 거 같아서 보기 좋더라."

"고마워. 덕분에 맛있게 먹었어."

그녀는 자신이 재생한 노래를 들으며 그의 플레이리스트를 가볍게 훑어본다. 어쩜 이리도 변한 게 없는지. 여러 감정이 뒤섞인 미소. 몇 곡을 재생하고서 다시 휴대전화를 돌려준다. 길고 긴 목록 중에 자신이 좋아하는 곡이 단 한 곡도 없다는 사실이 터무니없다가도, 묘하게 어긋나던 그 시절 느낌이 어렴풋이 상기되었다.

　음악에 관해서라면 둘은 몹시 맞지 않았었다. 회현에게 음악 감상이란 별 취미가 없는 요소라, 소위 말해 탑 100으로 무작위 재생이 가능한 정도였고, 그녀는 그와는 정반대. 좋아하다 못해 진지하기까지 했으니, 분위기에 맞춰 고르고, 즐기며, 곡에 관한 이야기로 몇 시간이고 주제를 확장해 나아갈 수 있는 사람이었다. 그러니 그런 주연에겐 아무런 고민 없이 신곡부터 틀어대던 회현의 모습이 못마땅했고, 회현 또한 그녀의 선곡마다 몰래 하품을 삼키느라 바빴었다.

　그때가 아마 알고 지낸 것만 해도 육 년째였으니, 주연은 내색하진 않았지만 속으로 질색하는 일이 잦아졌다. 그동안 참 그를 몰랐다는 시선. 한편으론 원망 같기도 했다. 물론 그로서는 맞출 수 있는 여지가 많았다지만, 주연은 억지로 끼워 맞추는 성향이 아니었다. 그렇다고 노력하지 않은 것은 아니다. 그에게 몇 번 음악 이야기를 전하면 대화의 고리는 몇 마디 이상을 넘어가지 않았고, 끝에 되돌아오는 것이라고는 무게 없는 단답형 대답과 꿀꺽 하품을 삼키는 목젖뿐이라고.

　그리하여 그녀는 더 이상 자신의 세계로 그를 초대하려 하지 않았다. 왜 좋아하고, 어쩌다 좋아했으며, 그래서 빠져들게 됐다는 스스로 웃음 번지는 이야기를 건네려 하지 않았다. 그러고는 서서히 보이기 시작했다. 취향은 말 그대로 그 사람 자체라는 것. 조금도 겹치지 않는 취향이란, 그만큼 서로가 다른 사람이었다는 증거일지도. 그리하여 시간이 갈수록 그녀는 혼란스러워졌다. 사랑, 연애, 인연, 모든 게 이토록 쉽지 않은 걸까. 주연은 더없이 다정한 그를 거듭해 고민하게 되었다.

차 안에 한 남자의 목소리가 흐르고 있다. 쳇 베이커의 곡이 등장하자 차창 너머 마른 풍경마저도 달리 보인다.

"오랜만에 듣는다. 이 음악. Time after time."

"어?!"

난데없는 정답에 주연은 오늘 하루 가장 큰 것을 수확한 듯 놀란 얼굴이다.

"어떻게 알지? 오빠가 이 곡을."

회현은 대답 없이 웃기만 한다. 하지만 그것도 잠시, 보나 마나 바에서 들었겠지. 주연은 지레짐작으로 한쪽 입꼬리를 올렸다.

주연의 선곡에 회현은 거슬러 오르는 시간들이 모두 다 자신에게로 다가오는 것만 같았다. 쳇 베이커. 재즈가 유명하지 않을 때부터 이미 알려진 뮤지션이라고. 하지만 그 대단한 세월을 몇 번을 반복한대도 회현은 아마 곡은커녕, 그런 인물 자체도 몰랐을 것이다. 처음 알려준 건 분명 그녀였다. 그녀는 왜 기억하지 못하는 걸까. 그녀가 나열한 곡들은 이미 그의 데이터로 켜켜이 축적되어 있는데.

회현은 주연과 관련된 정보라면 열심히 채워 넣었다. 무언지 잘 모르겠지만 그녀가 좋아하는 것 같다 느껴지면, 그에게도 점점 없이 좋은 것이 될 수 있었다. 작은 조각들을 맞춰 갈수록 보이는 행복의 빛에 회현은 뿌듯함과 부담감, 그 양면을 떠안게 되었다. 얼추 맞아 보이는 것들이 실은 아주 달랐다는 것으로 탄로 나게 된다면, 그녀는 어떤 감정일까. 배신? 그게 아니라면 그라는 사람을 한 단계 더 알아간 셈으로 어여삐 여겨줄까.

그녀의 하루가 빤히 그려지던 그였지만, 이젠 마음 한 겹조차 가늠할 수 없다. 과거엔 서로 다른 것이 두려웠지만, 이제는 어디서부터 맞춰야 할지 모를 난감함이 버겁게 느껴진다. 남녀 사이 존재하는 다름이란 형상은 매우 특별하고도 독특하여, 매력적으로 어필할 수 있는 다름이 있었고, 같지 않아 함께 할 수 없겠다는 다름이 있었다.

각자에게 찾을 수 없는 점들을 고스란히 나눠 갖고 있던 두 사람. 그게 비단 이들에게만 한정된 이야기가 아닐 텐데도 그걸 크게 받아들이는 그녀를 설득할 힘이 그에게는 적은 듯 보였다. 단지 음악만의 일은 아니었다. 불안은 대개 현실로 다가오고, 이것은 하나의 신호탄과도 같았으니, 단순한 음악적 기호를 넘어 본격적으로 살 맞대면 벌어질 수많은 양극 앞에서 서로를 향해 연신 손짓만 할 뿐, 건네줄 수 있는 것이라고는 오로지 애타게 바라보는 눈빛만이 아닐까. 이건 그와 그녀의 잘못이 아니다. 그냥 그런 두 사람이 만났을 뿐이었다.

"오빠 어때? 만나는 사람은 없고?"

"어? 어……, 아직."

노을이 다가오기 전, 하늘이 이토록 화려하게 번지는 중인데 어쩜 이러한 물음이라니.

"왜 그런 거지? 특별히 이유랄 게 있나?"

순도 백 프로의 호기심 같아 보이는 어조. 실없이 허무해지는 순간, 회현의 굳은 얼굴이 조소와 미소, 그사이 얼룩을 남기고야 말았다.

"자그마치 5년이라구 오빠. 내가 고른 남자가 그럴 리가 없잖아. 거기 오는 여자만 해도"

"그건 아냐, 주연아."

"아, 아니 내 말은, 작정하지 않아도 연결되는 게 인연이라는 거니까."

회현은 무슨 말이든 해야 할 것 같았지만, 도무지 무슨 말을 꺼내야 할지 알 수 없었다. 친절에 가까워지면 또 어느 순간 한참을 멀어져 있는 그녀.

"아까워서 그래, 오빠의 시간이."

쉽게 정의내릴 수 없는 게 그녀의 이미지였다. 그건 철저한 계획 때문이 아니라 타고 올라간 그녀의 혈류가 그랬다.

"너는?"

그에게 그녀는 그저 단순한 존재가 아니었다. 그의 과거이고, 추억이자, 그의 실수를 소소하게 기억하게 만드는 사람이었다.

"나? 난 연애했지. 오빠랑 헤어지고 자주 만났어."

자주? 하필 자주란 말이지?

"것 봐. 무슨 내가 죄지은 사람 같잖아. 오빠랑 괜히 비교되고."

"이제 와 그런 게 다 무슨 상관이겠어."

서로 다른 온도의 물을 휘저어보지만, 손등에 닿는 거라고는 여전히 차갑고 따뜻하기만 한 온도. 이제 섞일 법도 한데 그 물은 참, 섞이지 않고 늘 닿기만 한다.

"잘 들어가."

"그래 오빠, 다음 기회 될 때 또 한 번 보자."

회현은 식사에 이어 넓고 탁 트인 카페에도 때마침 들르고 싶었다. 손님들이 너무 좋다며 입 모아 알려준 곳들을 어쩌다 들른 척 보여주려는 심산이었다. 꼭 이성으로서만이 아니라 남들에게 쉽사리 보여주지 못하는 이야기 한 겹이라도 더 나누고 싶기도 했고.

"아, 아니 잠시만!"

뒷좌석 문을 열어 상체를 쑥 집어넣고 무언가를 잡아 꺼낸다. 회현의 이런 행동에 주연은 주춤하며 안전벨트를 풀었다. 반동으로 확 말려 들어가는 끈.

"이게 뭐야?"

"그냥, 별거 아니야."

"도-마? 어머나 웬 거래?"

주연의 황당한 얼굴이 쿡쿡 웃기 시작한다. 아무래도 마음에 드는 눈치다.

"너 요리하는 거 좋아하잖아."

"그래, 그건 알겠는데 왜."

"받은 거야, 선물로. 근데 알다시피 난 요리 안 하잖아."

"아, 됐어. 오빠 선물을 내가 왜 받니?"

"받자마자 줘야지 싶었어. 그래서 내내 들고 다녔고. 그리고 이거."

"에?"

"트러플 오일과 소금 세트야. 같이 받았어."

"선물을 두 개씩이나 준다고?"

"응. 나 선물 많아."

상자를 든 그의 두 손. 주연은 난감한 기색으로 어깨를 축 늘어뜨린 채 웃는다. 하얀 얼굴, 긴 손가락의 그가 아무렇지 않게 소박한 대화를 건넬 때면, 한때 왜 그를 마음에 두었는지, 그 이유가 머릿속을 스쳐 지나가게 된다.

"그럼 하나 나 주고, 하난 오빠 쓰자. 아무리 그래도 준 사람 성의가 있지."

"성의가 없는 거지, 요리하는 사람도 아닌데 무턱대고 준 거잖아."

"같이 하자는, 소린가?"

주연의 번뜩이는 표정에 회현은 은근한 질책의 눈빛을 보인다. 특별한 날이 아닌데도 잦은 선물을 건네는 손님. 마치 턴테이블이 없는 집에 엘피판을 가져다주는 것, 술을 즐기지 않는 집에 와인오프너를 건네는 것과 다름없었다. 과연, 주는 마음만이 중요할까. 한두 번 거절 의사를 밝히다 것도 쌓이다 보니 짤막한 감사 인사로 넘길 수 있게 되었다. 난처해질수록 초연해지는 마음이랄까. 뜯지 않은 포장이 늘어 갈수록 타념 또한 늘어만 갔다.

모두가 정해진 시간에 근무하고 퇴근하듯, 그 역시도 그런 마음으로 바를 다니고 있다. 화려한 술을 건네는 일에 종사한다고 해서 물처럼 경계 없이 가까워져도 무례가 아니라는 관념, 이 직종 특유의 가벼운 편견이 가끔은 거북했다. 그럼에도 감사까지 더해야 한다는 사실까지도.

관심 가득한 눈빛을 받아와도 차분해진 이유는 하나다. 그들은 자신의 겉모습만 보고 다가온다는 것. 겉보기와 다른 구석이 많은 회현은 그래서 괜찮았다. 저들이 보는 자신은 어차피 다른 존재일 테니까. 그럴수록 회현은 그의 삶 구석까지 알아채고 있는 주연을 잊을 수 없었다. 다시 사랑으로 가는 길은 얼마나 험난할까. 이런 인연이 새로이 생길 수 있으려나, 다가오는 이성을 볼 때마다 그는 더욱 아득해졌다.

"응? 하나씩 나눠 갖자구."

회현은 말쑥한 표정으로 고개를 저었다. 주연은 그렇게 말하면서도 나름 실물이 궁금했는지 차 안 내부 등을 켜고 살펴본다. 도마를 움켜잡고 꺼내는 중에도 이미 설렌 기색이다.

그녀는 요리에 관심이 많다. 둘이 함께 다녀온 여행지에서도 새로운 음식을 맛보기에 바빴고, 집으로 돌아와서는 그 맛을 떠올리며 곧잘 재현해 선보이곤 했다. 무엇보다 주인을 찾자면 그녀가 더 맞아 보인다. 아니, 오히려 받자마자 조금 신나기도 했다. 만날 명분이 생겼으니까. 그렇지만 이렇게 성가신 대화까지 오갈 줄은 예상하지 못했다. 이제 두 사람은 그렇다. 매우 작은 것 하나 오가기에도 멋스럽지 않을 정도로 번거로워진.

"우와, 이거 그냥 조리대에 올려만 놔도 뭐든 만들고 싶은 비주얼이지 않아? 오빠 안 그래?"

주연은 대답 좀 해보란 듯이 상기된 표정이었다. 회현은 들뜬 그녀를 지그시 바라본다. 남들보다 늦어진 공부와 취업으로 그녀에게 연애다운 연애를 선물하지 못했다. 그마저도 짧았던 취업 기간. 작은 선물 하나 조른 적 없던 배려와 쳇바퀴처럼 반복되는 무색의 일상에도 그늘지지 않던 마음, 별 볼 일 없는 여름밤 산책만으로도 활짝 피던 모습까지, 그는 빠짐없이 기억하고 있었다. 그때의 순간처럼 다시 맑아 보이는 동공의 빛을 발견하자, 회현은 절로 고개가 숙여진다.

"고마워. 잘 쓸게. 정말."

회현은 차분히 끄덕인다.

"받기만 해서 민망하네. 식사만으로도 고마운데."

그녀는 상자 두 개를 품에 끌어안고 있다.

"난 아무 생각 없이 나와서 줄 게 없는걸?"

주연은 입을 다문 채 가만히 그의 눈만 응시한다.

"일단 알겠어! 하여튼 내가 뭐라도 보낼게."

"괜찮대도. 안 들어다 줘도 되겠어?"

주연은 대답 대신 양손을 어깨높이까지 들어 보인다. 회현은 주연이 들어가는 뒷모습에서 시선을 떼지 않고 있다. 아침의 설레는 기억이 떠오르지 않을 만큼 못내 아쉬운 지금. 일상에 치여 운명이건 사랑이건 그 언저리의 감정들을 남김없이 잃고 살았다 여겼지만, 그녀를 떠올리면 순식간에 예전 두 사람이 되곤 했다.

*

"오빠, 어디야? 지금 잠시 와 줄 수 있어?"

야간 보드를 위해 이제 막 갈아입은 보드복이었다. 빠르게 환복한 그는 곧바로 그녀에게로 향했다. 이별 후 처음 걸려온 그녀의 전화.

즐겨 머물던 장소. 언제나 배웅해 주던 그녀의 집 앞. 회현은 두 시간 넘도록 달려온 마음이 무색하게도 현관을 바라보며 얼굴만 비비고 있다. 정신없이 걷어 올린 이마로 멀거니 선 모습. 조용히 생각에 잠겨 있는 그는 마음을 가다듬는 것처럼 보이기도 했다. 자신의 나머지 인생에서 다신 마주할 일이 없을 거라 믿었던 장소, 여기에 또다시 발을 들이다니. 2년 만이었다.

"어, 왔어?"

오랜만에 만난 그녀의 안색은 지나치게 어두워 보인다. 문을 열어주고서 곧장 침대로 가 풀썩 누워버리는 그녀. 현관문을 닫으려는데, 때마침 옆집에서 인기척이 들리며 한 노인이 나온다. 노인은 잠깐 회현을 보고는 급히 시선을 돌리며 엘리베이터 앞에 선다. 혹시 얼마 전 다른 이성도 초대한 적이 있었을까. 주연이 괜한 오해를 받을지 모른다는 생각에 그는 잠깐 머릿속이 복잡해졌다. 회현은 문고리를 잡은 채 살짝 고개를 숙인다. 나름의 예의. 주연인 정중한 남자를 만나는 여자라고. 회현의 인사에 노인은 아주 짧은 미소를 보이다 거두었다. 딩동. 적당한 때에 들리는 엘리베이터 도착음에 회현은 슬며시 문을 닫으며 안으로 들어간다.

화장실로 가 손을 닦는데 거울 속에 긴장과 탄식이 교차하는 한 남자가 있다. 바짝 마른 수건이 금세 물기를 머금는다. 수건 양 끝을 맞춰 반듯하게 걸고는 느릿느릿 그녀의 방으로 들어가는 회현이다. 익숙한 공기와 조도. 괜히 손바닥만 비비적거리며 어색한 기운이 감도는 방으로 들어선다.

두리번거리며 쑥스러워하는 그의 모습이 우스운지 그녀에게서 짧은 콧바람 소리가 들렸다. 회현은 침대를 마주 보도록 바닥에 앉아 벽에 기대고서 오랜 시간 가만있기만 했다. 방 안의 물체들을 어루만지는 듯 조명 아래로 길게 뻗은 그림자. 모로 누워있는 그녀를 잠자코 바라본다. 아무 기복 없는 하루였는데, 독한 술을 급작스럽게 삼킨 것처럼 잔뜩 엉킨 리듬이 되어버렸다.

"어디가 아픈데."

잔잔한 조명등 아래, 그는 충혈된 눈으로 물었다.

"아프면 말을 하지. 그럼 오는 길에 약이라도 사 왔을 거 아냐."

대체 그녀를 이해 못 하겠다는 그의 반응에 주연은 충동적으로 서러움이 번져왔다. 사귀며 단 한 차례도 보여준 적 없는 모습이었다.

"나, 안 안아줄 거야?"

주연은 멀찍이 앉아 있기만 하는 그에게 투정처럼 읊조린다. 끝에 살짝 맴도는 칭얼거림. 연애 때 보여주던 모습에 비하면 아주 정제된 모습이었다. 그 때문인지 회현의 날이 선 눈이 약간은 가라앉았다.

그녀가 보고 싶었다는 건 부정할 수 없는 사실이다. 몇 번을 되돌아간다 해도 다시 달려올 장소였다. 하지만 이런 식의 갑작스런 전개는 의아했고, 한 번 더 생각하자면 무례하다고도 볼 수 있었지만, 이별 후 단 한 차례도 그에게 와 달라는 요청을 한 적이 없었고, 그럴 사람도 못 되는 게 그녀였다.

그는 차오르는 가슴을 진정시키며 최대한 템포를 늦춰본다. 관계에 있어서는 선뜻 나선다고 될 일이 아닌 게 많았다. 그리고 지금 두 사람 사이에서는 더욱 그래 보였다. 솔직한 심정으론 그녀의 이런 어리광이 불편하기도 하다. 이제 와 굳이, 왜 지금에서야 이런 말을 건네느냐고. 회현은 시험처럼 다가온 상황에 터놓고 다그치고 싶었다. 하지만 달려온 시간이 실랑이를 위한 일이 되도록 내버려둘 순 없었다. 그녀는 유독 기운이 없어 보인다.

회현은 무력한 걸음으로 가 침대 위로 빳빳이 눕는다. 익숙한 공간에서 이토록 가시방석 같은 마음이 솟구칠 줄이야. 마치 죄를 짓는 것 같고, 누군가 볼까 들켜서는 안 될 짓을 해버리는 중인 듯싶었다. 하지만 내색하지 않으려 한다. 옆으로 누워 그녀와 눈을 맞춘다.

"이리 와봐."

회현의 낮은 목소리에 그녀는 몸을 차츰 당겨오더니 그의 품속으로 머리를 넣으며 안긴다. 작은 누에고치처럼 자리는 맞아 보였다.

주연에겐 이제 막 좋아하게 된 남자가 있었다. 그리고 어떠한 사정으로 둘은 헤어지게 되었다. 부른 게 그 남자가 아닌 회현인 이유는 다신 그 사람과 이어지지 않을 운명이란 걸 직감했기 때문이다. 그게 이유라면 회현 역시도 다를 바가 없을 텐데, 왜 하필 회현일까. 머릿속을 정확히 절반으로 나누고서, 서로 일면식 없는 남자 둘을 떡 하니 앉혀 두고는 주연은 돌연 회현을 택하였다.

한 살씩 먹어갈수록 그녀는 관계에 대해 점을 잘 찍게 되었다. 속 깊이 그리워도 못 만날 연이란 게 어렴풋이 구분되기 시작하면, 지금의 마음쯤이야 어찌 되었건, 더 깊숙이 점을 찍으며 까만 동그라미를 덧칠로 심어 그려야 한다는 것을 깨달았다. 그런데 왜 회현에게 만큼은 그게 잘되지 않는 건지.

그의 품에 안기자 주연은 왈칵 눈물이 솟구쳐 오른다. 자신을 너그러이 받아준 남자 품에 다가서자 다른 한쪽의 남자가 반사 신경처럼 떠올랐기 때문이다. 사랑이 이렇게 맘고생 하는 것임을 주연은 회현과 이별하고서야 알았다. 자신만 아는 빚을 진 것 같은 심정에 그녀는 어떻게 속죄해야 할지 몰라 단단히 입을 걸어 잠그기로 했다. 그러면서 더 깊이 그의 품속으로 파고들었다. 주연은 떨림이 느껴지지 않도록 꾹꾹 삼켜가며 눈물을 흘린다. 휘몰아치는 마음에 모든 게 진정, 진정 엉망이 돼버린 것 같았다.

  울먹이는 그녀를 보며 회현은 도무지 영문을 알 수 없었다. 그렇지만 묻지 않는다. 무엇이 되었건 지금 그녀에게 포옹 이상으로 해줄 수 있는 것이 없다는 걸 감지하고 있었기 때문이다. 잠자코 그녀의 등을 쓸어내린다. 울음이 일으킨 떨림이 고스란히 전달되자, 그는 자신의 절박하지만 뜨거운 온도가 전해질 틈이 없다는 결론을 지었다. 주연의 욕망이 회현이라면, 이처럼 만사를 제쳐놓고 달려온 그에게 이토록 애절한 울음을 보여줄 리는 없을 것 같았기 때문이다. 알 수 없는 이의 흔적이 선연하다. 참담한 심정이 오감으로 퍼져 나간다. 넓은 침대 안의 두 사람은 마치 몹시 좁은 공간에 갇힌 것처럼 품에 서로를 가득 안았다.

  어느새 쌔근거리며 잠든 그녀. 회현은 잡다한 생각들로 꼬박 밤을 지새웠다. 그녀의 목을 받치고 있던 팔을 조심스레 빼내며, 가슴 위까지 이불을 마저 덮어주고 침대 끝에 떨어져 눕는다. 힘겹게 든 수면에 방해될까 조심스러운 몸짓이지만, 매트리스 속 스프링의 삐걱거림은 그대로 느껴졌다. 어느새 창밖에는 어슴푸레 밝은 새벽이 찾아오기 시작한다. 그리고 안개가 보인다. 하지만 그건 다름 아닌 흰 눈이었다.

"이렇게 일찍 올 줄은 몰랐는데."

예보에도 없던 하얀 소식. 회현은 눈이 오는 날이면 무척 감격할 그녀란 걸 알기에, 깊은 밤이건 이른 아침이건 잠든 주연을 깨우곤 했다. 그러면 무슨 영문인지 모르는 얼굴은 가늘게 뜬 눈을 비비며 창가로 끌려와 금세 휘둥그레지곤 했었다.

사방이 환해진 세상, 규칙 없이 날리는 눈의 풍경 사이로 잠든 그녀를 쳐다본다. 퉁퉁 부어있는 눈두덩이. 회현은 무력했다. 서로의 심장 소리가 들릴 만큼 가까이 있다 해도 그에겐 그녀가 멀었다. 미안했고 고마웠으며 가끔 미웠지만 그럼에도 행복했다고. 형언할 수 없는 마음들을 공중으로 퍼뜨려본다.

"고맙다. 불러줘서."

눈시울이 젖어가자 회현은 힘껏 입술을 다물기 시작했다. 참, 많이 그리웠다고. 허나 더는 애달고 싶지 않다고. 그 마음까지 반듯이 놓아 두었다.

창가에 선 채로 바라보는 하얀 세상. 흩날리는 눈의 움직임으로 바람결을 읽을 수 있다. 이리저리 휘날리다 이내 흩어지는 눈꽃들. 닿기도 전에 하얗게 사라져 버리겠지.

"의도는 중요치 않아. 남은 마음은 줄다리기가 아니니까."

회현은 붉어진 눈시울로 애석한 마음을 잘라낸다.

"그냥…… 기억에 남을 크리스마스 즈음인 거지."

찬바람이 들지 않도록 커튼을 꼼꼼히 여미고 익숙한 손길로 조명등 뒤편의 스위치를 끈다. 암막 커튼으로 완벽히 깜깜해진 방, 천천히 문을 닫고 그녀의 집을 나선다.

*

뒤돌아본 그녀가 잠깐 멈추다 소리친다.

"오빠 잘 가! 고마워!"

무거운 팔을 대신해 고갯짓으로 거듭 건네는 인사. 회현은 남아있는 미소를 몽땅 끌어내 마지막 인사를 답장으로 보낸다.

그녀가 시야에서 사라지자 회현은 더딘 속도로 차에 올라탄다. 시계를 뚫어져라 바라보며 담배 한 개비를 입술로 물었다. 다섯 시. 겨울이라 벌써 해가 떨어지려고 한다. 후우- 퍼지는 연기에 뿌연 마음이 복잡해진다. 남들이면 한창 만날 시간에 헤어지다니.

언제나 이렇게 초저녁에 들여보냈었다. 그러니 하루를 온통 비워둔대도 그녀에겐 이 시간이 버릇 같은 거다. 서서히 어두워질 무렵 모두가 낭만으로 젖어 든대도, 그녀는 생기 있는 웃음으로 씩씩하게 회현을 보내주곤 했었으니까.

시동을 걸며 익숙한 길을 빠져나간다. 처음 그녀의 집을 알게 된 후 그녀를 데리러 가는 길이 아주 설렜던 기억으로 남아있다. 심장이 이렇게 뛰어도 되는 걸까. 살다 보면 이런 느낌도 경험하게 되는 거구나. 결과야 어찌 되든 사랑은 꼭 해보라던 대학 선배의 술주정이 불현듯 떠올랐던 그때, 회현은 인생에서 가장 중요한 사람이 정착되는 과정을 마주한 것 같았다. 이렇게 자연스레 걷다 보면 어쩜 남들처럼 웨딩 마치로 향하는 길일지도 모르겠다고, 오래 생각했다.

곧바로 이어지는 터널. 그녀의 집 앞 터널은 유난히도 길었다. 끝나겠지 싶으면 연이어지던 길. 회현은 또다시 낯설어질 터널 속으로 쾌속 질주를 한다.

*

지금 내가 달리는 길은 주변 여섯 개 터널 중 가장 긴 터널이다. 그래서인지 나는 꼼짝없이 방금 헤어진 그녀를 곱씹어야만 했다. 주연인 오늘 이런 말을 했던 것 같은데, 아마 표정이 어두웠던 것 같기도 해. 내내 떠올려도 완벽한 흐름이던 때가 있었는데. 그러나 이제 그녀를 내 옆에 갖다 놓고 보면, 조화롭지 못한 모형을 나란히 세운 것처럼 그사이 곧은 한 줄을 그어야 할 것 같았다. 우린 분명 헤어졌고, 여전히 어긋나고 있으니까.

-난 오빠랑 헤어지고 자주 만났어.

그녀를 재차 만나기 위해서는 달아오르게 하는 이런 도발에도 난 어떤 모양새로라도 아무렇지 않아야겠지. 내 앞에 온전히 무장이란 걸 하고 있는 게 너고, 작은 방어마저도 않았던 게 나니까. 그래서인지 나는 그토록 기다리던 만남 후에도 내상을 품어오곤 했다.

주연을 처음 만난 대학 시절 신입생 환송회 날, 그날은 몹시 환한 날로 기억된다. 마치 태양을 똑바로 바라보고 선 것처럼 강렬한 느낌. 그래서인지 그녀를 떠올리면 언제나 환한 낮이 되곤 했다. 태양을 바라보는 일이 이렇게 힘겨울 줄이야. 하필이면 그런 사람을 좋아했으니, 그러고도 아픈 줄을 몰랐다. 그리고 안이 타들어 가는 줄도 잘 알지 못하였다.

*

"오빠, 그 공원 기억해? 마트 갔다 길 잘못 들어 발견한 곳 말이야."

"기억나. 갑자기 거긴 왜? 지금 걸을 수 있겠어?"

"물론이지!"

"발 괜찮을지 모르겠네. 구둔데."

"조금이라도 같이 있고 싶어. 출근도 남았잖아."

공원에 도착한 우리는 잡은 손을 앞뒤로 흔들며 산책했다. 그녀의 이끌림을 따라 맞춰지는 손의 리듬. 몇 발짝 사이로 의미 없는 웃음들이 채워지기 시작했다.

"오빠! 우리 저렇게 생긴 나비, 아까 입구에서도 봤잖아? 그렇지? 하얀 나비!"

걸음마다 서로 배턴을 터치해 가며 길을 알려주는 모습. 드리워진 그늘 위로 새하얀 나비가 가벼운 몸짓을 뽐내고 있었다. 이토록 작고도 화려한 나비라니. 불어오는 바람을 따라 환상처럼 날아간다.

오후 네 시. 층층이 다양해진 빛을 고스란히 바라볼 수 있도록 벤치 하나가 있고, 거기에 우리는 잠시 머물렀다. 곧 있으면 이어질 출근에 조급해지기 시작한 나와는 달리, 공원을 즐기는 여유로운 사람들. 주연이는 나를 살짝 밀어내며 다리를 베고 누웠다.

"바람 좋아."

상쾌한 공기를 마시는 중인 듯 귀엽게도 배가 봉긋 차오르는 그녀.

"밤에 오면 분위기가 더 좋겠다."

눈망울 속에 흩어지는 빛을 하나로 모은 것만 같았다.

"오빠."

"응?"

마치 노을이 지는 것처럼 말이다.

"오빤 왜 사귀어? 나랑?"

"어?"

"왜 사귀느냐고 나 같은 애랑."

"세상에……. 그런 말이 어디 있어."

구김살 없는 그녀가 보여주는 잠시 잠깐의 그늘.

"그럼 너를 사랑하는 내가 뭐가 돼……."

그녀의 심경 변화에 대해 아무런 단서도 가늠할 수 없을 때, 내가 그녀에게 신경 쓰지 못하고 있다는 사실이 명백해진다. 일을 배우기 시작한 지 얼마 되지 않아 그녀를 챙기지 못한 건 사실이었다. 조금 전까지도 몰래 시계만 흘금거리고 있었으니까. 적어도 허전한 마음이 들 때만큼은 곁에 있어 주고 싶은데, 난 정말 그녀에게 최선을 다하는 중일까. 심장이 무겁게 떨어졌다.

"네가 어떤 형편인지는 그리 중요하지 않아. 과거에도, 미래에도."

들풀이 서로 맞부딪히는 소리가 난다. 우린 그 소리를 기다렸다는 듯이 침묵 속에 듣고만 있었다. 이럴 땐 무슨 말을 건네면 좋을까. 하늘이 어두워져 간다. 그래서 노을은 스쳐 가는 것이라고 하나 보다. 사랑하는 사이에 밤이라는 시간은 또 한 번의 기회이자, 새로운 발견의 연속일 지도 모른다. 함께 할 수 없는 만큼 애틋하게 그녀를 바라보았다. 혼자 머물 그녀의 밤이 부디 평안하기를.

눈을 감고 누워있던 그녀는 내 쪽으로 몸을 돌리며 부드럽게 나의 허리를 말아 안았다. 반달눈으로 진하게 짓는 웃음. 주연이는 정신 차리고 보면 이미 흠뻑 젖어 들 수밖에 없는 시간을 선사해 주는 구석이 있었다. 가늘고 풍성한 머리칼, 빛에 반사되어 옅어진 갈색 눈동자, 장난이 깃든 말투와 유하고 무던한 성격.

"공원 오니까 좋아?"

나의 물음에 그녀는 활짝 핀 얼굴로 끄덕이며 몸을 일으켜 세웠다.

"이제 가도 돼! 쉴 만큼 쉬었으니까."

대화를 정리하듯 주연이는 미소와 함께 자리에서 일어났다.

그녀는 오랜 시간 푸르게 친절했으며, 무언가 고집하는 듯해도 나의 속내까지 살펴주었으니, 덕분에 소란 없이 연인으로서의 긴 인연을 이어올 수 있었다. 하지만 그럼에도 나는 우리의 사랑을 확신할 수 없었다. 주연인 의지할 만한 곳이 필요했고, 그 시절 내가 대략 적합해 보였으며, 그녀가 주는 사랑이란, 받은 것에 비해 제값을 치르지 못한 불균형이 낳은 면구함으로 시작한 마음 같았으니까. 그래서인지 그녀를 떠올리면 마음 한구석 '기대'라는 단어가 생각나다가도 실질적인 나의 '기대치'는 낮았다. 하지만 사랑이 꼭 정량으로 나눠질 필요는 없으니까. 나는 그런 말을 믿으며 촘촘히 불안을 거둬 내려 애를 썼다. 나보다 그녀를 사랑한 그 어느 때에도.

*

-주연아. 계속 날 만날 생각이 있는지 궁금하다. 요즘 연락도 잘 안 되고.

-미안해 오빠. 너무 정신이 없네. 요즘 내가. 근데 오빠…….

우리는 그렇게 최악의 이별을 맞이하게 되었다. 첫째, 말도 안 되는 문자 이별이었으며, 둘째, 너무나도 진부한 회사 때문이라는 명분이었고, 셋째, 마지막 행복까지 빌어주었으니, 어느 하나 진부하지 않은 구석이라고는 없던 마침표였다.

그런데 왜 나는 처음 만난 세상처럼 낯설어했을까. 문자를 확인한 자리에서 단 한 발짝도 걸음을 뗄 수 없었다. 그녀는 매사 정답을 가지고 있는 듯 보이면서도 정작 중요할 땐 용기 내지 못하는 사람이었으니, 이별에 대한 의중 역시도 직접 물어야만 했다. 그리고 연락이 닿게 된 건 헤어진 후 약 삼 년 만의 일이었다.

*

　-오빠, 이거 뭐야…….
　-잘 지내고 있어?
　-뭐냐고, 대체 이게!
　-백화점 갔다 하나 샀어. 네가 좋아하는 색이잖아. 신으면 잘 어울릴 것 같아서.
　-굳이 이렇게 서로 일을 만들 필요가 있을까?
　-별 의미 없어. 정말이야. 그냥 편하게 받았으면 좋겠다.
　-우리가 이런 거……, 대체 어느 사람이 이해할 수 있을까.

이날이 바로, 이별한 후 두 번째 닿게 된 연락이었고, 그날　그녀는 대화보다 더 긴 시간을 눈물을 흘렸다. 아무 말 없이 흐느낌만이 전달되는 수화기. 아무래도 종일 마음 기울었던 날이었던 것 같다.

그 뒤로 우리는 반기에 한 번, 일 년에 한 번, 잊을 만하면 만남을 가지곤 했었다. 그러면서도 드는 생각은 다신 이러지 말자, 모두 부질없는 짓이야. 해묵은 단념만이 곱씹어 반복될 뿐, 어렴풋이 생각날 때면 또 깊이 그 속으로 빠지곤 했었다. 그래 봤자 오늘까지 포함해 고작 다섯 번의 시간이었지만, 우리 관계에서는 무려 다섯 번씩이나 되는 부끄러움이었다.

만남을 가졌던 짧지 않은 시간 동안 주연이는 잘 될 즈음에 관성처럼 기울어지곤 했다. 세상에 특별한 관심이라고는 두지 않던 내가 대책 없이 운명을 원망하게 된 계기도 바로 그 때문이었다. 어쩌면 그녀가 하나부터 열까지 부단히 절약하며 살아왔던 모습은 원래의 성정이 아닌 상황으로 발현된 일종의 본능 같은 것이 아니었을까.

그럴수록 나는 그녀의 일련의 사건들이 아무것도 아니라는 듯, 내게만 보이지 않는 그림자처럼 깊이 시선을 두려 하지 않았다. 대신, 나의 어처구니없고, 때론 억울하기도 했던 지난 시간들을 나열해 가며, 그녀의 절망이 유독 그녀만의 것은 아니라고, 세상엔 참 별것 아닌 계기로 피해 보는 일이 많고, 예상치 못한 순간이 곳곳에 덮쳐버리는 것이라고 툭, 툭, 툭…… 자장가의 안식처럼 나직이 말해주었다.

그럼에도 나는 오래도록 내 사랑에 떳떳해질 수 없었다. 마음이 아주 얇은 종이로 투명하게 비치는 것이라면, 나는 그녀의 불우한 상황이 연이어지는 것을 몹시 안타까워하면서도, 한편으론 이용하고 있었음을 허망하게 고백한다. 그녀가 힘드니까, 많이 고되니까, 그래서 결코 나를 떠나지 않을 거야. 안도하고 안심하며 내게 젖어들어 가기를 기원처럼 쌓아왔던 것이었다. 이것이 바로 우리 사랑을 이끌어간 원동력의 실체.

어쩌면 나는 아직도 그런 눈으로 그녀를 바라보고 있을지도 모르겠다. 버거운 하루 어느 틈새에 그 시절처럼 흠뻑 달려와 주기를. 나란 존재가 더 이상 그녀에게 간편한 위로 그 이상이 될 수 없음을 알고 있으면서도.

*

"주연아 저기 봐! 아파트 정말 화려하다. 그치?"

터널을 빠져나갈 때쯤이면 펼쳐지는 풍경. 반짝이며 선 것들이 눈부신 도심을 만들고 있었다.

"오빠, 저런 곳은 어떤 사람들이 사는 걸까?"

"어?"

"뭐가 다른 걸까? 아주 다르겠지?"

"그건 뭐……."

"삶이 지옥 같다 싶었는데…… 하늘 아래 천국을 지어 놓았구나."

우리는 새로운 세상에 도달한 것처럼 고개를 쭉 빼고 강가를 가로질러 갔다. 하암. 돌연 기지개를 켜며 하품하는 그녀. 다짐보다 단념이 앞선 행동이었다. 바라보는 광경이 결코 자신의 미래가 될 수 없다 믿는 그녀를 새기며, 나는 핸들을 부여잡고 이를 악물고 달렸다.

어쩌면 오늘이 다소 싱겁게 느껴진 이유는 아마 아파트 때문일 것이다. 내심 기대했었다. 집을 장만했다는 소식에 동공 어딘가 약간의 떨림이라도 있을 줄 알았다. 그런데, 그녀는 오래 알고 지낸 지인의 일을 기뻐해 주듯 너그러운 축하를 건넸다. 그녀는 정말 아무렇지 않은 것이다. 그래서 내가 이보다 더한 무언가를 가진다 해도, 동경처럼 올려다보던 그때 그 구름에 닿을 듯한 한 층을 거머쥔 대도, 그녀는 곁에 없을 것이다. 잘 가, 때 묻지 않은 인사를 건넬 것이며, 또 언제 만나자 손 내밀 것이고, 그러다 어느 남자 곁에 오래 서는 날을 마주할지도 모르겠다.

깊고 긴 터널을 잠영하듯 품어 지난다. 그녀와 숱하게 헤어지며 하늘이 왜 이토록 사랑에 관해 슬픈 일을 안겨 주는지, 그럼에도 잊고 싶지 않았다. 모든 빛이 사라진 곳이라 해도 그녀로 가득 찬 어둠이라면 굳이 두려워할 이유가 내겐 없었으니.

터널 끝이 다가오자 회현의 눈에 하얀 무언가가 보인다. 환히 보이는 직선의 빛줄기. 너풀거리며 가냘프게 날리는 모양새가 마치 흰 나비를 닮았다. 회현은 핸들 잡은 손을 바꾸며 두 눈을 깜빡였다. 분명해 보이던 몸짓을 향해 분주히 시선을 쫓아보지만, 형체는 어디론가 사라지고 금세 다가온 반원의 빛이 그를 터널 밖으로 끌어당긴다. 회현은 차양기를 내리기 위해 손을 뻗다 도로 거두었다. 고운 빛이 그의 얼굴 정중앙을 관통한다.

-나는 너 없이도 잘 지내고 있어, 주연아.
-숨이 끊어질 듯 울던 날이 있었다면, 그건 어느 깊은 밤 하루였고.

드넓은 강 위로 펼쳐진 다리. 높은 하늘보다 빛나는 칸칸의 아파트 사이로 마치 이곳만의 자연인 양 화려한 노을이 장관이다. 마지막 힘을 쏟아내며 열렬히 내뿜는 태양이 회현의 속도에 맞춰 뒤따르다 이내 물러선다. 눈부셔 바라볼 수 없는 강렬한 빛을 곁에 두고서 회현은 멈추지 않고 질주했다. 긴 터널은 이제 그의 등 뒤에 있다.

"아직도 생각나?"
"자주는 아니고 드물게. 아주 드물게."

"인마, 그럼 예전과 다른 게 뭔데."

"많이 흐릿해졌어. 이젠.
이름 석 자로만 기억되는."

"오래 멍청했지."
"진심으로 좋아하면 똑똑하게 굴 수 없으니까."

"날이 많이 따뜻해졌다."
"그러게. 작년 겨울 말도 안 되게 추웠는데."

「터널 안의 태양」 작업을 마치며

긴 이별 끝엔 언제나 나비의 몸짓처럼 어른거리는 순간들이 존재하기 마련이지만, 지나간 인연이란 닻의 무게처럼 깊이 정박해 버리는 탓에, 어지간해서는 쉽게 되돌릴 수 없을 것이라고.

만남만큼 이별도 가벼워지지 않았을까 싶기도 합니다만, 인간의 마음이란, 본디 잘라내고 희석하는 것이 어렵도록 만들어진 것이라고 생각합니다.

작가의 말

　장편소설 「이상한 어른들」이 출간된 지 벌써 삼 년이라는 시간이 흘렀네요. 그해의 여름날처럼 또 무더워지는 기운을 안고 「터널 안의 태양」 막바지 작업에 몰입했습니다. 매년 좋은 작품으로 찾아뵙겠다는 저의 깊은 바람과는 달리 그사이 많은 일이 있었고, 그럼에도 여전히 키보드 앞에 앉아 있는 제가 가장 마음에 들어 또 새로운 만남의 문을 열 수 있게 되었습니다.

　유독 책으로 다가가는 때가 있는데, 그런 순간은 나를 소중히 여겨 주고 싶은 마음이 생기는 날입니다. 복잡한 것들을 옆으로 밀어둔 채, 책의 냄새를 맡고, 책의 공간에 들어서며, 책과 둘만이 자리한 시간 속에서 스스로에게 여유를 선물해 주는 거지요. 그러면 저는 그 저력으로 다시 꼿꼿이 사회의 한 부분으로 설 수 있게 되었습니다.

삶이란 누군가를 지그시 바라보고, 간직하고 싶은 소리를 들으며, 귀한 곳에 나를 세우지 않는다면 기억나는 날이 없을 테니까. 그래서 우리가 만난 거라고 생각해요, 바로 여기에서. 소중한 자신과의 시간을 남겨두기 위해 이 책을 펼쳐낸 당신의 마음을 유념하며, 저 또한 쓰는 사람으로서 쉽게 끄적이지 말자고, 구절마다 고민하자고, 마음을 다져두던 첫 작업의 날을 늘 기억하며 몰두하겠습니다.

글이란 언제나 내가 되고, 내가 아니고, 내가 분할되다 엇비슷한 나로 생성되는 일이기에, 어느 또 좋은 시간에 혹 다른 존재가 되어 찾아뵙도록 하겠습니다.

이렇게 책 사이로 이어지는
우리의 만남을 경축하며!

2024.6
부순영 드림

태양 안의 터널

2024년 6월 30일 초판 1쇄 발행

글 부순영
일러스트 부금희
발행인 박윤희

발행처 도서출판 이곳   **디자인** 디자인스튜디오 이곳
등록 2018. 10. 8 신고번호 제2018-000118호   **주소** 서울 송파구 송파대로44길 9(송파동)
이메일 bookndesign@daum.net   **홈페이지** www.bookndesign.com
팩스 0504.062.2548   **블로그** blog.naver.com/designit   **인스타그램** @book_n_design

저작권자 ⓒ 부순영 2024
ISBN 979-11-93519-20-2 (03800)

- 이 책은 저작권법에 따라 보호받는 저작물이므로 무단전재와 무단복제를 금지하며, 이 책 내용의 전부 또는 일부를 이용하려면 반드시 저작권자와 "도서출판 이곳"의 서면동의를 받아야 합니다.
- 잘못 만들어진 책은 구입하신 곳에서 교환해드립니다.
- 값은 뒤표지에 있습니다.

도서출판 이곳
우리는 단순히 책을 만들지 않습니다.
작가와 책이 마주치는 이곳에서 끊임없이 나음을 너머 다름을 생각합니다.